图书在版编目（CIP）数据

彷徨 / 鲁迅著. -- 太原：山西人民出版社，2020.6

ISBN 978-7-203-11224-2

Ⅰ.①彷… Ⅱ.①鲁… Ⅲ.①鲁迅小说-小说集 Ⅳ.①I210.6

中国版本图书馆 CIP 数据核字（2020）第 035974 号

彷　徨

著　　者：鲁　迅
责任编辑：郝文霞
复　　审：赵虹霞
终　　审：姚　军
装帧设计：刘明彬

出 版 者：	山西出版传媒集团·山西人民出版社
地　　址：	太原市建设南路 21 号
邮　　编：	030012
发行营销：	0351—4922220　4955996　4956039　4922127（传真）
天猫官网：	https://sxrmcbs.tmall.com　电话：0351—4922159
E — mail：	sxskcb@163.com　发行部
	sxskcb@126.com　总编室
网　　址：	www.sxskcb.com

经 销 者：山西出版传媒集团·山西人民出版社
承 印 厂：三河市天润建兴印务有限公司

开　　本：880mm×1230mm　1/32
印　　张：9
字　　数：200 千字
印　　数：1—3 000 册
版　　次：2020 年 6 月　第 1 版
印　　次：2020 年 6 月　第 1 次印刷
书　　号：ISBN 978-7-203-11224-2
定　　价：39.80 元

如有印装质量问题请与本社联系调换

前言

鲁迅（1881—1936），浙江绍兴人，原名周樟寿，后改名周树人，字豫才、豫亭，笔名鲁迅。他出身于封建官僚家庭，1904年，曾进入仙台医科专门学校学医，后弃医从文。辛亥革命后，曾任南京临时政府和北京政府教育部部员、佥事等职，兼在北京大学、北京女子师范大学等校授课。1918年，首次用"鲁迅"的笔名，发表中国现代文学史上第一篇白话小说《狂人日记》，为新文学奠定了基础。1923年，小说集《呐喊》出版，与弟弟周作人失和。1926年，因抨击段祺瑞政府屠杀学生的罪行遭到追捕，避难期间笔耕不辍，《彷徨》出版。1929年，与冯雪峰组建"中国左翼作家联盟"，期间创作大量杂文。1936年，《故事新编》出版。同年，因病逝世。有小说集《呐喊》《彷徨》《故事新编》，散文诗集《野草》，杂文集《坟》《热风》《华盖集》《三闲集》《而已集》《南腔北调集》《准风月谈》《花边文学》，学术专著《中国小说史略》《汉文学史纲要》等作品问世。

作为新文化运动的主将，鲁迅一生在文学创作、文学批评、思想研究、文学史研究、翻译、美术理论引进、基础科学介绍和古籍校勘与研究等多个领域取得了重大成就，对"五四运动"后的中国社会思想文化发展产生了重大影响,是公认的无产阶级文学家、思想家、革命家,在中国文坛有着举足轻重的地位。

《彷徨》是鲁迅的第二部小说集,共收入其 1924 年至 1925 年所作小说 11 篇。整部小说集以纯熟的创作技巧描绘了深广的历史图景,贯穿着对生活在封建势力压迫下的农民及知识分子"哀其不幸,怒其不争"的关怀,人物形象丰满生动,展现了鲁迅精湛的思想艺术。如《祝福》写了祥林嫂毫无希望的一生;《肥皂》讽刺了道貌岸然的中年夫子;《伤逝》探讨了爱情必须有所附丽,才可以长久;《示众》描写了麻木冷漠的看客;《离婚》则表现了一个乡下女人的不幸,等等。这些人物形象具有极为典型的意义,是中国现代小说的开端与成熟的标志。

孤独无依,进退失据,谓之彷徨。"路漫漫其修远兮,吾将上下而求索",《彷徨》表现的是鲁迅在革命征途中的探索。"路是远的,而前面又看不见路;依稀有路时,却看不见光。想挣扎着走出一条路来,却是遍体鳞伤,毫无结果。只能是'荷戟独彷徨'了"。因此,《彷徨》中往往带着悲悯与同情,从现实人事中感悟人生、人性,蕴含着深刻的哲理,启人心扉,耐人寻味。

为了保证作品的原汁原味,本书在校订时仅改正了原著中个别错字和标点。其中的异体字、假借字和作者的习惯用字等,一仍其旧。另有外国人名、地名等,均保留原来的译法。为了方便读者阅读,对一些字、词、人名、地名附以精准的注释,希望可以帮助读者扫清阅读障碍,深刻理解鲁迅作品的思想内涵。

目录

彷 徨

祝 福	3
在酒楼上	20
幸福的家庭	30
肥 皂	38
长明灯	49
示 众	60
高老夫子	66
孤独者	76
伤 逝	98
弟 兄	118
离 婚	129

坟

我之节烈观	141
我们现在怎样做父亲	151
论雷峰塔的倒掉	163
论照相之类	166
再论雷峰塔的倒掉	173
灯下漫笔	177
论睁了眼看	185
从胡须说到牙齿	190

华盖集

青年必读书	201
忽然想到(一至四)	202
牺牲谟——"鬼画符"失敬失敬章第十三	208
战士和苍蝇	212
夏三虫	213
忽然想到(五至六)	215
北京通信	219
导　师	222
忽然想到(七至九)	224
"碰壁"之后	230
我的"籍"和"系"	236
忽然想到(十至十一)	239
十四年的"读经"	248

我观北大 …………………………………… 252
这个与那个 ………………………………… 254

南腔北调集

我们不再受骗了 …………………………… 263
论"第三种人" …………………………… 266
谈金圣叹 …………………………………… 270
谚　语 ……………………………………… 272
上海的少女 ………………………………… 274
上海的儿童 ………………………………… 276
捣鬼心传 …………………………………… 278

彷徨

祝　福

旧历的年底毕竟最像年底，村镇上不必说，就在天空中也显出将到新年的气象来。灰白色的沉重的晚云中间时时发出闪光，接着一声钝响，是送灶①的爆竹；近处燃放的可就更强烈了，震耳的大音还没有息，空气里已经散满了幽微的火药香。我是正在这一夜回到我的故乡鲁镇的。虽说故乡，然而已没有家，所以只得暂寓在鲁四老爷的宅子里。他是我的本家，比我长一辈，应该称之曰"四叔"，是一个讲理学的老监生。他比先前并没有什么大改变，单是老了些，但也还未留胡子。一见面是寒暄，寒暄之后说我"胖了"，说我"胖了"之后即大骂其新党②。但我知道，这并非借题在骂我：因为他所骂的还是康有为③。但是，谈话是总不投机的了，于是不多久，我便一个人剩在书房里。

第二天我起得很迟，午饭之后，出去看了几个本家和朋友；第三天也照样。他们也都没有什么大改变，单是老了些；家中却

---

① 送灶：旧俗以夏历十二月二十四日为灶神升天的日子，在这一天或前一天祭送灶神，称为送灶。

② 新党：清末对主张或倾向维新的人的称呼；辛亥革命前后，也用来称呼革命党人及拥护革命的人。

③ 康有为：生于1858年，卒于1927年，字广厦，号长素，广东南海人，清末维新运动领袖。他主张"变法维新"，改君主专制为君主立宪制。1898年，他与谭嗣同、梁启超等受光绪皇帝任用，参与政事，试行变法，因遭到以慈禧太后为首的封建顽固派的激烈反对而失败。康有为在变法失败后逃亡国外，组织保皇党，反对孙中山领导的民主革命运动；辛亥革命后又联络军阀张勋扶植清废帝溥仪复辟。

一律忙,都在准备着"祝福"①。这是鲁镇年终的大典,致敬尽礼,迎接福神,拜求来年一年中的好运气的。杀鸡,宰鹅,买猪肉,用心细细的洗,女人的臂膊都在水里浸得通红,有的还带着绞丝银镯子。煮熟之后,横七竖八的插些筷子在这类东西上,可就称为"福礼"了,五更天陈列起来,并且点上香烛,恭请福神们来享用;拜的却只限于男人,拜完自然仍然是放爆竹。年年如此,家家如此,——只要买得起福礼和爆竹之类的,——今年自然也如此。天色愈阴暗了,下午竟下起雪来,雪花大的有梅花那么大,满天飞舞,夹着烟霭和忙碌的气色,将鲁镇乱成一团糟。我回到四叔的书房里时,瓦楞上已经雪白,房里也映得较光明,极分明的显出壁上挂着的朱拓的大"壽"字,陈抟老祖写的;一边的对联已经脱落,松松的卷了放在长桌上,一边的还在,道是"事理通达心气和平"。我又无聊赖的到窗下的案头去一翻,只见一堆似乎未必完全的《康熙字典》②,一部《近思录集注》③和一部《四书衬》④。无论如何,我明天决计要走了。

况且,一想到昨天遇见祥林嫂的事,也就使我不能安住。那是下午,我到镇的东头访过一个朋友,走出来,就在河边遇见她;而且见她瞪着的眼睛的视线,就知道明明是向我走来的。我这回在鲁镇所见的人们中,改变之大,可以说无过于她的了:五

---

① 祝福:旧时江南一带每年年终的一种习俗。清代范寅《越谚·风俗》载:"祝福,岁暮谢年,谢神祖,名此。"

② 《康熙字典》:清代康熙年间张玉书、陈廷敬等奉旨编纂的一部大型字典,康熙五十五年(1716)刊行。

③ 《近思录集注》:《近思录》是一部所谓理学入门书,宋代朱熹、吕祖谦选录周敦颐、程颢、程颐及张载四人的文字编成,共十四卷。清初茅星来和江永分别为它作过集注。

④ 《四书衬》:清代骆培著,是一部解说"四书"(《论语》《孟子》《大学》《中庸》)的书。

年前的花白的头发，即今已经全白，全不像四十上下的人；脸上瘦削不堪，黄中带黑，而且消尽了先前悲哀的神色，仿佛是木刻似的；只有那眼珠间或一轮，还可以表示她是一个活物。她一手提着竹篮，内中一个破碗，空的；一手拄着一支比她更长的竹竿，下端开了裂：她分明已经纯乎是一个乞丐了。

我就站住，豫备她来讨钱。

"你回来了？"她先这样问。

"是的。"

"这正好。你是识字的，又是出门人，见识得多。我正要问你一件事——"她那没有精采的眼睛忽然发光了。

我万料不到她却说出这样的话来，诧异的站着。

"就是——"她走近两步，放低了声音，极秘密似的切切的说，"一个人死了之后，究竟有没有魂灵的？"

我很悚然，一见她的眼钉着我的，背上也就遭了芒刺一般，比在学校里遇到不及豫防的临时考，教师又偏是站在身旁的时候，惶急得多了。对于魂灵的有无，我自己是向来毫不介意的；但在此刻，怎样回答她好呢？我在极短期的踌躇中，想，这里的人照例相信鬼，然而她，却疑惑了，——或者不如说希望：希望其有，又希望其无……。人何必增添末路的人的苦恼，为她起见，不如说有罢。

"也许有罢，——我想。"我于是吞吞吐吐的说。

"那么，也就有地狱了？"

"阿！地狱？"我很吃惊，只得支梧着，"地狱？——论理，就该也有。——然而也未必，……谁来管这等事……。"

"那么，死掉的一家的人，都能见面的？"

"唉唉,见面不见面呢?……"这时我已知道自己也还是完全一个愚人,什么踌躇,什么计画,都挡不住三句问。我即刻胆怯起来了,便想全翻过先前的话来,"那是,……实在,我说不清……。其实,究竟有没有魂灵,我也说不清。"

我乘她不再紧接的问,迈开步便走,匆匆的逃回四叔的家中,心里很觉得不安逸。自己想,我这答话怕于她有些危险。她大约因为在别人的祝福时候,感到自身的寂寞了,然而会不会含有别的什么意思的呢?——或者是有了什么豫感了?倘有别的意思,又因此发生别的事,则我的答话委实该负若干的责任……。但随后也就自笑,觉得偶尔的事,本没有什么深意义,而我偏要细细推敲,正无怪教育家要说是生着神经病;而况明明说过"说不清",已经推翻了答话的全局,即使发生什么事,于我也毫无关系了。

"说不清"是一句极有用的话。不更事的勇敢的少年,往往敢于给人解决疑问,选定医生,万一结果不佳,大抵反成了怨府,然而一用这说不清来作结束,便事事逍遥自在了。我在这时,更感到这一句话的必要,即使和讨饭的女人说话,也是万不可省的。

但是我总觉得不安,过了一夜,也仍然时时记忆起来,仿佛怀着什么不祥的豫感;在阴沉的雪天里,在无聊的书房里,这不安愈加强烈了。不如走罢,明天进城去。福兴楼的清炖鱼翅,一元一大盘,价廉物美,现在不知增价了否?往日同游的朋友,虽然已经云散,然而鱼翅是不可不吃的,即使只有我一个……。无论如何,我明天决计要走了。

我因为常见些但愿不如所料,以为未必竟如所料的事,却每每恰如所料的起来，所以很恐怕这事也一律。果然，特别的情形开始了。傍晚，我竟听到有些人聚在内室里谈话，仿佛议论什么事似的，但不一会，说话声也就止了，只有四叔且走而且高声的说：

"不早不迟，偏偏要在这时候，——这就可见是一个谬种！"

我先是诧异，接着是很不安，似乎这话于我有关系。试望门外，谁也没有。好容易待到晚饭前他们的短工来冲茶，我才得了打听消息的机会。

"刚才，四老爷和谁生气呢？"我问。

"还不是和祥林嫂？"那短工简捷的说。

"祥林嫂？怎么了？"我又赶紧的问。

"老了。"

"死了？"我的心突然紧缩，几乎跳起来，脸上大约也变了色。但他始终没有抬头，所以全不觉。我也就镇定了自己，接着问：

"什么时候死的？"

"什么时候？——昨天夜里，或者就是今天罢。——我说不清。"

"怎么死的？"

"怎么死的？——还不是穷死的？"他淡然的回答，仍然没有抬头向我看，出去了。

然而我的惊惶却不过暂时的事，随着就觉得要来的事，已经过去，并不必仰仗我自己的"说不清"和他之所谓"穷死的"的宽慰，心地已经渐渐轻松；不过偶然之间，还似乎有些负疚。晚饭摆出来了，四叔俨然的陪着。我也还想打听些关于祥林嫂的消息，但知道他虽然读过"鬼神者二气之良能也"，而忌讳仍然极多，当临近祝福时候，是万不可提起死亡疾病之类的话的；倘不得已，就该用一种替代的隐语，可惜我又不知道，因此屡次想问，而终于中止了。我从他俨然的脸色上，又忽而疑他正以为我不早不迟，偏要在这时候来打搅他，也是一个谬种，便立刻告诉他明天要离开鲁镇，进城去，趁早放宽了他的心。他也不很留。这样闷闷的吃完了一餐饭。

　　冬季日短，又是雪天，夜色早已笼罩了全市镇。人们都在灯下匆忙，但窗外很寂静。雪花落在积得厚厚的雪褥上面，听去似乎瑟瑟有声，使人更加感到沉寂。我独坐在发出黄光的菜油灯下，想，这百无聊赖的祥林嫂，被人们弃在尘芥堆中的，看得厌倦了的陈旧的玩物，先前还将形骸露在尘芥里，从活得有趣的人们看来，恐怕要怪讶她何以还要存在，现在总算被无常打扫得干干净净了。魂灵的有无，我不知道；然而在现世，则无聊生者不生，即使厌见者不见，为人为己，也还都不错。我静听着窗外似乎瑟瑟作响的雪花声，一面想，反而渐渐的舒畅起来。

　　然而先前所见所闻的她的半生事迹的断片，至此也联成一片了。

　　她不是鲁镇人。有一年的冬初，四叔家里要换女工，做中人的卫老婆子带她进来了，头上扎着白头绳，乌裙，蓝夹袄，月白背心，年纪大约二十六七，脸色青黄，但两颊却还是红的。卫老婆子叫她祥林嫂，说是自己母家的邻舍，死了当家人，所以出来做工了。四叔皱了皱眉，四婶已经知道了他的意思，是在讨厌她是一个寡妇。但看她模样还周正，手脚都壮大，又只是顺着眼，不开一句口，很像一个安分耐劳的人，便不管四叔的皱眉，将她留下了。试工期内，她整天的做，似乎闲着就无聊，又有力，简直抵得过一个男子，所以第三天就定局，每月工钱五百文。

大家都叫她祥林嫂；没问她姓什么，但中人是卫家山人，既说是邻居，那大概也就姓卫了。她不很爱说话，别人问了才回答，答的也不多。直到十几天之后，这才陆续的知道她家里还有严厉的婆婆；一个小叔子，十多岁，能打柴了；她是春天没了丈夫的；他本来也打柴为生，比她小十岁：大家所知道的就只是这一点。

日子很快的过去了，她的做工却毫没有懈，食物不论，力气是不惜的。人们都说鲁四老爷家里雇着了女工，实在比勤快的男人还勤快。到年底，扫尘，洗地，杀鸡，宰鹅，彻夜的煮福礼，全是一人担当，竟没有添短工。然而她反满足，口角边渐渐的有了笑影，脸上也白胖了。

新年才过，她从河边淘米回来时，忽而失了色，说刚才远远地看见一个男人在对岸徘徊，很像夫家的堂伯，恐怕是正为寻她而来的。四婶很惊疑，打听底细，她又不说。四叔一知道，就皱一皱眉，道：

"这不好。恐怕她是逃出来的。"

她诚然是逃出来的，不多久，这推想就证实了。

此后大约十几天，大家正已渐渐忘却了先前的事，卫老婆子忽而带了一个三十多岁的女人进来了，说那是祥林嫂的婆婆。那女人虽是山里人模样，然而应酬很从容，说话也能干，寒暄之后，就赔罪，说她特来叫她的儿媳回家去，因为开春事务忙，而家中只有老的和小的，人手不够了。

"既是她的婆婆要她回去，那有什么话可说呢。"四叔说。

于是算清了工钱，一共一千七百五十文，她全存在主人家，一文也还没有用，便都交给她的婆婆。那女人又取了衣服，道过谢,出去了。其时已经是正午。

"阿呀,米呢?祥林嫂不是去淘米的么?……"好一会,四婶这才惊叫起来。她大约有些饿,记得午饭了。

于是大家分头寻淘箩。她先到厨下,次到堂前,后到卧房,全不见淘箩的影子。四叔踱出门外,也不见,直到河边,才见平平正正的放在岸上,旁边还有一株菜。

看见的人报告说,河里面上午就泊了一只白篷船,篷是全盖起来的,不知道什么人在里面,但事前也没有人去理会他。待到祥林嫂出来淘米,刚刚要跪下去,那船里便突然跳出两个男人来,像是山里人,一个抱住她,一个帮着,拖进船去了。祥林嫂还哭喊了几声,此后便再没有什么声息,大约给用什么堵住了罢。接着就走上两个女人来,一个不认识,一个就是卫婆子。窥探舱里,不很分明,她像是捆了躺在船板上。

"可恶!然而……。"四叔说。

这一天是四婶自己煮午饭,他们的儿子阿牛烧火。

午饭之后,卫老婆子又来了。

"可恶!"四叔说。

"你是什么意思?亏你还会再来见我们。"四婶洗着碗,一见面就愤愤的说,"你自己荐她来,又合伙劫她去,闹得沸反盈天的,大家看了成个什么样子?你拿我们家里开玩笑么?"

"阿呀阿呀,我真上当。我这回,就是为此特地来说说清楚的。她来求我荐地方,我那里料得到是瞒着她的婆婆的呢。对不起,四老爷,四太太。总是我老发昏不小心,对不起主顾。幸而府上是向来宽洪大量,不肯和小人计较的。这回我一定荐一个好的来折罪……。"

"然而……。"四叔说。

于是祥林嫂事件便告终结,不久也就忘却了。

只有四婶,因为后来雇用的女工,大抵非懒即馋,或者馋而且懒,左右不如意,所以也还提起祥林嫂。每当这些时候,她往往自言自语的说,"她现在不知道怎么样了?"意思是希望她再来。但到第二年的新正,她也就绝了望。

新正将尽,卫老婆子来拜年了,已经喝得醉醺醺的,自说因为回了一趟卫家山的娘家,住下几天,所以来得迟了。她们问答之间,自然就谈到祥林嫂。

"她么?"卫老婆子高兴的说,"现在是交了好运了。她婆婆来抓她回去的时候,是早已许给了贺家墺的贺老六的,所以回家之后不几天,也就装在花轿里抬去了。"

"阿呀,这样的婆婆!……"四婶惊奇的说。

"阿呀,我的太太!你真是大户人家的太太的话。我们山里人,小户人家,这算得什么?她有小叔子,也得娶老婆。不嫁了她,那有这一注钱来做聘礼?她的婆婆倒是精明强干的女人呵,很有打算,所以就将她嫁到山里去。倘许给本村人,财礼就不多;惟独肯嫁进深山野墺里去的女人少,所以她就到手了八十千。现在第二个儿子的媳妇也娶进了,财礼只花了五十,除去办喜事的费用,还剩十多千。吓,你看,这多么好打算?……"

"祥林嫂竟肯依?……"

"这有什么依不依。——闹是谁也总要闹一闹的;只要用绳子一捆,塞在花轿里,抬到男家,撳上花冠,拜堂,关上房门,就完事了。可是祥林嫂真出格,听说那时实在闹得厉害,大家还都说大约因为在念书人家做过事,所以与众不同呢。太太,我们见得多了：回头人出嫁，哭喊的也有，说要寻死觅活的也有，抬到男家闹得拜不成天地的也有，连花烛都砸了的也有。祥林嫂可是异乎寻常，他们说她一路只是嚎，骂，抬到贺家墺，喉咙已经全哑了。拉出轿来，两个男人和她的小叔子使劲的擒住她也还拜不成天地。他们一不小心，一松手，阿呀，阿弥陀佛，她就一头撞在香案角上，头上碰了一个大窟窿，鲜血直流，用了两把香灰，包上两块红布还止不住血呢。直到七手八脚的将她和男人反关在新房里，还是骂，阿呀呀，这真是……。"她摇一摇头，顺下眼睛，不说了。

"后来怎么样呢？"四婶还问。

"听说第二天也没有起来。"她抬起眼来说。

"后来呢？"

"后来？——起来了。她到年底就生了一个孩子，男的，新年就两岁了。我在娘家这几天，就有人到贺家墺去，回来说看见他们娘儿俩，母亲也胖，儿子也胖；上头又没有婆婆；男人所有的是力气，会做活；房子是自家的。——唉唉，她真是交了好运了。"

从此之后，四婶也就不再提起祥林嫂。

但有一年的秋季，大约是得到祥林嫂好运的消息之后的又过了两个新年，她竟又站在四叔家的堂前了。桌上放着一个荸荠式的圆篮，檐下一个小铺盖。她仍然头上扎着白头绳，乌裙，蓝夹袄，月白背心，脸色青黄，只是两颊上已经消失了血色，顺着眼，眼角上带些泪痕，眼光也没有先前那样精神了。而且仍然是卫老婆子领着，显出慈悲模样，絮絮的对四婶说：

"……这实在是叫作'天有不测风云'，她的男人是坚实人，谁知道年纪青青,就会断送在伤寒上?本来已经好了的,吃了一碗冷饭,复发了。幸亏有儿子;她又能做,打柴摘茶养蚕都来得,本来还可以守着,谁知道那孩子又会给狼衔去的呢?春天快完了,村上倒反来了狼,谁料到?现在她只剩了一个光身了。大伯来收屋,又赶她。她真是走投无路了,只好来求老主人。好在她现在已经再没有什么牵挂,太太家里又凑巧要换人,所以我就领她来。——我想,熟门熟路,比生手实在好得多……。"

"我真傻,真的,"祥林嫂抬起她没有神采的眼睛来,接着说。"我单知道下雪的时候野兽在山墺里没有食吃,会到村里来;我不知道春天也会有。我一清早起来就开了门,拿小篮盛了一篮豆,叫我们的阿毛坐在门槛上剥豆去。他是很听话的,我的话句句听;他出去了。我就在屋后劈柴,淘米,米下了锅,要蒸豆。我叫阿毛,没有应,出去一看,只见豆撒得一地,没有我们的阿毛了。他是不到别家去玩的;各处去一问,果然没有。我急了,央人出去寻。直到下半天,寻来寻去寻到山墺里,看见刺柴上挂着一只他的小鞋。大家都说,糟了,怕是遭了狼了。再进去;他果然躺在草窠里,肚里的五脏已经都给吃空了,手上还紧紧的捏着那只小篮呢。……"她接着但是呜咽,说不出成句的话来。

四婶起初还踌蹰,待到听完她自己的话,眼圈就有些红了。她想了一想,便教拿圆篮和铺盖到下房去。卫老婆子仿佛卸了一肩重担似的嘘一口气;祥林嫂比初来时候神气舒畅些,不待指引,自己驯熟的安放了铺盖。她从此又在鲁镇做女工了。

大家仍然叫她祥林嫂。

然而这一回,她的境遇却改变得非常大。上工之后的两三天,主人们就觉得她手脚已没有先前一样灵活,记性也坏得多,死尸似的脸上又整日没有笑影，四婶的口气上，已颇有些不满了。当她初到的时候，四叔虽然照例皱过眉，但鉴于向来雇用女工之难，也就并不大反对，只是暗暗地告诫四婶说，这种人虽然似乎很可怜，但是败坏风俗的，用她帮忙还可以，祭祀时候可用不着她沾手，一切饭菜，只好自己做，否则，不干不净，祖宗是不吃的。

四叔家里最重大的事件是祭祀，祥林嫂先前最忙的时候也就是祭祀，这回她却清闲了。桌子放在堂中央，系上桌帏，她还记得照旧的去分配酒杯和筷子。

"祥林嫂，你放着罢！我来摆。"四婶慌忙的说。

她讪讪的缩了手，又去取烛台。

"祥林嫂，你放着罢！我来拿。"四婶又慌忙的说。

她转了几个圆圈，终于没有事情做，只得疑惑的走开。她在这一天可做的事是不过坐在灶下烧火。

镇上的人们也仍然叫她祥林嫂，但音调和先前很不同；也还和她讲话，但笑容却冷冷的了。她全不理会那些事，只是直着眼睛，和大家讲她自己日夜不忘的故事：

"我真傻，真的，"她说。"我单知道雪天是野兽在深山里没有食吃，会到村里来；我不知道春天也会有。我一大早起来就开了门，拿小篮盛了一篮豆，叫我们的阿毛坐在门槛上剥豆去。他是很听话的孩子，我的话句句听；他就出去了。我就在屋后劈柴，淘米，米下了锅，打算蒸豆。我叫，'阿毛！'没有应。出去一看，只见豆撒得满地，没有我们的阿毛了。各处去一问，都没有。我急了，央人去寻去。直到下半天，几个人寻到山墺里，看见刺柴上挂着一只他的小鞋。大家都说，完了，怕是遭了狼了。

再进去；果然，他躺在草窠里，肚里的五脏已经都给吃空了，可怜他手里还紧紧的捏着那只小篮呢。……"她于是淌下眼泪来，声音也呜咽了。

这故事倒颇有效，男人听到这里，往往敛起笑容，没趣的走了开去；女人们却不独宽恕了她似的，脸上立刻改换了鄙薄的神气，还要陪出许多眼泪来。有些老女人没有在街头听到她的话，便特意寻来，要听她这一段悲惨的故事。直到她说到呜咽，她们也就一齐流下那停在眼角上的眼泪，叹息一番，满足的去了，一面还纷纷的评论着。

她就只是反复的向人说她悲惨的故事，常常引住了三五个人来听她。但不久，大家也都听得纯熟了，便是最慈悲的念佛的老太太们，眼里也再不见有一点泪的痕迹。后来全镇的人们几乎都能背诵她的话，一听到就烦厌得头痛。

"我真傻，真的，"她开首说。

"是的，你是单知道雪天野兽在深山里没有食吃，才会到村里来的。"他们立即打断她的话，走开去了。

她张着口怔怔的站着，直着眼睛看他们，接着也就走了，似乎自己也觉得没趣。但她还妄想，希图从别的事，如小篮，豆，别人的孩子上，引出她的阿毛的故事来。倘一看见两三岁的小孩子，她就说：

"唉唉，我们的阿毛如果还在，也就有这么大了。……"

孩子看见她的眼光就吃惊，牵着母亲的衣襟催她走。于是又只剩下她一个，终于没趣的也走了。后来大家又都知道了她的脾气，只要有孩子在眼前，便似笑非笑的先问她，道：

"祥林嫂，你们的阿毛如果还在，不是也就有这么大了么？"

她未必知道她的悲哀经大家咀嚼赏鉴了许多天，早已成为渣滓，只值得烦厌和唾弃；但从人们的笑影上，也仿佛觉得这又冷又尖，自己再没有开口的必要了。她单是一瞥他们，并不回答一句话。

　　鲁镇永远是过新年，腊月二十以后就忙起来了。四叔家里这回须雇男短工，还是忙不过来，另叫柳妈做帮手，杀鸡，宰鹅；然而柳妈是善女人①，吃素，不杀生的，只肯洗器皿。祥林嫂除烧火之外，没有别的事，却闲着了，坐着只看柳妈洗器皿。微雪点点的下来了。

　　"唉唉，我真傻，"祥林嫂看了天空，叹息着，独语似的说。

　　"祥林嫂，你又来了。"柳妈不耐烦的看着她的脸，说。"我问你：你额角上的伤痕，不就是那时撞坏的么？"

　　"唔唔。"她含胡的回答。

　　"我问你：你那时怎么后来竟依了呢？"

　　"我么？……"

　　"你呀。我想：这总是你自己愿意了，不然……。"

　　"阿阿，你不知道他力气多么大呀。"

　　"我不信。我不信你这么大的力气，真会拗他不过。你后来一定是自己肯了，倒推说他力气大。"

　　"阿阿，你……你倒自己试试看。"她笑了。

　　柳妈的打皱的脸也笑起来，使她蹙缩得像一个核桃；干枯的小眼睛一看祥林嫂的额角，又钉住她的眼。祥林嫂似乎很局促了，立刻敛了笑容，旋转眼光，自去看雪花。

　　"祥林嫂，你实在不合算。"柳妈诡秘的说。"再一强，或者

---

① 善女人：佛家语，指信佛的女人。

索性撞一个死,就好了。现在呢,你和你的第二个男人过活不到两年,倒落了一件大罪名。你想,你将来到阴司去,那两个死鬼的男人还要争,你给了谁好呢?阎罗大王只好把你锯开来,分给他们。我想,这真是……。"

她脸上就显出恐怖的神色来,这是在山村里所未曾知道的。

"我想,你不如及早抵当。你到土地庙里去捐一条门槛,当作你的替身,给千人踏,万人跨,赎了这一世的罪名,免得死了去受苦。"

她当时并不回答什么话,但大约非常苦闷了,第二天早上起来的时候,两眼上便都围着大黑圈。早饭之后,她便到镇的西头的土地庙里去求捐门槛。庙祝起初执意不允许,直到她急得流泪,才勉强答应了。价目是大钱十二千。

她久已不和人们交口,因为阿毛的故事是早被大家厌弃了的;但自从和柳妈谈了天,似乎又即传扬开去,许多人都发生了新趣味,又来逗她说话了。至于题目,那自然是换了一个新样,专在她额上的伤疤。

"祥林嫂,我问你:你那时怎么竟肯了?"一个说。

"唉,可惜,白撞了这一下。"一个看着她的疤,应和道。

她大约从他们的笑容和声调上,也知道是在嘲笑她,所以总是瞪着眼睛,不说一句话,后来连头也不回了。她整日紧闭了嘴唇,头上戴着大家以为耻辱的记号的那伤痕,默默的跑街,扫地,洗菜,淘米。快够一年,她才从四婶手里支取了历来积存的工钱,换算了十二元鹰洋[①],请假到镇的西头去。但不到一顿饭时候,她便回来,神气很舒畅,眼光也分外有神,高兴似的对四

[①] 鹰洋:指墨西哥银圆,币面铸有鹰的图案。鸦片战争后曾大量流入我国。

婶说,自己已经在土地庙捐了门槛了。

冬至的祭祖时节,她做得更出力,看四婶装好祭品,和阿牛将桌子抬到堂屋中央,她便坦然的去拿酒杯和筷子。

"你放着罢,祥林嫂!"四婶慌忙大声说。

她像是受了炮烙①似的缩手,脸色同时变作灰黑,也不再去取烛台,只是失神的站着。直到四叔上香的时候,教她走开,她才走开。这一回她的变化非常大,第二天,不但眼睛窈陷下去,连精神也更不济了。而且很胆怯,不独怕暗夜,怕黑影,即使看见人,虽是自己的主人,也总惴惴的,有如在白天出穴游行的小鼠,否则呆坐着,直是一个木偶人。不半年,头发也花白起来了,记性尤其坏,甚而至于常常忘却了去淘米。

"祥林嫂怎么这样了?倒不如那时不留她。"四婶有时当面就这样说,似乎是警告她。

然而她总如此,全不见有伶俐起来的希望。他们于是想打发她走了,教她回到卫老婆子那里去。但当我还在鲁镇的时候,不过单是这样说;看现在的情状,可见后来终于实行了。然而她是从四叔家出去就成了乞丐的呢,还是先到卫老婆子家然后再成乞丐的呢?那我可不知道。

我给那些因为在近旁而极响的爆竹声惊醒,看见豆一般大的黄色的灯火光,接着又听得毕毕剥剥的鞭炮,是四叔家正在"祝福"了;知道已是五更将近时候。我在蒙眬中,又隐约听到远处的爆竹声连绵不断,似乎合成一天音响的浓云,夹着团团飞舞的

---

① 炮烙:亦作炮格,相传为殷纣王时的一种酷刑。据《史记·殷本纪》裴骃集解引《列女传》:"膏铜柱,下加之炭,令有罪者行焉,辄堕炭中,妲己笑,名曰炮格之刑。"

雪花，拥抱了全市镇。我在这繁响的拥抱中，也懒散而且舒适，从白天以至初夜的疑虑，全给祝福的空气一扫而空了，只觉得天地圣众歆享了牲醴和香烟，都醉醺醺的在空中蹒跚，豫备给鲁镇的人们以无限的幸福。

一九二四年二月七日。

在酒楼上

我从北地向东南旅行,绕道访了我的家乡,就到 S 城。这城离我的故乡不过三十里,坐了小船,小半天可到,我曾在这里的学校里当过一年的教员。深冬雪后,风景凄清,懒散和怀旧的心绪联结起来,我竟暂寓在 S 城的洛思旅馆里了;这旅馆是先前所没有的。城圈本不大,寻访了几个以为可以会见的旧同事,一个也不在,早不知散到那里去了;经过学校的门口,也改换了名称和模样,于我很生疏。不到两个时辰,我的意兴早已索然,颇悔此来为多事了。

我所住的旅馆是租房不卖饭的,饭菜必须另外叫来,但又无味,入口如嚼泥土。窗外只有渍痕斑驳的墙壁,贴着枯死的莓苔;上面是铅色的天,白皑皑的绝无精采,而且微雪又飞舞起来了。我午餐本没有饱,又没有可以消遣的事情,便很自然的想到先前有一家很熟识的小酒楼,叫一石居的,算来离旅馆并不远。我于是立即锁了房门,出街向那酒楼去。其实也无非想姑且逃避客中的无聊,并不专为买醉。一石居是在的,狭小阴湿的店面和破旧的招牌都依旧;但从掌柜以至堂倌却已没有一个熟人,我在这一石居中也完全成了生客。然而我终于跨上那走熟的屋角的扶梯去了,由此径到小楼上。上面也依然是五张小板桌;独有原是木棂的后窗却换嵌了玻璃。

"一斤绍酒。——菜？十个油豆腐，辣酱要多！"

我一面说给跟我上来的堂倌听，一面向后窗走，就在靠窗的一张桌旁坐下了。楼上"空空如也"，任我拣得最好的坐位①：可以眺望楼下的废园。这园大概是不属于酒家的，我先前也曾眺望过许多回，有时也在雪天里。但现在从惯于北方的眼睛看来，却很值得惊异了：几株老梅竟斗雪开着满树的繁花，仿佛毫不以深冬为意；倒塌的亭子边还有一株山茶树，从暗绿的密叶里显出十几朵红花来，赫赫的在雪中明得如火，愤怒而且傲慢，如蔑视游人的甘心于远行。我这时又忽地想到这里积雪的滋润，著物不去，晶莹有光，不比朔雪的粉一般干，大风一吹，便飞得满空如烟雾。……

"客人，酒。……"

堂倌懒懒的说着，放下杯、筷，酒壶和碗碟，酒到了。我转脸向了板桌，排好器具，斟出酒来。觉得北方固不是我的旧乡，但南来又只能算一个客子，无论那边的干雪怎样纷飞，这里的柔雪又怎样的依恋，于我都没有什么关系了。我略带些哀愁，然而很舒服的呷一口酒。酒味很纯正；油豆腐也煮得十分好；可惜辣酱太淡薄，本来S城人是不懂得吃辣的。

大概是因为正在下午的缘故罢，这虽说是酒楼，却毫无酒楼气，我已经喝下三杯酒去了，而我以外还是四张空板桌。我看着废园，渐渐的感到孤独，但又不愿有别的酒客上来。偶然听得楼梯上脚步响，便不由得有些懊恼，待到看见是堂倌，才又安心了，这样的又喝了两杯酒。

我想，这回定是酒客了，因为听得那脚步声比堂倌的要缓得多。约略料他走完了楼梯的时候，我便害怕似的抬头去看这无干的

---

① 坐位：同"座位"。

同伴,同时也就吃惊的站起来。我竟不料在这里意外的遇见朋友了,——假如他现在还许我称他为朋友。那上来的分明是我的旧同窗,也是做教员时代的旧同事,面貌虽然颇有些改变,但一见也就认识,独有行动却变得格外迂缓,很不像当年敏捷精悍的吕纬甫了。

"阿,——纬甫,是你么?我万想不到会在这里遇见你。"

"阿阿,是你?我也万想不到……"

我就邀他同坐,但他似乎略略踌蹰之后,方才坐下来。我起先很以为奇,接着便有些悲伤,而且不快了。细看他相貌,也还是乱蓬蓬的须发;苍白的长方脸,然而衰瘦了。精神很沉静,或者却是颓唐;又浓又黑的眉毛底下的眼睛也失了精采,但当他缓缓的四顾的时候,却对废园忽地闪出我在学校时代常常看见的射人的光来。

"我们,"我高兴的,然而颇不自然的说,"我们这一别,怕有十年了罢。我早知道你在济南,可是实在懒得太难,终于没有写一封信。……"

"彼此都一样。可是现在我在太原了,已经两年多,和我的母亲。我回来接她的时候,知道你早搬走了,搬得很干净。"

"你在太原做什么呢?"我问。

"教书,在一个同乡的家里。"

"这以前呢?"

"这以前么?"他从衣袋里掏出一支烟卷来,点了火衔在嘴里,看着喷出的烟雾,沉思似的说,"无非做了些无聊的事情,等于什么也没有做。"

他也问我别后的景况;我一面告诉他一个大概,一面叫堂倌先取杯筷来，使他先喝着我的酒，然后再去添二斤。其间还点菜，我们先前原是毫不客气的，但此刻却推让起来了，终于说不清那一样是谁点的，就从堂倌的口头报告上指定了四样菜：茴香豆，冻肉，油豆腐，青鱼干。

"我一回来，就想到我可笑。"他一手擎着烟卷，一只手扶着酒杯，似笑非笑的向我说。"我在少年时，看见蜂子或蝇子停在一个地方，给什么来一吓，即刻飞去了，但是飞了一个小圈子，便又回来停在原地点，便以为这实在很可笑，也可怜。可不料现在我自己也飞回来了，不过绕了一点小圈子。又不料你也回来了。你不能飞得更远些么？"

"这难说，大约也不外乎绕点小圈子罢。"我也似笑非笑的说。"但是你为什么飞回来的呢？"

"也还是为了无聊的事。"他一口喝干了一杯酒，吸几口烟，眼睛略为张大了。"无聊的。——但是我们就谈谈罢。"

堂倌搬上新添的酒菜来，排满了一桌，楼上又添了烟气和油豆腐的热气，仿佛热闹起来了；楼外的雪也越加纷纷的下。

"你也许本来知道，"他接着说，"我曾经有一个小兄弟，是三岁上死掉的，就葬在这乡下。我连他的模样都记不清楚了，但听母亲说，是一个很可爱念的孩子，和我也很相投，至今她提起来还似乎要下泪。今年春天，一个堂兄就来了一封信，说他的坟边已经渐渐的浸了水，不久怕要陷入河里去了，须得赶紧去设法。母亲一知道就很着急，几乎几夜睡不着，——她又自己能看信的。然而我能有什么法子呢？没有钱，没有工夫：当时什么法也没有。

"一直挨到现在，趁着年假的闲空，我才得回南给他来迁葬。"他又喝干一杯酒，看着窗外，说，"这在那边那里能如此呢？积雪里会有花，雪地下会不冻。就在前天，我在城里买了一口小棺材，——因为我豫料那地下的应该早已朽烂了，——带着棉絮和被褥，雇了四个土工，下乡迁葬去。我当时忽而很高兴，愿意掘一回坟，愿意一见我那曾经和我很亲睦的小兄弟的骨殖：这些事我生平都没有经历过。到得坟地，果然，河水只是咬进来，离坟已不到二尺远。可怜的坟，两年没有培土，也平下去了。我站在雪中，决然的指着他对土工说，'掘开来！'我实在是一个庸人，我这时觉得我的声音有些希奇，这命令也是一个在我一生中最为伟大的命令。但土工们却毫不骇怪，就动手掘下去了。待到掘着圹穴，我便过去看，果然，棺木已经快要烂尽了，只剩下一堆木丝和小木片。我的心颤动着，自去拨开这些，很小心的，要看一看我的小兄弟。然而出乎意外！被褥，衣服，骨骼，什么也没有。我想，这些都消尽了，向来听说最难烂的是头发，也许还有罢。我便伏下去，在该是枕头所在的泥土里仔仔细细的看，也没有。踪影全无！"

我忽而看见他眼圈微红了，但立即知道是有了酒意。他总不很吃菜，单是把酒不停的喝，早喝了一斤多，神情和举动都活泼起来，渐近于先前所见的吕纬甫了。我叫堂倌再添二斤酒，然后回转身，也拿着酒杯，正对面默默的听着。

"其实，这本已可以不必再迁，只要平了土，卖掉棺材，就此完事了的。我去卖棺材虽然有些离奇，但只要价钱极便宜，原铺子就许要，至少总可以捞回几文酒钱来。但我不这样，我仍然铺好被褥，用棉花裹了些他先前身体所在的地方的泥土，包起来，装在新棺材里，运到我父亲埋着的坟地上，在他坟旁埋掉了。因为外面用砖墩，昨天又忙了我大半天：监工。但这样总算完结了一件事，足够去骗骗我的母亲，使她安心些。——阿阿，你这样的看我,你怪我何以和先前太不相同了么?是的,我也还记得我们同到城隍庙里去拔掉神像的胡子的时候,连日议论些改革中国的方法以至于打起来的时候。但我现在就是这样了,敷敷衍衍,模模糊糊。我有时自己也想到,倘若先前的朋友看见我,怕会不认我做朋友了。——然而我现在就是这样。"

他又掏出一支烟卷来,衔在嘴里,点了火。

"看你的神情,你似乎还有些期望我,——我现在自然麻木得多了,但是有些事也还看得出。这使我很感激,然而也使我很不安:怕我终于辜负了至今还对我怀着好意的老朋友。……"他忽而停住了,吸几口烟,才又慢慢的说,"正在今天,刚在我到这一石居来之前,也就做了一件无聊事,然而也是我自己愿意做的。我先前的东边的邻居叫长富,是一个船户。他有一个女儿叫阿顺,你那时到我家里来,也许见过的,但你一定没有留心,因为那时她还小。后来她也长得并不好看,不过是平常的瘦瘦的瓜子脸,黄脸皮;独有眼睛非常大,睫毛也很长,眼白又青得如夜的晴天,而且是北方的无风的晴天,这里的就没有那么明净了。她很能干,十多岁没了母亲,招呼两个小弟妹都靠她;又得服侍父亲,事事都周到;也经济,家计倒渐渐的稳当起来了。邻居几乎没有一个不夸奖她,连长富也时常说些感激的话。这一次我动身回来的时候,我的母亲又记得她了,老年人记性真长久。她说她曾经知道顺姑因为看见谁的头上戴着红的剪绒花,自己也想有一朵,弄不到,哭了,哭了小半夜,就挨了她父亲的一顿打,后来眼眶还红肿了两三天。这种剪绒花是外省的东西,S城里尚且买不出,她那里想得到手呢?趁我这一次回南的便,便叫我买两朵去送她。

"我对于这差事倒并不以为烦厌,反而很喜欢;为阿顺,我实在还有些愿意出力的意思的。前年，我回来接我母亲的时候，有一天，长富正在家，不知怎的我和他闲谈起来了。他便要请我吃点心，荞麦粉，并且告诉我所加的是白糖。你想，家里能有白糖的船户，可见决不是一个穷船户了，所以他也吃得很阔绰。我被劝不过，答应了，但要求只要用小碗。他也很识世故，便嘱咐阿顺说，'他们文人，是不会吃东西的。你就用小碗，多加糖！'然而等到调好端来的时候，仍然使我吃一吓，是一大碗，足够我吃一天。但是和长富吃的一碗比起来，我的也确乎算小碗。我生平没有吃过荞麦粉，这回一尝，实在不可口，却是非常甜。我漫然的吃了几口，就想不吃了，然而无意中，忽然间看见阿顺远远的站在屋角里，就使我立刻消失了放下碗筷的勇气。我看她的神情，是害怕而且希望，大约怕自己调得不好，愿我们吃得有味。我知道如果剩下大半碗来，一定要使她很失望，而且很抱歉。我于是同时决心，放开喉咙灌下去了，几乎吃得和长富一样快。我由此才知道硬吃的苦痛，我只记得还做孩子时候的吃尽一碗拌着驱除蛔虫药粉的砂糖才有这样难。然而我毫不抱怨，因为她过来收拾空碗时候的忍着的得意的笑容，已尽够赔偿我的苦痛而有余了。所以我这一夜虽然饱胀得睡不稳，又做了一大串恶梦，也还是祝赞她一生幸福，愿世界为她变好。然而这些意思也不过是我的那些旧日的梦的痕迹，即刻就自笑，接着也就忘却了。

"我先前并不知道她曾经为了一朵剪绒花挨打，但因为母亲一说起，便也记得了荞麦粉的事，意外的勤快起来了。我先在太原城里搜求了一遍，都没有；一直到济南……"

窗外沙沙的一阵声响，许多积雪从被他压弯了的一枝山茶树上滑下去了，树枝笔挺的伸直，更显出乌油油的肥叶和血红的花来。天空的铅色来得更浓；小鸟雀啾唧的叫着，大概黄昏将近，地面又全罩了雪，寻不出什么食粮，都赶早回巢来休息了。

"一直到了济南，"他向窗外看了一回，转身喝干一杯酒，又吸几口烟，接着说。"我才买到剪绒花。我也不知道使她挨打的是不是这一种，总之是绒做的罢了。我也不知道她喜欢深色还是浅色，就买了一朵大红的，一朵粉红的，都带到这里来。

"就是今天午后，我一吃完饭，便去看长富，我为此特地耽搁了一天。他的家倒还在，只是看去很有些晦气色了，但这恐怕不过是我自己的感觉。他的儿子和第二个女儿——阿昭，都站在门口，大了。阿昭长得全不像她姊姊，简直像一个鬼，但是看见我走向她家，便飞奔的逃进屋里去。我就问那小子，知道长富不在家。'你的大姊呢？'他立刻瞪起眼睛，连声问我寻她什么事，而且恶狠狠的似乎就要扑过来，咬我。我支吾着退走了，我现在是敷敷衍衍……

"你不知道，我可是比先前更怕去访人了。因为我已经深知道自己之讨厌，连自己也讨厌，又何必明知故犯的去使人暗暗地不快呢？然而这回的差事是不能不办妥的，所以想了一想，终于回到就在斜对门的柴店里。店主的母亲，老发奶奶，倒也还在，而且也还认识我，居然将我邀进店里坐去了。我们寒暄几句之后，我就说明了回到S城和寻长富的缘故。不料她叹息说：

"'可惜顺姑没有福气戴这剪绒花了。'

"她于是详细的告诉我，说是'大约从去年春天以来，她就见得黄瘦，后来忽而常常下泪了，问她缘故又不说；有时还整夜的哭，哭得长富也忍不住生气，骂她年纪大了，发了疯。可是一到秋初，起先不过小伤风，终于躺倒了，从此就起不来。直到咽气的前几天,才肯对长富说,她早就像她母亲一样,不时的吐红和流夜汗。但是瞒着,怕他因此要担心。有一夜,她的伯伯长庚又来硬借钱,——这是常有的事,——她不给,长庚就冷笑着说:你不要骄气,你的男人比我还不如!她从此就发了愁,又怕羞,不好问,只好哭。长富赶紧将她的男人怎样的争气的话说给她听,那里还来得及?况且她也不信,反而说:好在我已经这样,什么也不要紧了。'

"她还说,'如果她的男人真比长庚不如,那就真可怕呵!比不上一个偷鸡贼,那是什么东西呢?然而他来送殓的时候,我是亲眼看见他的,衣服很干净,人也体面;还眼泪汪汪的说,自己撑了半世小船,苦熬苦省的积起钱来聘了一个女人,偏偏又死掉了。可见他实在是一个好人,长庚说的全是诳。只可惜顺姑竟会相信那样的贼骨头的诳话,白送了性命。——但这也不能去怪谁,只能怪顺姑自己没有这一份好福气。'

"那倒也罢,我的事情又完了。但是带在身边的两朵剪绒花怎么办呢?好,我就托她送了阿昭。这阿昭一见我就飞跑,大约将我当作一只狼或是什么,我实在不愿意去送她。——但是我也就送她了,对母亲只要说阿顺见了喜欢的了不得就是。这些无聊的事算什么?只要模模糊糊。模模糊糊的过了新年,仍旧教我的'子曰诗云'去。"

"你教的是'子曰诗云'么?"我觉得奇异,便问。

"自然。你还以为教的是 ABCD 么?我先是两个学生,一个读《诗经》①,一个读《孟子》②。新近又添了一个,女的,读

---

① 《诗经》:我国最早的诗歌总集,共三百零五篇。编成于春秋时代,大抵是周初到春秋中期的作品,相传曾经孔子删定。

② 《孟子》:记载战国中期儒家学派代表人物孟轲(约前372—前289)的言行的书,由他的弟子纂辑而成。

《女儿经》①。连算学也不教,不是我不教,他们不要教。"

"我实在料不到你倒去教这类的书,……"

"他们的老子要他们读这些;我是别人,无乎不可的。这些无聊的事算什么?只要随随便便,……"

他满脸已经通红,似乎很有些醉,但眼光却又消沉下去了。我微微的叹息,一时没有话可说。楼梯上一阵乱响,拥上几个酒客来:当头的是矮子,臃肿的圆脸;第二个是长的,在脸上很惹眼的显出一个红鼻子;此后还有人,一叠连的走得小楼都发抖。我转眼去看吕纬甫,他也正转眼来看我,我就叫堂倌算酒账。

"你借此还可以支持生活么?"我一面准备走,一面问。

"是的。——我每月有二十元,也不大能够敷衍。"

"那么,你以后豫备怎么办呢?"

"以后?——我不知道。你看我们那时豫想的事可有一件如意?我现在什么也不知道,连明天怎样也不知道,连后一分……"

堂倌送上账来,交给我;他也不像初到时候的谦虚了,只向我看了一眼,便吸烟,听凭我付了账。

我们一同走出店门,他所住的旅馆和我的方向正相反,就在门口分别了。我独自向着自己的旅馆走,寒风和雪片扑在脸上,倒觉得很爽快。见天色已是黄昏,和屋宇和街道都织在密雪的纯白而不定的罗网里。

一九二四年二月一六日。

---

① 《女儿经》:一种向妇女宣传封建礼教的通俗读物。版本较多,作者不一,较流行的有明代赵南星注刻本。

幸福的家庭[①]

——拟许钦文

"……做不做全由自己的便；那作品，像太阳的光一样，从无量的光源中涌出来，不像石火，用铁和石敲出来，这才是真艺术。那作者，也才是真的艺术家。——而我，……这算是什么？……"他想到这里，忽然从床上跳起来了。以先他早已想过，须得捞几文稿费维持生活了；投稿的地方，先定为幸福月报社，因为润笔似乎比较的丰厚。但作品就须有范围，否则，恐怕要不收。范围就范围，……现在的青年的脑里的大问题是？……大概很不少，或者有许多是恋爱，婚姻，家庭之类罢。……是的，他们确有许多人烦闷着，正在讨论这些事。[②]那么，就来做家庭。然而怎么做做呢？……否则，恐怕要不收的，何必说些背时的话，然而……。他跳下卧床之后，四五步就走到书桌面前，坐下去，抽出一张绿格纸，毫不迟疑，但又自暴自弃似的写下一行题目道：《幸福的家庭》。

他的笔立刻停滞了；他仰了头，两眼瞪着房顶，正在安排那安置这"幸福的家庭"的地方。他想："北京？不行，死气沉沉，连空气也是死的。假如在这家庭的周围筑一道高墙，难道空气也

[①] 本篇最初发表于1924年3月1日上海《妇女杂志》月刊第十卷第三号。
[②] 指当时一些报刊关于恋爱、婚姻、家庭问题的讨论。如1923年5、6月间《晨报副刊》进行的"爱情定则"的讨论。

就隔断了么？简直不行！江苏、浙江天天防要开仗；福建更无须说。四川、广东？都正在打。山东、河南之类？——阿阿，要绑票①的，倘使绑去一个，那就成为不幸的家庭了。上海、天津的租界上房租贵；……假如在外国，笑话。云南、贵州不知道怎样，但交通也太不便……。"他想来想去，想不出好地方，便要假定为 A 了，但又想，"现有不少的人是反对用西洋字母来代人名地名的②，说是要减少读者的兴味。我这回的投稿，似乎也不如不用，安全些。那么，在那里好呢？——湖南也打仗；大连仍然房租贵；察哈尔③、吉林、黑龙江罢，——听说有马贼，也不行！……"他又想来想去，又想不出好地方，于是终于决心，假定这"幸福的家庭"所在的地方叫作 A。

"总之，这幸福的家庭一定须在 A，无可磋商。家庭中自然是两夫妇，就是主人和主妇，自由结婚的。他们订有四十多条条约，非常详细，所以非常平等，十分自由。而且受过高等教育，优美高尚……。东洋留学生已经不通行，——那么，假定为西洋留学生罢。主人始终穿洋服，硬领始终雪白；主妇是前头的头发始终烫得蓬蓬松松像一个麻雀窠，牙齿是始终雪白的露着，但衣服却是中国装，……"

"不行不行，那不行！二十五斤！"

他听得窗外一个男人的声音，不由得回过头去看，窗幔垂

---

① 绑票：旧时盗匪把人劫走，强迫被劫持者的亲属出钱赎买。
② 关于罗马字母代替小说中人名地名的问题，1923 年 6 月至 9 月间《晨报副刊》上曾有过争论。8 月 26 日该刊所载郑兆松的《罗马字母问题的小小结束》认为："小说里屡用些罗马字母，不认识罗马文字的大多数民众看来，就会产生出一种厌恶的情感，至少，也足以减少它们的普遍性。"
③ 察哈尔：指当时的察哈尔特别区。1928 年改设省。1952 年撤销，分别并入河北、山西两省和内蒙古自治区。

着,日光照着,明得眩目,他的眼睛昏花了;接着是小木片撒在地上的声响。"不相干,"他又回过头来想,"什么'二十五斤'?——他们是优美高尚,很爱文艺的。但因为都从小生长在幸福里,所以不爱俄国的小说……。俄国小说多描写下等人,实在和这样的家庭也不合。'二十五斤'?不管他。那么,他们看看什么书呢?——裴伦的诗?吉支①的?不行,都不稳当。——哦,有了,他们都爱看《理想之良人》②。我虽然没有见过这部书,但既然连大学教授也那么称赞他,想来他们也一定都爱看,你也看,我也看,——他们一人一本,这家庭里一共有两本,……"他觉得胃里有点空虚了,放下笔,用两只手支着头,教自己的头像地球仪似的在两个柱子间挂着。

"……他们两人正在用午餐,"他想,"桌上铺了雪白的布;厨子送上菜来,——中国菜。什么'二十五斤'?不管他。为什么倒是中国菜?西洋人说,中国菜最进步,最好吃,最合于卫生③:所以他们采用中国菜。送来的是第一碗,但这第一碗是什么呢?……"

"劈柴,……"

---

① 裴伦:通译拜伦(G. G. Byron, 1788—1824),英国诗人。著有长诗《唐·璜》、诗剧《曼佛雷特》等。吉支(J. Keats, 1795—1821),通译济慈,英国诗人。著有《为和平而写的十四行诗》、长诗《伊莎贝拉》等。

②《理想之良人》:即四幕剧《An Ideal Husband》,英国王尔德(Oscar Wilde, 1854—1900)著。该剧在"五四"前被译成中文,曾连载于《新青年》第一卷第二、三、四、六号和第二卷第二号。

③ 关于西洋人称赞中国菜,作者曾在《华盖集续编·马上支日记》中这样说过:"近年尝听到本国人和外国人颂扬中国菜,说是怎样可口,怎样卫生,世界上第一,宇宙间第 n。但我实在不知道怎样的是中国菜。我们有几处是嚼葱蒜和杂合面饼,有几处是用醋,辣椒,腌菜下饭;还有许多人是只能舐黑盐,还有许多人是连黑盐也没得舐。中外人士以为可口、卫生,第一而 n 的,当然不是这些;应该是阔人,上等人所吃的肴馔。"

他吃惊的回过头去看，靠左肩，便立着他自己家里的主妇，两只阴凄凄的眼睛恰恰钉住他的脸。

"什么？"他以为她来搅扰了他的创作，颇有些愤怒了。

"劈柴，都用完了，今天买了些。前一回还是十斤两吊四，今天就要两吊六。我想给他两吊五，好不好？"

"好好，就是两吊五。"

"称得太吃亏了。他一定只肯算二十四斤半；我想就算他二十三斤半，好不好？"

"好好，就算他二十三斤半。"

"那么，五五二十五，三五一十五，……"

"唔唔，五五二十五，三五一十五，……"他也说不下去了，停了一会，忽而奋然的抓起笔来，就在写着一行"幸福的家庭"的绿格纸上起算草，起了好久，这才仰起头来说道：

"五吊八！"

"那是，我这里不够了，还差八九个……。"

他抽开书桌的抽屉，一把抓起所有的铜元，不下二三十，放在她摊开的手掌上，看她出了房，才又回过头来向书桌。他觉得头里面很胀满，似乎桠桠叉叉的全被木柴填满了，五五二十五，脑皮质上还印着许多散乱的亚剌伯①数目字。他很深的吸一口气，又用力的呼出，仿佛要借此赶出脑里的劈柴，五五二十五和亚剌伯数字来。果然，吁气之后，心地也就轻松不少了，于是仍复恍恍惚惚的想——

"什么菜？菜倒不妨奇特点。滑溜里脊，虾子海参，实在太凡庸。我偏要说他们吃的是'龙虎斗'。但'龙虎斗'又是什么

---

① 亚剌伯：今译作"阿拉伯"。

呢？有人说是蛇和猫，是广东的贵重菜，非大宴会不吃的。但我在江苏饭馆的菜单上就见过这名目，江苏人似乎不吃蛇和猫，恐怕就如谁所说，是蛙和鳝鱼了。现在假定这主人和主妇为那里人呢？——不管他。总而言之，无论那里人吃一碗蛇和猫或者蛙和鳝鱼，于幸福的家庭是决不会有损伤的。总之这第一碗一定是'龙虎斗'，无可磋商。

"于是一碗'龙虎斗'摆在桌子中央了，他们两人同时捏起筷子，指着碗沿，笑眯眯的你看我，我看你……。

"'My dear, please.'

"'Please you eat first, my dear.'

"'Oh no, please you!'①

"于是他们同时伸下筷子去，同时夹出一块蛇肉来，——不不，蛇肉究竟太奇怪，还不如说是鳝鱼罢。那么，这碗'龙虎斗'是蛙和鳝鱼所做的了。他们同时夹出一块鳝鱼来，一样大小，五五二十五，三五……不管他，同时放进嘴里去，……"他不能自制的只想回过头去看，因为他觉得背后很热闹，有人来来往往的走了两三回。但他还熬着，乱糟糟的接着想，"这似乎有点肉麻，那有这样的家庭？唉唉，我的思路怎么会这样乱，这好题目怕是做不完篇的了。——或者不必定用留学生，就在国内受了高等教育的也可以。他们都是大学毕业的，高尚优美，高尚……。男的是文学家；女的也是文学家，或者文学崇拜家。或者女的是诗人；男的是诗人崇拜者，女性尊重者。或者……"他终于忍耐不住，回过头去了。

就在他背后的书架的旁边，已经出现了一座白菜堆，下层三

---

① 这三行英文的意思是："我亲爱的，请。""你请先吃，我亲爱的。""不，你请！"

株,中层两株,顶上一株,向他叠成一个很大的 A 字。

"唉唉!"他吃惊的叹息,同时觉得脸上骤然发热了,脊梁上还有许多针轻轻的刺着。"吁⋯⋯。"他很长的嘘一口气,先斥退了脊梁上的针,仍然想,"幸福的家庭的房子要宽绰。有一间堆积房,白菜之类都到那边去。主人的书房另一间,靠壁满排着书架,那旁边自然决没有什么白菜堆;架上满是中国书,外国书,《理想之良人》自然也在内,——一共有两部。卧室又一间;黄铜床,或者质朴点,第一监狱工场做的榆木床也就够,床底下很干净,⋯⋯"他当即一瞥自己的床下,劈柴已经用完了,只有一条稻草绳,却还死蛇似的懒懒的躺着。

"二十三斤半,⋯⋯"他觉得劈柴就要向床下"川流不息"的进来,头里面又有些桠桠叉叉了,便急忙起立,走向门口去想关门。但两手刚触着门,却又觉得未免太暴躁了,就歇了手,只放下那积着许多灰尘的门幕。他一面想,这既无闭关自守之操切,也没有开放门户之不安:是很合于"中庸之道"① 的。

"⋯⋯所以主人的书房门永远是关起来的。"他走回来,坐下,想,"有事要商量先敲门,得了许可才能进来,这办法实在对。现在假如主人坐在自己的书房里,主妇来谈文艺了,也就先敲门。——这可以放心,她必不至于捧着白菜的。

" 'Come in, please, my dear.' ②

"然而主人没有工夫谈文艺的时候怎么办呢?那么,不理她,听她站在外面老是剥剥的敲?这大约不行罢。或者《理想之良

---

① 中庸之道:儒家学说。据宋代朱熹《中庸章句集注》:"中者,不偏不倚,无过不及之名;庸,平常也。"

② 这一行英文的意思是:"请进来,亲爱的。"

人》里面都写着,——那恐怕确是一部好小说,我如果有了稿费,也得去买他一部来看看……。"

啪!

他腰骨笔直了,因为他根据经验,知道这一声"啪"是主妇的手掌打在他们的三岁的女儿的头上的声音。

"幸福的家庭,……"他听到孩子的呜咽了,但还是腰骨笔直的想,"孩子是生得迟的,生得迟。或者不如没有,两个人干干净净。——或者不如住在客店里,什么都包给他们,一个人干干……"他听得呜咽声高了起来,也就站了起来,钻过门幕,想着,"马克思在儿女的啼哭声中还会做《资本论》,所以他是伟人,……"走出外间,开了风门,闻得一阵煤油气。孩子就躺倒在门的右边,脸向着地,一见他,便"哇"的哭出来了。

"阿阿,好好,莫哭莫哭,我的好孩子。"他弯下腰去抱她。

他抱了她回转身,看见门左边还站着主妇,也是腰骨笔直,然而两手叉腰,怒气冲冲的似乎豫备开始练体操。

"连你也来欺侮我!不会帮忙,只会捣乱,——连油灯也要翻了他。晚上点什么?……"

"阿阿,好好,莫哭莫哭,"他把那些发抖的声音放在脑后,抱她进房,摩着她的头,说,"我的好孩子。"于是放下她,拖开椅子,坐下去,使她站在两膝的中间,擎起手来道,"莫哭了呵,好孩子。爹爹做'猫洗脸'给你看。"他同时伸长颈子,伸出舌头,远远的对着手掌舔了两舔,就用这手掌向了自己的脸上画圆圈。

"呵呵呵,花儿。"她就笑起来了。

"是的是的,花儿。"他又连画上几个圆圈,这才歇了手,只见她还是笑迷迷的挂着眼泪对他看。他忽而觉得，她那可爱的天真的脸，正像五年前的她的母亲，通红的嘴唇尤其像，不过缩小了轮廓。那时也是晴朗的冬天，她听得他说决计反抗一切阻碍，为她牺牲的时候，也就这样笑迷迷的挂着眼泪对他看。他惘然的坐着，仿佛有些醉了。

"阿阿，可爱的嘴唇……"他想。

门幕忽然挂起。劈柴运进来了。

他也忽然惊醒，一定睛，只见孩子还是挂着眼泪，而且张开了通红的嘴唇对他看。"嘴唇……"他向旁边一瞥，劈柴正在进来，"……恐怕将来也就是五五二十五，九九八十一！……而且两只眼睛阴凄凄的……。"他想着，随即粗暴的抓起那写着一行题目和一堆算草的绿格纸来，揉了几揉，又展开来给她拭去了眼泪和鼻涕。"好孩子，自己玩去罢。"他一面推开她，说；一面就将纸团用力的掷在纸篓里。

但他又立刻觉得对于孩子有些抱歉了，重复回头，目送着她独自茕茕的出去；耳朵里听得木片声。他想要定一定神，便又回转头，闭了眼睛，息了杂念，平心静气的坐着。他看见眼前浮出一朵扁圆的乌花，橙黄心，从左眼的左角漂到右，消失了；接着一朵明绿花，墨绿色的心；接着一座六株的白菜堆，屹然的向他叠成一个很大的 A 字。

一九二四年二月一八日。

肥　皂

　　四铭太太正在斜日光中背着北窗和她八岁的女儿秀儿糊纸锭，忽听得又重又缓的布鞋底声响，知道四铭进来了，并不去看他，只是糊纸锭。但那布鞋底声却愈响愈逼近，觉得终于停在她的身边了，于是不免转过眼去看，只见四铭就在她面前耸肩曲背的狠命掏着布马褂底下的袍子的大襟后面的口袋。

　　他好容易曲曲折折的汇出手来，手里就有一个小小的长方包，葵绿色的，一径递给四太太。她刚接到手，就闻到一阵似橄榄非橄榄的说不清的香味，还看见葵绿色的纸包上有一个金光灿烂的印子和许多细簇簇的花纹。秀儿即刻跳过来要抢着看，四太太赶忙推开她。

　　"上了街？……"她一面看，一面问。

　　"唔唔。"他看着她手里的纸包，说。

　　于是这葵绿色的纸包被打开了，里面还有一层很薄的纸，也是葵绿色，揭开薄纸，才露出那东西的本身来，光滑坚致，也是葵绿色，上面还有细簇簇的花纹，而薄纸原来却是米色的，似橄榄非橄榄的说不清的香味也来得更浓了。

　　"唉唉，这实在是好肥皂。"她捧孩子似的将那葵绿色的东西送到鼻子下面去，嗅着说。

　　"唔唔，你以后就用这个……。"

她看见他嘴里这么说，眼光却射在她的脖子上，便觉得颧骨以下的脸上似乎有些热。她有时自己偶然摸到脖子上，尤其是耳朵后，指面上总感着些粗糙，本来早就知道是积年的老泥，但向来倒也并不很介意。现在在他的注视之下，对着这葵绿异香的洋肥皂，可不禁脸上有些发热了，而且这热又不绝的蔓延开去，即刻一径到耳根。她于是就决定晚饭后要用这肥皂来拼命的洗一洗。

"有些地方，本来单用皂荚子是洗不干净的。"她自对自的说。

"妈，这给我！"秀儿伸手来抢葵绿纸；在外面玩耍的小女儿招儿也跑到了。四太太赶忙推开她们，裹好薄纸，又照旧包上葵绿纸，欠过身去搁在洗脸台上最高的一层格子上，看一看，翻身仍然糊纸锭。

"学程！"四铭记起了一件事似的，忽而拖长了声音叫，就在她对面的一把高背椅子上坐下了。

"学程！"她也帮着叫。

她停下糊纸锭，侧耳一听，什么响应也没有，又见他仰着头焦急的等着，不禁很有些抱歉了，便尽力提高了喉咙，尖利的叫：

"铨儿呀！"

这一叫确乎有效，就听到皮鞋声橐橐的近来，不一会，铨儿已站在她面前了，只穿短衣，肥胖的圆脸上亮晶晶的流着油汗。

"你在做什么？怎么爹叫也不听见？"她谴责的说。

"我刚在练八卦拳①……。"他立即转身向了四铭，笔挺的站着，看着他，意思是问他什么事。

---

① 八卦拳：拳术的一种，多用掌法，按八卦的特定形式运行。清末有些王公大臣和"五四"前后的封建复古派把它作为"国粹"加以提倡。

"学程,我就要问你:'恶毒妇'是什么?"

"'恶毒妇'?……那是,'很凶的女人'罢?……"

"胡说!胡闹!"四铭忽而怒得可观。"我是'女人'么!?"

学程吓得倒退了两步,站得更挺了。他虽然有时觉得他走路很像上台的老生,却从没有将他当作女人看待,他知道自己答的很错了。

"'恶毒妇'是'很凶的女人',我倒不懂,得来请教你?——这不是中国话,是鬼子话,我对你说。这是什么意思,你懂么?"

"我,……我不懂。"学程更加局促起来。

"吓,我白化钱送你进学堂,连这一点也不懂。亏煞你的学堂还夸什么'口耳并重',倒教得什么也没有。说这鬼话的人至多不过十四五岁,比你还小些呢,已经叽叽咕咕的能说了,你却连意思也说不出,还有这脸说'我不懂'!——现在就给我去查出来!"

学程在喉咙底里答应了一声"是",恭恭敬敬的退出去了。

"这真叫作不成样子,"过了一会,四铭又慷慨的说,"现在的学生是。其实,在光绪年间,我就是最提倡开学堂的①,可万料不到学堂的流弊竟至于如此之大:什么解放咧,自由咧,没有实学,只会胡闹。学程呢,为他化了的钱也不少了,都白化。好容易给他进了中西折中的学堂,英文又专是'口耳并重'的,你以为这该好了罢,哼,可是读了一年,连'恶毒妇'也不懂,大约仍然是念死书。吓,什么学堂,造就了些什么?我简直说:应

---

① 关于光绪年间开学堂,戊戌变法(1898)前后,在维新派的推动下,我国开始兴办近代教育,开设学堂。这些学堂当时曾不同程度地传播了西方近代的科学文化和社会学说。

该统统关掉！"

"对咧，真不如统统关掉的好。"四太太糊着纸锭，同情的说。

"秀儿她们也不必进什么学堂了。'女孩子，念什么书？'九公公先前这样说，反对女学的时候，我还攻击他呢；可是现在看起来，究竟是老年人的话对。你想，女人一阵一阵的在街上走，已经很不雅观的了，她们却还要剪头发。我最恨的就是那些剪了头发的女学生，我简直说，军人土匪倒还情有可原，搅乱天下的就是她们，应该很严的办一办……。"

"对咧，男人都像了和尚还不够，女人又来学尼姑了。"

"学程！"

学程正捧着一本小而且厚的金边书快步进来，便呈给四铭，指着一处说：

"这倒有点像。这个……。"

四铭接来看时，知道是字典，但文字非常小，又是横行的。他眉头一皱，擎向窗口，细着眼睛，就学程所指的一行念过去：

"'第十八世纪创立之共济讲社①之称'。——唔，不对。——这声音是怎么念的？"他指着前面的"鬼子"字，问。

"恶特拂罗斯（Oddfellows）。"

"不对，不对，不是这个。"四铭又忽而愤怒起来了。"我对你说：那是一句坏话，骂人的话，骂我这样的人的。懂了么？查去！"

学程看了他几眼，没有动。

"这是什么闷胡卢②，没头没脑的？你也先得说说清，教他好

---

① 共济讲社：又译作"共济社"（Oddfellows），18 世纪在英国出现的一种以互济为目的有宗教性质的秘密结社。

② 闷胡卢：闷葫芦。比喻不爱说话的人。

用心的查去。"她看见学程为难,觉得可怜,便排解而且不满似的说。

"就是我在大街上广润祥买肥皂的时候,"四铭呼出了一口气,向她转过脸去,说。"店里又有三个学生在那里买东西。我呢,从他们看起来,自然也怕太噜苏①一点了罢。我一气看了六七样,都要四角多,没有买;看一角一块的,又太坏,没有什么香。我想,不如中通的好,便挑定了那绿的一块,两角四分。伙计本来是势利鬼,眼睛生在额角上的,早就嚻着狗嘴的了;可恨那学生这坏小子又都挤眉弄眼的说着鬼话笑。后来,我要打开来看一看才付钱:洋纸包着,怎么断得定货色的好坏呢。谁知道那势利鬼不但不依,还蛮不讲理,说了许多可恶的废话;坏小子们又附和着说笑。那一句是顶小的一个说的,而且眼睛看着我,他们就都笑起来了:可见一定是一句坏话。"他于是转脸对着学程道,"你只要在'坏话类'里去查去!"

学程在喉咙底里答应了一声"是",恭恭敬敬的退去了。

"他们还嚷什么'新文化新文化','化'到这样了,还不够?"他两眼钉着屋梁,尽自说下去。"学生也没有道德,社会上也没有道德,再不想点法子来挽救,中国这才真个要亡了。——你想,那多么可叹?……"

"什么?"她随口的问,并不惊奇。

"孝女。"他转眼对着她,郑重的说。"就在大街上,有两个讨饭的。一个是姑娘,看去该有十八九岁了。——其实这样的年纪,讨饭是很不相宜的了,可是她还讨饭。——和一个六七十岁的老的,白头发,眼睛是瞎的,坐在布店的檐下求乞。大家多说

---

① 噜苏:啰唆。

她是孝女,那老的是祖母。她只要讨得一点什么,便都献给祖母吃,自己情愿饿肚皮。可是这样的孝女,有人肯布施么?"他射出眼光来钉住她,似乎要试验她的识见。

她不答话,也只将眼光钉住他,似乎倒是专等他来说明。

"哼,没有。"他终于自己回答说。"我看了好半天,只见一个人给了一文小钱;其余的围了一大圈,倒反去打趣。还有两个光棍,竟肆无忌惮的说:'阿发,你不要看得这货色脏。你只要去买两块肥皂来,咯支咯支①遍身洗一洗,好得很哩!'哪,你想,这成什么话?"

"哼,"她低下头去了,久之,才又懒懒的问,"你给了钱么?"

"我么?——没有。一两个钱,是不好意思拿出去的。她不是平常的讨饭,总得……。"

"嗡。"她不等说完话,便慢慢地站起来,走到厨下去。昏黄只显得浓密,已经是晚饭时候了。

四铭也站起身,走出院子去。天色比屋子里还明亮,学程就在墙角落上练习八卦拳:这是他的"庭训"②,利用昼夜之交的时间的经济法,学程奉行了将近大半年了。他赞许似的微微点一点头,便反背着两手在空院子里来回的踱方步。不多久,那惟一的盆景万年青的阔叶又已消失在昏暗中,破絮一般的白云间闪出星点,黑夜就从此开头。四铭当这时候,便也不由得感奋起来,仿佛就要大有所为,与周围的坏学生以及恶社会宣战。他意气渐渐勇猛,脚步愈跨愈大,布鞋底声也愈走愈响,吓得早已睡在笼子

---

① 咯支咯支:咯吱咯吱。
② 庭训:《论语·季氏》载,孔丘"尝独立,鲤(按:孔丘的儿子)趋而过庭",孔丘要他学"诗"学"礼"。后来就常有人称父亲的教训为"庭训"或"过庭之训"。

里的母鸡和小鸡也都唧唧足足的叫起来了。

　　堂前有了灯光，就是号召晚餐的烽火，合家的人们便都齐集在中央的桌子周围。灯在下横；上首是四铭一人居中，也是学程一般肥胖的圆脸，但多两撇细胡子，在菜汤的热气里，独据一面，很像庙里的财神。左横是四太太带着招儿；右横是学程和秀儿一列。碗筷声雨点似的响，虽然大家不言语，也就是很热闹的晚餐。

　　招儿带翻了饭碗了，菜汤流得小半桌。四铭尽量的睁大了细眼睛瞪着看得她要哭，这才收回眼光，伸筷自去夹那早先看中了的一个菜心去。可是菜心已经不见了，他左右一瞥，就发见学程刚刚夹着塞进他张得很大的嘴里去，他于是只好无聊的吃了一筷黄菜叶。

　　"学程，"他看着他的脸说，"那一句查出了没有？"

　　"那一句？——那还没有。"

　　"哼，你看，也没有学问，也不懂道理，单知道吃！学学那个孝女罢，做了乞丐，还是一味孝顺祖母，自己情愿饿肚子。但是你们这些学生那里知道这些，肆无忌惮，将来只好像那光棍……。"

　　"想倒想着了一个，但不知可是。——我想，他们说的也许是'阿尔特肤尔'①。"

　　"哦哦，是的！就是这个！他们说的就是这样一个声音：'恶毒夫咧。'这是什么意思？你也就是他们这一党：你知道的。"

　　"意思，——意思我不很明白。"

　　"胡说！瞒我。你们都是坏种！"

　　"'天不打吃饭人'，你今天怎么尽闹脾气，连吃饭时候也是打鸡骂狗的。他们小孩子们知道什么。"四太太忽而说。

---

　　① 阿尔特肤尔：英语 old fool 的音译，意为"老傻瓜"。

"什么?"四铭正想发话,但一回头,看见她陷下的两颊已经鼓起,而且很变了颜色,三角形的眼里也发着可怕的光,便赶紧改口说,"我也没有闹什么脾气,我不过教学程应该懂事些。"

"他那里懂得你心里的事呢。"她可是更气忿了。"他如果能懂事,早就点了灯笼火把,寻了那孝女来了。好在你已经给她买好了一块肥皂在这里,只要再去买一块……"

"胡说!那话是那光棍说的。"

"不见得。只要再去买一块,给她咯支咯支的遍身洗一洗,供起来,天下也就太平了。"

"什么话?那有什么相干?我因为记起了你没有肥皂……"

"怎么不相干?你是特诚买给孝女的,你咯支咯支的去洗去。我不配,我不要,我也不要沾孝女的光。"

"这真是什么话?你们女人……"四铭支吾着,脸上也像学程练了八卦拳之后似的流出油汗来,但大约大半也因为吃了太热的饭。

"我们女人怎么样?我们女人,比你们男人好得多。你们男人不是骂十八九岁的女学生,就是称赞十八九岁的女讨饭:都不是什么好心思。'咯支咯支',简直是不要脸!"

"我不是已经说过了?那是一个光棍……"

"四翁!"外面的暗中忽然起了极响的叫喊。

"道翁么?我就来!"四铭知道那是高声有名的何道统,便遇赦似的,也高兴的大声说。"学程,你快点灯照何老伯到书房去!"

学程点了烛,引着道统走进西边的厢房里,后面还跟着卜薇园。

"失迎失迎,对不起。"四铭还嚼着饭,出来拱一拱手,说。

"就在舍间用便饭，何如？……"

"已经偏过了。"薇园迎上去，也拱一拱手，说。"我们连夜赶来，就为了那移风文社的第十八届征文题目，明天不是'逢七'么？"

"哦！今天十六？"四铭恍然的说。

"你看，多么胡涂！"道统大嚷道。

"那么，就得连夜送到报馆去，要他明天一准登出来。"

"文题我已经拟下了。你看怎样，用得用不得？"道统说着，就从手巾包里挖出一张纸条来交给他。

四铭踱到烛台面前，展开纸条，一字一字的读下去：

"'恭拟全国人民合词吁请贵大总统特颁明令专重圣经崇祀孟母①以挽颓风而存国粹文'。——好极好极。可是字数太多了罢？"

"不要紧的！"道统大声说。"我算过了，还无须乎多加广告费。但是诗题呢？"

"诗题么？"四铭忽而恭敬之状可掬了。"我倒有一个在这里：孝女行。那是实事，应该表彰表彰她。我今天在大街上……"

"哦哦，那不行。"薇园连忙摇手，打断他的话。"那是我也看见的。她大概是'外路人'，我不懂她的话，她也不懂我的话，不知道她究竟是那里人。大家倒都说她是孝女；然而我问她可能做诗，她摇摇头。要是能做诗，那就好了。"

"然而忠孝是大节，不会做诗也可以将就……。"

"那倒不然，而孰知不然！"薇园摊开手掌，向四铭连摇带推的奔过去，力争说。"要会做诗，然后有趣。"

"我们，"四铭推开他，"就用这个题目，加上说明，登报去。

---

① 孟母：指孟子的母亲，旧时传说她是善于教子的"贤母"。

一来可以表彰表彰她；二来可以借此针砭社会。现在的社会还成个什么样子，我从旁考察了好半天，竟不见有什么人给一个钱，这岂不是全无心肝……"

"阿呀，四翁！"薇园又奔过来，"你简直是在'对着和尚骂贼秃'了。我就没有给钱，我那时恰恰身边没有带着。"

"不要多心，薇翁。"四铭又推开他，"你自然在外，又作别论。你听我讲下去：她们面前围了一大群人，毫无敬意，只是打趣。还有两个光棍，那是更其肆无忌惮了，有一个简直说，'阿发，你去买两块肥皂来，咯支咯支遍身洗一洗，好得很哩。'你想，这……"

"哈哈哈！两块肥皂！"道统的响亮的笑声突然发作了，震得人耳朵喤喤的叫。"你买，哈哈，哈哈！"

"道翁，道翁，你不要这么嚷。"四铭吃了一惊，慌张的说。

"咯支咯支，哈哈！"

"道翁！"四铭沉下脸来了，"我们讲正经事，你怎么只胡闹，闹得人头昏。你听，我们就用这两个题目，即刻送到报馆去，要他明天一准登出来。这事只好偏劳你们两位了。"

"可以可以，那自然。"薇园极口应承说。

"呵呵，洗一洗，咯支……唏唏……"

"道翁！！！"四铭愤愤的叫。

道统给这一喝，不笑了。他们拟好了说明，薇园誊在信笺上，就和道统跑往报馆去。四铭拿着烛台，送出门口，回到堂屋的外面，心里就有些不安逸，但略一踌躇，也终于跨进门槛去了。他一进门，迎头就看见中央的方桌中间放着那肥皂的葵绿色的小小的长方包，包中央的金印子在灯光下明晃晃的发闪，周围还有细小的花纹。

秀儿和招儿都蹲在桌子下横的地上玩；学程坐在右横查字典。最后在离灯最远的阴影里的高背椅子上发见了四太太，灯光照处，见她死板板的脸上并不显出什么喜怒，眼睛也并不看着什么东西。

"咯支咯支，不要脸不要脸……"

四铭微微的听得秀儿在他背后说，回头看时，什么动作也没有了，只有招儿还用了她两只小手的指头在自己脸上抓。

他觉得存身不住，便熄了烛，踱出院子去。他来回的踱，一不小心，母鸡和小鸡又唧唧足足的叫了起来，他立即放轻脚步，并且走远些。经过许多时，堂屋里的灯移到卧室里去了。他看见一地月光，仿佛满铺了无缝的白纱，玉盘似的月亮现在白云间，看不出一点缺。

他很有些悲伤，似乎也像孝女一样，成了"无告之民"①，孤苦零丁了。他这一夜睡得非常晚。

但到第二天的早晨，肥皂就被录用了。这日他比平日起得迟，看见她已经伏在洗脸台上擦脖子，肥皂的泡沫就如大螃蟹嘴上的水泡一般，高高的堆在两个耳朵后，比起先前用皂荚时候的只有一层极薄的白沫来，那高低真有霄壤之别了。从此之后，四太太的身上便总带着些似橄榄非橄榄的说不清的香味；几乎小半年，这才忽而换了样，凡有闻到的都说那可似乎是檀香。

一九二四年三月二二日。

---

① 无告之民：语出《礼记·王制》，其中说：孤、独、鳏、寡"四者，天民之穷而无告者也"。无告，有苦无处诉说。

长明灯

春阴的下午,吉光屯唯一的茶馆子里的空气又有些紧张了,人们的耳朵里,仿佛还留着一种微细沉实的声息——

"熄掉他罢!"

但当然并不是全屯的人们都如此。这屯上的居民是不大出行的,动一动就须查黄历①,看那上面是否写着"不宜出行";倘没有写,出去也须先走喜神方,迎吉利。不拘禁忌地坐在茶馆里的不过几个以豁达自居的青年人,但在蛰居人的意中却以为个个都是败家子。

现在也无非就是这茶馆里的空气有些紧张。

"还是这样么?"三角脸的拿起茶碗,问。

"听说,还是这样,"方头说,"还是尽说'熄掉他熄掉他'。眼光也越加发闪了。见鬼!这是我们屯上的一个大害,你不要看得微细。我们倒应该想个法子来除掉他!"

"除掉他,算什么一回事。他不过是一个……。什么东西!造庙的时候,他的祖宗就捐过钱,现在他却要来吹熄长明灯。这不是不肖子孙?我们上县去,送他忤逆!"阔亭捏了拳头,在桌上一击,

---

① 黄历:我国的旧历书系由朝廷颁布,用黄色纸印制,故称"黄历"。其中载有农时节气,还杂有一些迷信的"宜忌",如某日"宜祭祀"、某日"忌出行"、某日"诸事不宜",以及"喜神"每日所在的方位("喜神方")等。

慷慨地说。一只斜盖着的茶碗盖子也噫的一声,翻了身。

"不成。要送忤逆,须是他的父母,母舅……"方头说。

"可惜他只有一个伯父……"阔亭立刻颓唐了。

"阔亭!"方头突然叫道。"你昨天的牌风可好?"

阔亭睁着眼看了他一会,没有便答;胖脸的庄七光已经放开喉咙嚷起来了:

"吹熄了灯,我们的吉光屯还成什么吉光屯,不就完了么?老年人不都说么:这灯还是梁武帝①点起的,一直传下来,没有熄过;连长毛②造反的时候也没有熄过……。你看,喷,那火光不是绿莹莹的么?外路人经过这里的都要看一看,都称赞……。喷,多么好……。他现在这么胡闹,什么意思?……"

"他不是发了疯么?你还没有知道?"方头带些藐视的神气说。

"哼,你聪明!"庄七光的脸上就走了油。

"我想:还不如用老法子骗他一骗。"灰五婶,本店的主人兼工人,本来是旁听着的,看见形势有些离了她专注的本题了,便赶忙来岔开纷争,拉到正经事上去。

"什么老法子?"庄七光诧异地问。

"他不是先就发过一回疯么,和现在一模一样。那时他的父亲还在,骗了他一骗,就治好了。"

"怎么骗?我怎么不知道?"庄七光更其诧异地问。

"你怎么会知道?那时你们都还是小把戏呢,单知道喝奶拉矢③。便是我,那时也不这样。你看我那时的一双手呵,真是粉

---

① 梁武帝:南朝梁的建立者萧衍(464—549)。他是我国历史上有名的笃信佛教的皇帝(下文中灰五婶误称他为"梁五弟")。

② 长毛:指洪秀全(1814—1864)领导的太平天国起义军。为了对抗清政府剃发留辫的法令,他们都留发而不结辫,因此被称为"长毛"。

③ 矢:同"屎"。

嫩粉嫩……"

"你现在也还是粉嫩粉嫩……"方头说。

"放你妈的屁!"灰五婶怒目地笑了起来,"莫胡说了。我们讲正经话。他那时也还年青哩;他的老子也就有些疯的。听说:有一天他的祖父带他进社庙去,教他拜社老爷,瘟将军,王灵官①老爷,他就害怕了,硬不拜,跑了出来,从此便有些怪。后来就像现在一样,一见人总和他们商量吹熄正殿上的长明灯。他说熄了便再不会有蝗虫和病痛,真是像一件天大的正事似的。大约那是邪祟附了体,怕见正路神道了。要是我们,会怕见社老爷么?你们的茶不冷了么?对一点热水罢。好,他后来就自己闯进去,要去吹。他的老子又太疼爱他,不肯将他锁起来。呵,后来不是全屯动了公愤,和他老子去吵闹了么?可是,没有办法,——幸亏我家的死鬼那时还在,给想了一个法:将长明灯用厚棉被一围,漆漆黑黑的,领他去看,说是已经吹熄了。"

"唉唉,这真亏他想得出。"三角脸吐一口气,说,不胜感服之至似的。

"费什么这样的手脚,"阔亭愤愤地说,"这样的东西,打死了就完了,吓!"

"那怎么行?"她吃惊地看着他,连忙摇手道,"那怎么行!他的祖父不是捏过印靶子的么?"

阔亭们立刻面面相觑,觉得除了"死鬼"的妙法以外,也委实无法可想了。

"后来就好了的!"她又用手背抹去一些嘴角上的白沫,更快

---

① 社老爷,瘟将军,王灵官:都是迷信传说中神道的名称。社老爷即土地神;瘟将军是掌管瘟疫的神;王灵官是主管纠察的天将,道教庙宇中多奉为镇守山门的神。

的说,"后来全好了的!他从此也就不再走进庙门去,也不再提起什么来,许多年。不知道怎么这回看了赛会之后不多几天,又疯了起来了。哦,同先前一模一样。午后他就走过这里,一定又上庙里去了。你们和四爷商量商量去,还是再骗他一骗好。那灯不是梁五弟点起来的么?不是说,那灯一灭,这里就要变海,我们就都要变泥鳅么?你们快去和四爷商量商量罢,要不……"

"我们还是先到庙前去看一看。"方头说着,便轩昂地出了门。

阔亭和庄七光也跟着出去了。三角脸走得最后,将到门口,回过头来说道:

"这回就记了我的账!入他……。"

灰五婶答应着,走到东墙下拾起一块木炭来,就在墙上画有一个小三角形和一串短短的细线的下面,划添了两条线。

他们望见社庙的时候,果然一并看到了几个人:一个正是他,两个是闲看的,三个是孩子。

但庙门却紧紧地关着。

"好!庙门还关着。"阔亭高兴地说。

他们一走近,孩子们似乎也都胆壮,围近去了。本来对了庙门立着的他,也转过脸来对他们看。

他也还如平常一样,黄的方脸和蓝布破大衫,只在浓眉底下的大而且长的眼睛中,略带些异样的光闪,看人就许多工夫不眨眼,并且总含着悲愤疑惧的神情。短的头发上粘着两片稻草叶,那该是孩子暗暗地从背后给他放上去的,因为他们向他头上一看之后,就都缩了颈子,笑着将舌头很快地一伸。

他们站定了,各人都互看着别个的脸。

"你干什么?"但三角脸终于走上一步,诘问了。

"我叫老黑开门,"他低声,温和地说。"就因为那一盏灯必须吹熄。你看,三头六臂的蓝脸,三只眼睛,长帽,半个的头,牛头和猪牙齿,都应该吹熄……吹熄。吹熄,我们就不会有蝗虫,不会有猪嘴瘟……。"

"唏唏,胡闹!"阔亭轻蔑地笑了出来,"你吹熄了灯,蝗虫会还要多,你就要生猪嘴瘟!"

"唏唏!"庄七光也陪着笑。

一个赤膊孩子擎起他玩弄着的苇子,对他瞄准着,将樱桃似的小口一张,道:

"吧!"

"你还是回去罢!倘不,你的伯伯会打断你的骨头!灯么,我替你吹。你过几天来看就知道。"阔亭大声说。

他两眼更发出闪闪的光来,钉一般看定阔亭的眼,使阔亭的眼光赶紧辟易了。

"你吹?"他嘲笑似的微笑,但接着就坚定地说,"不能!不要你们。我自己去熄,此刻去熄!"

阔亭便立刻颓唐得酒醒之后似的无力;方头却已站上去了,慢慢地说道:

"你是一向懂事的,这一回可是太胡涂了。让我来开导你罢,你也许能够明白。就是吹熄了灯,那些东西不是还在么?不要这么傻头傻脑了,还是回去!睡觉去!"

"我知道的,熄了也还在。"他忽又现出阴鸷的笑容,但是立即收敛了,沉实地说道,"然而我只能姑且这么办。我先来这么办,容易些。我就要吹熄他,自己熄!"他说着,一面就转过身去竭力地推庙门。

"喂!"阔亭生气了,"你不是这里的人么?你一定要我们大家变泥鳅么?回去!你推不开的,你没有法子开的!吹不熄的!还是回去好!"

"我不回去!我要吹熄他!"

"不成!你没法开!"

"…………"

"你没法开!"

"那么,就用别的法子来。"他转脸向他们一瞥,沉静地说。

"哼,看你有什么别的法。"

"…………"

"看你有什么别的法!"

"我放火。"

"什么?"阔亭疑心自己没有听清楚。

"我放火!"

沉默像一声清磬,摇曳着尾声,周围的活物都在其中凝结了。但不一会,就有几个人交头接耳,不一会,又都退了开去;两三人又在略远的地方站住了。庙后门的墙外就有庄七光的声音喊道:

"老黑呀,不对了!你庙门要关得紧!老黑呀,你听清了么?关得紧!我们去想了法子就来!"

但他似乎并不留心别的事,只闪烁着狂热的眼光,在地上,在空中,在人身上,迅速地搜查,仿佛想要寻火种。

方头和阔亭在几家的大门里穿梭一般出入了一通之后,吉光屯全局顿然扰动了。许多人们的耳朵里,心里,都有了一个可怕的声音:"放火!"但自然还有多少更深的蛰居人的耳朵里心里是全没有。然而全屯的空气也就紧张起来，凡有感得这紧张的人们，都很不安，仿佛自己就要变成泥鳅，天下从此毁灭。他们自然也隐约知道毁灭的不过是吉光屯，但也觉得吉光屯似乎就是天下。

这事件的中枢，不久就凑在四爷的客厅上了。坐在首座上的是年高德韶的郭老娃，脸上已经皱得如风干的香橙，还要用手捋着下颏上的白胡须，似乎想将他们拔下。

"上半天，"他放松了胡子，慢慢地说，"西头，老富的中风，他的儿子，就说是：因为，社神不安，之故。这样一来，将来，万一有，什么，鸡犬不宁，的事，就难免要到，府上……是的，都要来到府上，麻烦。"

"是么，"四爷也捋着上唇的花白的鲇鱼须，却悠悠然，仿佛全不在意模样，说，"这也是他父亲的报应呵。他自己在世的时候，不就是不相信菩萨么？我那时就和他不合，可是一点也奈何他不得。现在，叫我还有什么法？"

"我想，只有，一个。是的，有一个。明天，捆上城去，给他在那个，那个城隍庙里，搁一夜，是的，搁一夜，赶一赶，邪祟。"

阔亭和方头以守护全屯的劳绩，不但第一次走进这一个不易瞻仰的客厅，并且还坐在老娃之下和四爷之上，而且还有茶喝。他们跟着老娃进来，报告之后，就只是喝茶，喝干之后，也不开口，但此时阔亭忽然发表意见了：

"这办法太慢！他们两个还管着呢。最要紧的是马上怎么办。如果真是烧将起来……"

郭老娃吓了一跳，下巴有些发抖。

"如果真是烧将起来……"方头抢着说。

"那么,"阔亭大声道,"就糟了!"

一个黄头发的女孩子又来冲上茶。阔亭便不再说话,立即拿起茶来喝。浑身一抖,放下了,伸出舌尖来舐了一舐上嘴唇,揭去碗盖嘘嘘地吹着。

"真是拖累煞人!"四爷将手在桌上轻轻一拍,"这种子孙,真该死呵!唉!"

"的确,该死的。"阔亭抬起头来了,"去年,连各庄就打死一个:这种子孙。大家一口咬定,说是同时同刻,大家一齐动手,分不出打第一下的是谁,后来什么事也没有。"

"那又是一回事。"方头说,"这回,他们管着呢。我们得赶紧想法子。我想……"

老娃和四爷都肃然地看着他的脸。

"我想:倒不如姑且将他关起来。"

"那倒也是一个妥当的办法。"四爷微微地点一点头。

"妥当!"阔亭说。

"那倒,确是,一个妥当的,办法。"老娃说,"我们,现在,就将他,拖到府上来。府上,就赶快,收拾出,一间屋子来。还,准备着,锁。"

"屋子?"四爷仰了脸,想了一会,说,"舍间可是没有这样的闲房。他也说不定什么时候才会好……"

"就用,他,自己的……"老娃说。

"我家的六顺,"四爷忽然严肃而且悲哀地说,声音也有些发抖了。"秋天就要娶亲……。你看,他年纪这么大了,单知道发疯,不肯成家立业。舍弟也做了一世人,虽然也不大安分,可是香火总归是绝不得的……。"

"那自然!"三个人异口同音地说。

"六顺生了儿子,我想第二个就可以过继给他。但是,——别人的儿子,可以白要的么?"

"那不能!"三个人异口同音地说。

"这一间破屋,和我是不相干;六顺也不在乎此。可是,将亲生的孩子白白给人,做母亲的怕不能就这么松爽罢?"

"那自然!"三个人异口同音地说。

四爷沉默了。三个人交互看着别人的脸。

"我是天天盼望他好起来,"四爷在暂时静穆之后,这才缓缓地说,"可是他总不好。也不是不好,是他自己不要好。无法可想,就照这一位所说似的关起来,免得害人,出他父亲的丑,也许倒反好,倒是对得起他的父亲……。"

"那自然,"阔亭感动的说,"可是,房子……"

"庙里就没有闲房?……"四爷慢腾腾地问道。

"有!"阔亭恍然道,"有!进大门的西边那一间就空着,又只有一个小方窗,粗木直栅的,决计挖不开。好极了!"

老娃和方头也顿然都显了欢喜的神色;阔亭吐一口气,尖着嘴唇就喝茶。

未到黄昏时分,天下已经泰平,或者竟是全都忘却了,人们的脸上不特已不紧张,并且早褪尽了先前的喜悦的痕迹。在庙前,人们的足迹自然比平日多,但不久也就稀少了。只因为关了几天门,孩子们不能进去玩,便觉得这一天在院子里格外玩得有趣,吃过了晚饭,还有几个跑到庙里去游戏,猜谜。

"你猜。"一个最大的说,"我再说一遍:

　　　　白篷船，红划楫，
　　　　摇到对岸歇一歇，
　　　　点心吃一些，
　　　　戏文唱一出。"

"那是什么呢？'红划楫'的。"一个女孩说。

"我说出来罢，那是……"

"慢一慢！"生癞头疮的说，"我猜着了：航船。"

"航船。"赤膊的也道。

"哈，航船？"最大的道，"航船是摇橹的。他会唱戏文么？你们猜不着。我说出来罢……"

"慢一慢，"癞头疮还说。

"哼，你猜不着。我说出来罢，那是：鹅。"

"鹅！"女孩笑着说，"红划楫的。"

"怎么又是白篷船呢？"赤膊的问。

"我放火！"

孩子们都吃惊，立时记起他来，一齐注视西厢房，又看见一只手扳着木栅，一只手撕着木皮，其间有两只眼睛闪闪地发亮。

沉默只一瞬间，癞头疮忽而发一声喊，拔步就跑；其余的也都笑着嚷着跑出去了。赤膊的还将苇子向后一指，从喘吁吁的樱桃似的小嘴唇里吐出清脆的一声道：

"吧！"

从此完全静寂了，暮色下来，绿莹莹的长明灯更其分明地照出神殿，神龛，而且照到院子，照到木栅里的昏暗。

孩子们跑出庙外也就立定，牵着手，慢慢地向自己的家走

去,都笑吟吟地,合唱着随口编派的歌:

> 白篷船,对岸歇一歇。
> 此刻熄,自己熄。
> 戏文唱一出。
> 我放火!哈哈哈!
> 火火火,点心吃一些。
> 戏文唱一出。
> ⋯⋯⋯⋯⋯⋯⋯
> ⋯⋯⋯⋯
> ⋯⋯

一九二五年三月一日。①

---

① 据鲁迅日记,本篇写作日期当为1925年2月28日。

示　众

　　首善之区①的西城的一条马路上，这时候什么扰攘也没有。火焰焰的太阳虽然还未直照，但路上的沙土仿佛已是闪烁地生光；酷热满和在空气里面，到处发挥着盛夏的威力。许多狗都拖出舌头来，连树上的乌老鸦也张着嘴喘气，——但是，自然也有例外的。远处隐隐有两个铜盏②相击的声音，使人忆起酸梅汤，依稀感到凉意，可是那懒懒的单调的金属音的间作，却使那寂静更其深远了。

　　只有脚步声，车夫默默地前奔，似乎想赶紧逃出头上的烈日。

　　"热的包子咧！刚出屉的……。"

　　十一二岁的胖孩子，细着眼睛，歪了嘴在路旁的店门前叫喊。声音已经嘶嗄③了，还带些睡意，如给夏天的长日催眠。他旁边的破旧桌子上，就有二三十个馒头包子，毫无热气，冷冷地坐着。

　　"荷阿！馒头包子咧，热的……。"

　　像用力掷在墙上而反拨过来的皮球一般，他忽然飞在马路的

---

　　① 首善之区：指首都。《汉书·儒林传》载："故教化之行也，建首善，自京师始。"这里指北洋军阀时代的首都北京。

　　② 铜盏：一种杯状小铜器。旧时北京卖酸梅汤的商贩，常用两个铜盏相击，发出有节奏的声音，以招引顾客。

　　③ 嘶嗄：沙哑。嗄，读作 shà。指声音嘶哑。

那边了。在电杆旁，和他对面，正向着马路，其时也站定了两个人：一个是淡黄制服的挂刀的面黄肌瘦的巡警，手里牵着绳头，绳的那头就拴在别一个穿蓝布大衫上罩白背心的男人的臂膊上。这男人戴一顶新草帽，帽檐四面下垂，遮住了眼睛的一带。但胖孩子身体矮，仰起脸来看时，却正撞见这人的眼睛了。那眼睛也似乎正在看他的脑壳。他连忙顺下眼，去看白背心，只见背心上一行一行地写着些大大小小的什么字。

霎时间，也就围满了大半圈的看客。待到增加了秃头的老头子之后，空缺已经不多，而立刻又被一个赤膊的红鼻子胖大汉补满了。这胖子过于横阔，占了两人的地位，所以续到的便只能屈在第二层，从前面的两个脖子之间伸进脑袋去。

秃头站在白背心的略略正对面，弯了腰，去研究背心上的文字，终于读起来：

"嗡，都，哼，八，而，……"

胖孩子却看见那白背心正研究着这发亮的秃头，他也便跟着去研究，就只见满头光油油的，耳朵左近还有一片灰白色的头发，此外也不见得怎样新奇。但是后面的一个抱着孩子的老妈子却想乘机挤进来了；秃头怕失了位置，连忙站直，文字虽然还未读完，然而无可奈何，只得另看白背心的脸：草帽檐下半个鼻子，一张嘴，尖下巴。

又像用了力掷在墙上而反拨过来的皮球一般，一个小学生飞奔上来，一手按住了自己头上的雪白的小布帽，向人丛中直钻进去。但他钻到第三——也许是第四——层，竟遇见一件不可动摇的伟大的东西了，抬头看时，蓝裤腰上面有一座赤条条的很阔的背脊，背脊上还有汗正在流下来。他知道无可措手，只得顺着裤腰右行，幸而在尽头发现了一条空处，透着光明。他刚刚低头要钻的时候，只听得一声"什么"，那裤腰以下的屁股向右一歪，空处立刻闭塞，光明也同时不见了。

但不多久，小学生却从巡警的刀旁边钻出来了。他诧异地四顾：外面围着一圈人，上首是穿白背心的，那对面是一个赤膊的胖小孩，胖小孩后面是一个赤膊的红鼻子胖大汉。他这时隐约悟出先前的伟大的障碍物的本体了，便惊奇而且佩服似的只望着红鼻子。胖小孩本是注视着小学生的脸的，于是也不禁依了他的眼光，回转头去了，在那里是一个很胖的奶子，奶头四近有几枝很长的毫毛。

"他，犯了什么事啦？……"

大家都愕然看时，是一个工人似的粗人，正在低声下气地请教那秃头老头子。

秃头不作声，单是睁起了眼睛看定他。他被看得顺下眼光去，过一会再看时，秃头还是睁起了眼睛看定他，而且别的人也似乎都睁了眼睛看定他。他于是仿佛自己就犯了罪似的局促起来，终至于慢慢退后，溜出去了。一个挟洋伞的长子就来补了缺；秃头也旋转脸去再看白背心。

长子弯了腰，要从垂下的草帽檐下去赏识白背心的脸，但不知道为什么忽又站直了。于是他背后的人们又须竭力伸长了脖子；有一个瘦子竟至于连嘴都张得很大，像一条死鲈鱼。

巡警，突然间，将脚一提，大家又愕然，赶紧都看他的脚；然而他又放稳了，于是又看白背心。长子忽又弯了腰，还要从垂下的草帽檐下去窥测，但即刻也就立直，擎起一只手来拼命搔头皮。

秃头不高兴了，因为他先觉得背后有些不太平，接着耳朵边就有唧咕唧咕的声响。他双眉一锁，回头看时，紧挨他右边，有一只黑手拿着半个大馒头正在塞进一个猫脸的人的嘴里去。他也就不说什么，自去看白背心的新草帽了。

忽然，就有暴雷似的一击，连横阔的胖大汉也不免向前一趔趄。同时，从他肩膊上伸出一只胖得不相上下的臂膊来，展开五指，啪的一声正打在胖孩子的脸颊上。

"好快活！你妈的……"同时，胖大汉后面就有一个弥勒佛①似的更圆的胖脸这么说。

胖孩子也趔趄了四五步，但是没有倒，一手按着脸颊，旋转身，就想从胖大汉的腿旁的空隙间钻出去。胖大汉赶忙站稳，并且将屁股一歪，塞住了空隙，恨恨地问道：

"什么？"

胖孩子就像小鼠子落在捕机里似的，仓皇了一会，忽然向小学生那一面奔去，推开他，冲出去了。小学生也返身跟出去了。

"吓，这孩子……。"总有五六个人都这样说。

待到重归平静，胖大汉再看白背心的脸的时候，却见白背心正在仰面看他的胸脯；他慌忙低头也看自己的胸脯时，只见两乳之间的洼下的坑里有一片汗，他于是用手掌拂去了这些汗。

然而形势似乎总不甚太平了。抱着小孩的老妈子因为在骚扰时四顾，没有留意，头上梳着的喜鹊尾巴似的"苏州俏"②便碰了站在旁边的车夫的鼻梁。车夫一推，却正推在孩子上；孩子就

---

① 弥勒佛：佛教菩萨之一，佛经说他继承释迦牟尼的佛位而成佛。常见的他的塑像是胖圆笑脸，袒胸露腹，俗称大肚子弥勒佛。

② 苏州俏：旧时妇女所梳发髻的一种式样，先流行于苏州一带，故有此称。

扭转身去,向着圈外,嚷着要回去了。老妈子先也略略一踉跄,但便即站定,旋转孩子来使他正对白背心,一手指点着,说道:

"阿,阿,看呀!多么好看哪!……"

空隙间忽而探进一个戴硬草帽的学生模样的头来,将一粒瓜子之类似的东西放在嘴里,下颚向上一磕,咬开,退出去了。这地方就补上了一个满头油汗而粘着灰土的椭圆脸。

挟洋伞的长子也已经生气,斜下了一边的肩膊,皱眉疾视着肩后的死鲈鱼。大约从这么大的大嘴里呼出来的热气,原也不易招架的,而况又在盛夏。秃头正仰视那电杆上钉着的红牌上的四个白字,仿佛很觉得有趣。胖大汉和巡警都斜了眼研究着老妈子的钩刀般的鞋尖。

"好!"

什么地方忽有几个人同声喝采①。都知道该有什么事情起来了,一切头便全数回转去。连巡警和他牵着的犯人也都有些摇动了。

"刚出屉的包子咧!荷阿,热的……。"

路对面是胖孩子歪着头,瞌睡似的长呼;路上是车夫们默默地前奔,似乎想赶紧逃出头上的烈日。大家都几乎失望了,幸而放出眼光去四处搜索,终于在相距十多家的路上,发见了一辆洋车停放着,一个车夫正在爬起来。

圆阵立刻散开,都错错落落地走过去。胖大汉走不到一半,就歇在路边的槐树下;长子比秃头和椭圆脸走得快,接近了。车上的坐客依然坐着,车夫已经完全爬起,但还在摩自己的膝髁。周围有五六个人笑嘻嘻地看他们。

---

① 喝采:喝彩。大声叫好。

"成么?"车夫要来拉车时,坐客便问。

他只点点头,拉了车就走;大家就惘惘然目送他。起先还知道那一辆是曾经跌倒的车,后来被别的车一混,知不清了。

马路上就很清闲,有几只狗伸出了舌头喘气;胖大汉就在槐阴下看那很快地一起一落的狗肚皮。

老妈子抱了孩子从屋檐阴下蹩过去了。胖孩子歪着头,挤细了眼睛,拖长声音,瞌睡地叫喊——

"热的包子咧!荷阿!……刚出屉的……。"

一九二五年三月一八日。

高老夫子

这一天,从早晨到午后,他的工夫全费在照镜,看《中国历史教科书》和查《袁了凡纲鉴》①里;真所谓"人生识字忧患始"②,顿觉得对于世事很有些不平之意了。而且这不平之意,是他从来没有经验过的。

首先就想到往常的父母实在太不将儿女放在心里。他还在孩子的时候,最喜欢爬上桑树去偷桑椹吃,但他们全不管,有一回竟跌下树来磕破了头,又不给好好地医治,至今左边的眉棱上还带着一个永不消灭的尖劈形的瘢痕。他现在虽然格外留长头发,左右分开,又斜梳下来,可以勉强遮住了,但究竟还看见尖劈的尖,也算得一个缺点,万一给女学生发见,大概是免不了要看不起的。他放下镜子,怨愤地吁一口气。

其次,是《中国历史教科书》的编纂者竟太不为教员设想。他的书虽然和《了凡纲鉴》也有些相合,但大段又很不相同,若即若离,令人不知道讲起来应该怎样拉在一处。但待到他瞥着那夹在教科书里的一张纸条,却又怨起中途辞职的历史教员来了,因为那纸条上写的是:

"从第八章《东晋之兴亡》起。"

---

① 《袁了凡纲鉴》:即《了凡纲鉴》,明代袁黄采录朱熹《通鉴纲目》编纂而成,共四十卷,清末坊间有刻本流行。袁黄,字坤仪,号了凡,江苏吴江人,明万历进士,还著有《历法新书》《群书备考》等。

② 人生识字忧患始:语见宋代苏轼《石苍舒醉墨堂》一诗。

如果那人不将三国的事情讲完，他的豫备就决不至于这么困苦。他最熟悉的就是三国，例如桃园三结义，孔明借箭，三气周瑜，黄忠定军山斩夏侯渊以及其他种种，满肚子都是，一学期也许讲不完。到唐朝，则有秦琼卖马之类，便又较为擅长了，谁料偏偏是东晋。他又怨愤地吁一口气，再拉过《了凡纲鉴》来。

"唅，你怎么外面看看还不够，又要钻到里面去看了？"

一只手同时从他背后弯过来，一拨他的下巴。但他并不动，因为从声音和举动上，便知道是暗暗蹩进来的打牌的老朋友黄三。他虽然是他的老朋友，一礼拜以前还一同打牌，看戏，喝酒，跟女人，但自从他在《大中日报》上发表了《论中华国民皆有整理国史之义务》这一篇脍炙人口的名文，接着又得了贤良女学校的聘书之后，就觉得这黄三一无所长，总有些下等相了。所以他并不回头，板着脸正正经经地回答道：

"不要胡说！我正在豫备功课……。"

"你不是亲口对老钵说的么：你要谋一个教员做，去看看女学生？"

"你不要相信老钵的狗屁！"

黄三就在他桌旁坐下，向桌面上一瞥，立刻在一面镜子和一堆乱书之间，发见了一个翻开着的大红纸的帖子。他一把抓来，瞪着眼睛一字一字地看下去：

> 今敦请
> 尔础高老夫子为本校历史教员每周授课四
> 小时每小时敬送修金大洋三角正按时
> 间计算此约
> 贤良女学校校长何万淑贞敛衽谨订
> 中华民国十三年夏历菊月吉旦　　立

"'尔础高老夫子'？谁呢？你么？你改了名字了么？"黄三一看完，就性急地问。

但高老夫子只是高傲地一笑；他的确改了名字了。然而黄三只会打牌，到现在还没有留心新学问，新艺术。他既不知道有一个俄国大文豪高尔基①，又怎么说得通这改名的深远的意义呢？所以他只是高傲地一笑，并不答复他。

"喂喂，老杆，你不要闹这些无聊的玩意儿了！"黄三放下聘书，说。"我们这里有了一个男学堂，风气已经闹得够坏了；他们还要开什么女学堂，将来真不知道要闹成什么样子才罢。你何苦也去闹，犯不上……。"

"这也不见得。况且何太太一定要请我，辞不掉……。"因为黄三毁谤了学校，又看手表上已经两点半，离上课时间只有半点了，所以他有些气忿，又很露出焦躁的神情。

"好！这且不谈。"黄三是乖觉的，即刻转帆，说，"我们说正经事罢：今天晚上我们有一个局面。毛家屯毛资甫的大儿子在这里了，来请阳宅先生②看坟地去的，手头现带着二百番③。我们已经约定，晚上凑一桌，一个我，一个老钵，一个就是你。你一定来罢，万不要误事。我们三个人扫光他！"

老杆——高老夫子——沉吟了，但是不开口。

---

① 高尔基：生于1868年，卒于1936年，原名阿列克赛·马克西姆维奇·别什科夫，苏联无产阶级作家。著有长篇小说《福玛·高尔杰耶夫》《母亲》和自传体三部曲《童年》《在人间》《我的大学》等。作者在本篇中让一个思想极端腐败、连高尔基的姓名都不了解（以为姓高名尔基）的人物改名高尔础，这是对当时中国社会上这一伙人丑态的辛辣讽刺，同时也是对于把外国人的姓译作中国式姓名模样的译法的调侃。

② 阳宅先生：即所谓"堪舆家"，俗称"风水先生"。他们称生人的住宅为"阳宅"，称墓地为"阴宅"。

③ 番："番饼"的简称。旧时我国某些地区称从外国流入的银币为番饼（后来也泛指银圆）。

"你一定来，一定！我还得和老钵去接洽一回。地方还是在我的家里。那傻小子是'初出茅庐'，我们准可以扫光他！你将那一副竹纹清楚一点的交给我罢！"

高老夫子慢慢地站起来，到床头取了马将①牌盒，交给他；一看手表，两点四十分了。他想：黄三虽然能干，但明知道我已经做了教员，还来当面毁谤学堂，又打搅别人的豫备功课，究竟不应该。他于是冷淡地说道：

"晚上再商量罢。我要上课去了。"

他一面说，一面恨恨地向《了凡纲鉴》看了一眼，拿起教科书，装在新皮包里，又很小心地戴上新帽子，便和黄三出了门。他一出门，就放开脚步，像木匠牵着的钻子似的，肩膀一扇一扇地直走，不多久，黄三便连他的影子也望不见了。

高老夫子一跑到贤良女学校，即将新印的名片交给一个驼背的老门房。不一会，就听到一声"请"，他于是跟着驼背走，转过两个弯，已到教员豫备室了，也算是客厅。何校长不在校；迎接他的是花白胡子的教务长，大名鼎鼎的万瑶圃，别号"玉皇香案吏"②的，新近正将他自己和女仙赠答的诗《仙坛酬唱集》陆续登在《大中日报》上。

"阿呀！础翁！久仰久仰！……"万瑶圃连连拱手，并将膝关节和腿关节接连弯了五六弯，仿佛想要蹲下去似的。

"阿呀！瑶翁！久仰久仰！……"础翁夹着皮包照样地做，并且说。

---

① 马将：麻将。

② 玉皇香案吏：旧时附庸风雅的文人，常从古人诗词中摘取词句作为别号。"玉皇香案吏"见于唐代元稹《以州宅夸于乐天》："我是玉皇香案吏，谪居犹得住蓬莱。"

他们于是坐下；一个似死非死的校役便端上两杯白开水来。高老夫子看看对面的挂钟，还只两点四十分，和他的手表要差半点。

"阿呀！础翁的大作，是的，那个……。是的，那——'中国国粹义务论'，真真要言不烦，百读不厌！实在是少年人们的座右铭，座右铭座右铭！兄弟也颇喜欢文学，可是，玩玩而已，怎么比得上础翁。"他重行拱一拱手，低声说，"我们的盛德乩坛①天天请仙，兄弟也常常去唱和。础翁也可以光降光降罢。那乩仙，就是蕊珠仙子②，从她的语气上看来，似乎是一位谪降红尘的花神。她最爱和名人唱和，也很赞成新党，像础翁这样的学者，她一定大加青眼③的。哈哈哈哈！"

但高老夫子却不很能发表什么崇论宏议，因为他的豫备——东晋之兴亡——本没有十分足，此刻又并不足的几分也有些忘却了。他烦躁愁苦着；从繁乱的心绪中，又涌出许多断片的思想来：上堂的姿势应该威严；额角的瘢痕总该遮住；教科书要读得慢；看学生要大方。但同时还模模胡胡听得瑶圃说着话：

"……赐了一个荸荠……。'醉倚青鸾上碧霄'，多么超脱……那邓孝翁叩求了五回，这才赐了一首五绝……'红袖拂天河，莫道……'蕊珠仙子说……础翁还是第一回……这就是本校的植物园！"

"哦哦！"尔础忽然看见他举手一指，这才从乱头思想中惊

---

① 乩坛：扶乩的场所。扶乩是一种迷信活动，由二人扶一丁字形木架，使下垂一端在沙盘上画字，假托为神鬼所示。
② 蕊珠仙子：道教传说中的仙女，所居之处称为蕊珠宫。唐代赵嘏《赠道者》："华盖飘飘绿鬓翁，往来朝谒蕊珠宫。"
③ 青眼：《晋书·阮籍传》载，晋代阮籍以白眼看他憎恶的人，用青眼看他器重的人。后来"加青眼"就被用来表示器重和喜爱。

觉，依着指头看去，窗外一小片空地，地上有四五株树，正对面是三间小平房。

"这就是讲堂。"瑶圃并不移动他的手指，但是说。

"哦哦！"

"学生是很驯良的。她们除听讲之外，就专心缝纫……。"

"哦哦！"尔础实在颇有些窘急了，他希望他不再说话，好给自己聚精会神，赶紧想一想东晋之兴亡。

"可惜内中也有几个想学学做诗，那可是不行的。维新固然可以，但做诗究竟不是大家闺秀所宜。蕊珠仙子也不很赞成女学，以为淆乱两仪①，非天曹所喜。兄弟还很同她讨论过几回……。"

尔础忽然跳了起来，他听到铃声了。

"不，不。请坐！那是退班铃。"

"瑶翁公事很忙罢，可以不必客气……。"

"不，不！不忙，不忙！兄弟以为振兴女学是顺应世界的潮流，但一不得当，即易流于偏，所以天曹不喜，也许不过是防微杜渐的意思。只要办理得人，不偏不倚，合乎中庸，一以国粹为归宿，那是决无流弊的。础翁，你想，可对？这是蕊珠仙子也以为'不无可采'的话。哈哈哈哈！"

校役又送上两杯白开水来；但是铃声又响了。

瑶圃便请尔础喝了两口白开水，这才慢慢地站起来，引导他穿过植物园，走进讲堂去。

他心头跳着，笔挺地站在讲台旁边，只看见半屋子都是蓬蓬松松的头发。瑶圃从大襟袋里掏出一张信笺，展开之后，一面看，一面对学生们说道：

---

① 两仪：原指天地，见《易经·系辞传》。后也用以指称男女。

"这位就是高老师,高尔础高老师,是有名的学者,那一篇有名的《论中华国民皆有整理国史之义务》,是谁都知道的。《大中日报》上还说过,高老师是:骤慕俄国文豪高君尔基之为人,因改字尔础,以示景仰之意。斯人之出,诚吾中华文坛之幸也!现在经何校长再三敦请,竟惠然肯来,到这里来教历史了……"

高老师忽而觉得很寂然,原来瑶翁已经不见,只有自己站在讲台旁边了。他只得跨上讲台去,行了礼,定一定神,又记起了态度应该威严的成算,便慢慢地翻开书本,来开讲"东晋之兴亡"。

"嘻嘻!"似乎有谁在那里窃笑了。

高老夫子脸上登时一热,忙看书本,和他的话并不错,上面印着的的确是"东晋之偏安"。书脑①的对面,也还是半屋子蓬蓬松松的头发,不见有别的动静。他猜想这是自己的疑心,其实谁也没有笑;于是又定一定神,看住书本,慢慢地讲下去。当初,是自己的耳朵也听到自己的嘴说些什么的,可是逐渐胡涂起来,竟至于不再知道说什么,待到发挥"石勒②之雄图"的时候,便只听得吃吃地窃笑的声音了。

他不禁向讲台下一看,情形和原先已经很不同:半屋子都是眼睛,还有许多小巧的等边三角形,三角形中都生着两个鼻孔,这些连成一气,宛然是流动而深邃的海,闪烁地汪洋地正冲着他的眼光。但当他瞥见时,却又骤然一闪,变了半屋子蓬蓬松松的头发了。

---

① 书脑:线装书打眼穿线的地方。
② 石勒:生于274年,卒于333年,羯族人,西晋末年于山东聚众起兵,逐渐发展成割据势力,后灭前赵,建立政权,史称后赵。

他也连忙收回眼光,再不敢离开教科书,不得已时,就抬起眼来看看屋顶。屋顶是白而转黄的洋灰,中央还起了一道正圆形的棱线;可是这圆圈又生动了,忽然扩大,忽然缩小,使他的眼睛有些昏花。他豫料倘将眼光下移,就不免又要遇见可怕的眼睛和鼻孔联合的海,只好再回到书本上,这时已经是"淝水之战"①,苻坚快要骇得"草木皆兵"了。

他总疑心有许多人暗暗地发笑,但还是熬着讲,明明已经讲了大半天,而铃声还没有响,看手表是不行的,怕学生要小觑;可是讲了一会,又到"拓跋氏②之勃兴"了,接着就是"六国兴亡表",他本以为今天未必讲到,没有豫备的。

他自己觉得讲义忽而中止了。

"今天是第一天,就是这样罢……。"他惶惑了一会之后,才断续地说,一面点一点头,跨下讲台去,也便出了教室的门。

"嘻嘻嘻!"

他似乎听到背后有许多人笑,又仿佛这笑声就从那深邃的鼻孔的海里出来。他便惘惘然,跨进植物园,向着对面的教员豫备室大踏步走。

他大吃一惊,至于连《中国历史教科书》也失手落在地上了,因为脑壳上突然遭了什么东西的一击。他倒退两步,定睛看时,一枝夭斜的树枝横在他面前,已被他的头撞得树叶都微微发抖。他赶紧弯腰去拾书本,书旁边竖着一块木牌,上面写道:

---

① 淝水之战:指公元383年,东晋军队在安徽淝水以八万兵力大败前秦苻坚近百万大军的战役。据《晋书·苻坚载记》:在交战中苻坚登城远望,把八公山上的草木都错看成晋军。成语"草木皆兵"即由此而来。

② 拓跋氏:古代鲜卑族的一支。公元386年拓跋珪自立为魏王,后日益强大,据有黄河以北各地。公元398年,拓跋珪建都平城(今山西大同),称帝改元,史称北魏。

> 桑
>
> 桑科

他似乎听到背后有许多人笑，又仿佛看见这笑声就从那深邃的鼻孔的海里出来。于是也就不好意思去抚摩头上已经疼痛起来的皮肤，只一心跑进教员豫备室里去。

那里面，两个装着白开水的杯子依然，却不见了似死非死的校役，瑶翁也踪影全无了。一切都黯淡，只有他的新皮包和新帽子在黯淡中发亮。看壁上的挂钟，还只有三点四十分。

高老夫子回到自家的房里许久之后，有时全身还骤然一热；又无端的愤怒；终于觉得学堂确也要闹坏风气，不如停闭的好，尤其是女学堂，——有什么意思呢，喜欢虚荣罢了！

"嘻嘻！"

他还听到隐隐约约的笑声。这使他更加愤怒，也使他辞职的决心更加坚固了。晚上就写信给何校长，只要说自己患了足疾。但是，倘来挽留，又怎么办呢？——也不去。女学堂真不知道要闹到什么样子，自己又何苦去和她们为伍呢？犯不上的。他想。

他于是决绝的将《了凡纲鉴》搬开；镜子推在一旁；聘书也合上了。正要坐下，又觉得那聘书实在红得可恨，便抓过来和《中国历史教科书》一同塞入抽屉里。

一切大概已经打叠停当，桌上只剩下一面镜子，眼界清净得多了。然而还不舒适，仿佛欠缺了半个魂灵，但他当即省悟，戴上红结子的秋帽，径向黄三的家里去了。

"来了，尔础高老夫子！"老钵大声说。

"狗屁！"他眉头一皱，在老钵的头顶上打了一下，说。

"教过了罢？怎么样，可有几个出色的？"黄三热心地问。

"我没有再教下去的意思。女学堂真不知道要闹成什么样子。我辈正经人，确乎犯不上酱在一起……。"

毛家的大儿子进来了，胖到像一个汤圆。

"阿呀！久仰久仰！……"满屋子的手都拱起来，膝关节和腿关节接二连三的屈折，仿佛就要蹲了下去似的。

"这一位就是先前说过的高干亭兄。"老钵指着高老夫子，向毛家的大儿子说。

"哦哦！久仰久仰！……"毛家的大儿子便特别向他连连拱手，并且点头。

这屋子的左边早放好一顶斜摆的方桌，黄三一面招呼客人，一面和一个小鸦头①布置着座位和筹马②。不多久，每一个桌角上都点起一支细瘦的洋烛来，他们四人便入座了。

万籁无声。只有打出来的骨牌拍在紫檀桌面上的声音，在初夜的寂静中清彻地作响。

高老夫子的牌风并不坏，但他总还抱着什么不平。他本来是什么都容易忘记的，惟独这一回，却总以为世风有些可虑；虽然面前的筹马渐渐增加了，也还不很能够使他舒适，使他乐观。但时移俗易，世风也终究觉得好了起来；不过其时很晚，已经在打完第二圈，他快要凑成"清一色"③的时候了。

一九二五年五月一日。

---

① 鸦头：丫头。
② 筹马：筹码。
③ 清一色：打麻将的用语。指某一家手中所掌握的牌全由一种花色组成。

孤独者

一

　　我和魏连殳相识一场,回想起来倒也别致,竟是以送殓始,以送殓终。

　　那时我在S城,就时时听到人们提起他的名字,都说他很有些古怪:所学的是动物学,却到中学堂去做历史教员;对人总是爱理不理的,却常喜欢管别人的闲事;常说家庭应该破坏,一领薪水却一定立即寄给他的祖母,一日也不拖延。此外还有许多零碎的话柄;总之,在S城里也算是一个给人当作谈助的人。有一年的秋天,我在寒石山的一个亲戚家里闲住;他们就姓魏,是连殳的本家。但他们却更不明白他,仿佛将他当作一个外国人看待,说是"同我们都异样的"。

　　这也不足为奇,中国的兴学虽说已经二十年了,寒石山却连小学也没有。全山村中,只有连殳是出外游学的学生,所以从村人看来,他确是一个异类;但也很妒羡,说他挣得许多钱。

　　到秋末,山村中痢疾流行了;我也自危,就想回到城中去。那时听说连殳的祖母就染了病,因为是老年,所以很沉重;山中又没有一个医生。所谓他的家属者,其实就只有一个这祖母,雇一名女工简单地过活；他幼小失了父母，就由这祖母抚养成人的。听说她先前也曾经吃过许多苦，现在可是安乐了。但因为他没有家小，家中究竟非常寂寞，这大概也就是大家所谓异样之一端罢。

寒石山离城是旱道一百里，水道七十里，专使人叫连殳去，往返至少就得四天。山村僻陋，这些事便算大家都要打听的大新闻，第二天便哄传她病势已经极重，专差也出发了；可是到四更天竟咽了气，最后的话，是："为什么不肯给我会一会连殳的呢？……"

族长，近房，他的祖母的母家的亲丁，闲人，聚集了一屋子，豫计连殳的到来，应该已是入殓的时候了。寿材寿衣早已做成，都无须筹画；他们的第一大问题是在怎样对付这"承重孙"①，因为逆料他关于一切丧葬仪式，是一定要改变新花样的。聚议之后，大概商定了三大条件，要他必行。一是穿白，二是跪拜，三是请和尚道士做法事②。总而言之：是全都照旧。

他们既经议妥，便约定在连殳到家的那一天，一同聚在厅前，排成阵势，互相策应，并力作一回极严厉的谈判。村人们都咽着唾沫，新奇地听候消息；他们知道连殳是"吃洋教"的"新党"，向来就不讲什么道理，两面的争斗，大约总要开始的，或者还会酿成一种出人意外的奇观。

传说连殳的到家是下午，一进门，向他祖母的灵前只是弯了一弯腰。族长们便立刻照豫定计划进行，将他叫到大厅上，先说

---

① 承重孙：按封建宗法制度，长子先亡，由嫡长孙代替亡父充当祖父母丧礼的主持人，称承重孙。

② 法事：原指佛教徒念经、供佛一类活动。这里指和尚、道士超度亡魂的迷信仪式，也叫"做功德"。

过一大篇冒头，然后引入本题，而且大家此唱彼和，七嘴八舌，使他得不到辩驳的机会。但终于话都说完了，沉默充满了全厅，人们全数悚然地紧看着他的嘴。只见连殳神色也不动，简单地回答道：

"都可以的。"

这又很出于他们的意外，大家的心的重担都放下了，但又似乎反加重，觉得太"异样"，倒很有些可虑似的。打听新闻的村人们也很失望，口口相传道："奇怪！他说'都可以'哩！我们看去罢！"都可以就是照旧，本来是无足观了，但他们也还要看，黄昏之后，便欣欣然聚满了一堂前。

我也是去看的一个，先送了一份香烛；待到走到他家，已见连殳在给死者穿衣服了。原来他是一个短小瘦削的人，长方脸，蓬松的头发和浓黑的须眉占了一脸的小半，只见两眼在黑气里发光。那穿衣也穿得真好，井井有条，仿佛是一个大殓的专家，使旁观者不觉叹服。寒石山老例，当这些时候，无论如何，母家的亲丁是总要挑剔的；他却只是默默地，遇见怎么挑剔便怎么改，神色也不动。站在我前面的一个花白头发的老太太，便发出羡慕感叹的声音。

其次是拜；其次是哭，凡女人们都念念有词。其次入棺；其次又是拜；又是哭，直到钉好了棺盖。沉静了一瞬间，大家忽而扰动了，很有惊异和不满的形势。我也不由得突然觉到：连殳就始终没有落过一滴泪，只坐在草荐上，两眼在黑气里闪闪地发光。

大殓便在这惊异和不满的空气里面完毕。大家都怏怏地，似乎想走散，但连殳却还坐在草荐上沉思。忽然，他流下泪来了，接着就失声，立刻又变成长嚎，像一匹受伤的狼，当深夜在旷野中嗥叫，惨伤里夹杂着愤怒和悲哀。这模样，是老例上所没有的，先前也未曾豫防到，大家都手足无措了，迟疑了一会，就有几个人上前去劝止他，愈去愈多，终于挤成一大堆。但他却只是兀坐着号咷，铁塔似的动也不动。

大家又只得无趣地散开；他哭着，哭着，约有半点钟，这才突然停了下来，也不向吊客招呼，径自往家里走。接着就有前去窥探的人来报告：他走进他祖母的房里，躺在床上，而且，似乎就睡熟了。

隔了两日，是我要动身回城的前一天，便听到村人都遭了魔似的发议论，说连殳要将所有的器具大半烧给他祖母，余下的便分赠生时侍奉，死时送终的女工，并且连房屋也要无期地借给她居住了。亲戚本家都说到舌敝唇焦，也终于阻挡不住。

恐怕大半也还是因为好奇心，我归途中经过他家的门口，便又顺便去吊慰。他穿了毛边的白衣出见，神色也还是那样，冷冷的。我很劝慰了一番；他却除了唯唯诺诺之外，只回答了一句话，是：

"多谢你的好意。"

二

我们第三次相见就在这年的冬初，S城的一个书铺子里，大家同时点了一点头，总算是认识了。但使我们接近起来的，是在这年底我失了职业之后。从此，我便常常访问连殳去。一则，自然是因为无聊赖；二则，因为听人说，他倒很亲近失意的人的,虽然素性这么冷。但是世事升沉无定,失意人也不会长是失意人,所以他也就很少长久的朋友。这传说果然不虚,我一投名片,他便接见了。两间连通的客厅,并无什么陈设,不过是桌椅之外,排列些书架,大家虽说他是一个可怕的"新党",架上却不很有新书。他已经知道我失了职业;但套话一说就完,主客便只好默默地相对,逐渐沉闷起来。我只见他很快地吸完一支烟,烟蒂要烧着手指了,才抛在地面上。

"吸烟罢。"他伸手取第二支烟时,忽然说。

我便也取了一支,吸着,讲些关于教书和书籍的,但也还觉得沉闷。我正想走时,门外一阵喧嚷和脚步声,四个男女孩子闯进来了。大的八九岁,小的四五岁,手脸和衣服都很脏,而且丑得可以。但是连殳的眼里却即刻发出欢喜的光来了,连忙站起,向客厅间壁的房里走,一面说道:

"大良,二良,都来!你们昨天要的口琴,我已经买来了。"

孩子们便跟着一齐拥进去,立刻又各人吹着一个口琴一拥而出,一出客厅门,不知怎的便打将起来。有一个哭了。

"一人一个,都一样的。不要争呵!"他还跟在后面嘱咐。

"这么多的一群孩子都是谁呢?"我问。

"是房主人的。他们都没有母亲,只有一个祖母。"

"房东只一个人么?"

"是的。他的妻子大概死了三四年了罢,没有续娶。——否则,便要不肯将余屋租给我似的单身人。"他说着,冷冷地微笑了。

我很想问他何以至今还是单身,但因为不很熟,终于不好开口。

只要和连殳一熟识，是很可以谈谈的。他议论非常多，而且往往颇奇警。使人不耐的倒是他的有些来客，大抵是读过《沉沦》①的罢，时常自命为"不幸的青年"或是"零余者"，螃蟹一般懒散而骄傲地堆在大椅子上，一面唉声叹气，一面皱着眉头吸烟。还有那房主的孩子们，总是互相争吵，打翻碗碟，硬讨点心，乱得人头昏。但连殳一见他们，却再不像平时那样的冷冷的了，看得比自己的性命还宝贵。听说有一回，三良发了红斑痧，竟急得他脸上的黑气愈见其黑了；不料那病是轻的，于是后来便被孩子们的祖母传作笑柄。

"孩子总是好的。他们全是天真……。"他似乎也觉得我有些不耐烦了，有一天特地乘机对我说。

"那也不尽然。"我只是随便回答他。

"不。大人的坏脾气，在孩子们是没有的。后来的坏，如你平日所攻击的坏，那是环境教坏的。原来却并不坏，天真……。我以为中国的可以希望，只在这一点。"

"不。如果孩子中没有坏根苗，大起来怎么会有坏花果？譬如一粒种子，正因为内中本含有枝叶花果的胚，长大时才能够发出这些东西来。何尝是无端……。"我因为闲着无事，便也如大人先生们一下野，就要吃素谈禅②一样，正在看佛经。佛理自然是并不懂得的，但竟也不自检点，一味任意地说。

---

①《沉沦》：小说集，郁达夫著，内收中篇小说《沉沦》和短篇小说《南迁》《银灰色的死》，1921年10月上海泰东图书局出版。这些作品以"不幸的青年"或"零余者"为主人公，反映当时一部分小资产阶级知识分子在帝国主义、封建势力压抑下的忧郁、苦闷和自暴自弃的心态，带有颓废的倾向。

②吃素谈禅：谈禅，指谈论佛教教义。当时军阀官僚在失势后，往往发表下野"宣言"或"通电"，宣称出洋游历或隐居山林、吃斋念佛，从此不问国事等，实则窥测方向，伺机再起。

然而连发气忿了，只看了我一眼，不再开口。我也猜不出他是无话可说呢，还是不屑辩。但见他又显出许久不见的冷冷的态度来，默默地连吸了两支烟；待到他再取第三支时，我便只好逃走了。

这仇恨是历了三月之久才消释的。原因大概是一半因为忘却，一半则他自己竟也被"天真"的孩子所仇视了，于是觉得我对于孩子的冒渎的话倒也情有可原。但这不过是我的推测。其时是在我的寓里的酒后，他似乎微露悲哀模样，半仰着头道：

"想起来真觉得有些奇怪。我到你这里来时，街上看见一个很小的小孩，拿了一片芦叶指着我道：杀！他还不很能走路……。"

"这是环境教坏的。"

我即刻很后悔我的话。但他却似乎并不介意，只竭力地喝酒，其间又竭力地吸烟。

"我倒忘了，还没有问你，"我便用别的话来支吾，"你是不大访问人的，怎么今天有这兴致来走走呢？我们相识有一年多了，你到我这里来却还是第一回。"

"我正要告诉你呢：你这几天切莫到我寓里来看我了。我的寓里正有很讨厌的一大一小在那里，都不像人！"

"一大一小？这是谁呢？"我有些诧异。

"是我的堂兄和他的小儿子。哈哈，儿子正如老子一般。"

"是上城来看你，带便玩玩的罢？"

"不。说是来和我商量，就要将这孩子过继给我的。"

"呵！过继给你？"我不禁惊叫了，"你不是还没有娶亲么？"

"他们知道我不娶的了。但这都没有什么关系。他们其实是要过继给我那一间寒石山的破屋子。我此外一无所有，你是知道的；钱一到手就化完。只有这一间破屋子。他们父子的一生的事业是在逐出那一个借住着的老女工。"

他那词气的冷峭，实在又使我悚然。但我还慰解他说：

"我看你的本家也还不至于此。他们不过思想略旧一点罢了。譬如，你那年大哭的时候，他们就都热心地围着使劲来劝你……。"

"我父亲死去之后，因为夺我屋子，要我在笔据上画花押，我大哭着的时候，他们也是这样热心地围着使劲来劝我……。"他两眼向上凝视，仿佛要在空中寻出那时的情景来。

"总而言之：关键就全在你没有孩子。你究竟为什么老不结婚的呢？"我忽而寻到了转舵的话，也是久已想问的话，觉得这时是最好的机会了。

他诧异地看着我，过了一会，眼光便移到他自己的膝髁上去了，于是就吸烟，没有回答。

三

但是，虽在这一种百无聊赖的境地中，也还不给连殳安住。渐渐地，小报上有匿名人来攻击他，学界上也常有关于他的流言，可是这已经并非先前似的单是话柄，大概是于他有损的了。我知道这是他近来喜欢发表文章的结果，倒也并不介意。S城人最不愿意有人发些没有顾忌的议论，一有，一定要暗暗地来叮他，这是向来如此的，连殳自己也知道。但到春天，忽然听说他已被校长辞退了。这却使我觉得有些兀突；其实，这也是向来如此的，不过因为我希望着自己认识的人能够幸免，所以就以为兀突罢了，S城人倒并非这一回特别恶。

其时我正忙着自己的生计，一面又在接洽本年秋天到山阳去当教员的事，竟没有工夫去访问他。待到有些余暇的时候，离他被辞退那时大约快有三个月了，可是还没有发生访问连殳的意思。有一天，我路过大街，偶然在旧书摊前停留，却不禁使我觉到震悚，因为在那里陈列着的一部汲古阁初印本《史记索隐》[①]，正是连殳的书。他喜欢书，但不是藏书家，这种本子，在他是算作贵重的善本，非万不得已，不肯轻易变卖的。难道他失业刚才两三月，就一贫至此么？虽然他向来一有钱即随手散去，没有什么贮蓄。于是我便决意访问连殳去，顺便在街上买了一瓶烧酒，两包花生米，两个熏鱼头。

他的房门关闭着，叫了两声，不见答应。我疑心他睡着了，更加大声地叫，并且伸手拍着房门。

"出去了罢！"大良们的祖母，那三角眼的胖女人，从对面的窗口探出她花白的头来了，也大声说，不耐烦似的。

"那里去了呢？"我问。

"那里去了？谁知道呢？——他能到那里去呢，你等着就是，一会儿总会回来的。"

我便推开门走进他的客厅去。真是"一日不见，如隔三秋"[②]，满眼是凄凉和空空洞洞，不但器具所余无几了，连书籍也只剩了在S城决没有人会要的几本洋装书。屋中间的圆桌还在，先前曾经常常围绕着忧郁慷慨的青年，怀才不遇的奇士和腌臜吵

[①]《史记索隐》：唐代司马贞注释《史记》的书，共三十卷。汲古阁，是明末藏书家毛晋的藏书室。《史记索隐》是毛晋重刻的宋版书之一。

[②] 一日不见，如隔三秋：语出《诗经·王风·采葛》："一日不见，如三秋兮。"

闹的孩子们的,现在却见得很闲静,只在面上蒙着一层薄薄的灰尘。我就在桌上放了酒瓶和纸包,拖过一把椅子来,靠桌旁对着房门坐下。

的确不过是"一会儿",房门一开,一个人悄悄地阴影似的进来了,正是连殳。也许是傍晚之故罢,看去仿佛比先前黑,但神情却还是那样。

"阿!你在这里?来得多久了?"他似乎有些喜欢。

"并没有多久。"我说,"你到那里去了?"

"并没有到那里去,不过随便走走。"

他也拖过椅子来,在桌旁坐下;我们便开始喝烧酒,一面谈些关于他的失业的事。但他却不愿意多谈这些;他以为这是意料中的事,也是自己时常遇到的事,无足怪,而且无可谈的。他照例只是一意喝烧酒,并且依然发些关于社会和历史的议论。不知怎的我此时看见空空的书架,也记起汲古阁初印本的《史记索隐》,忽而感到一种淡漠的孤寂和悲哀。

"你的客厅这么荒凉……。近来客人不多了么?"

"没有了。他们以为我心境不佳,来也无意味。心境不佳,实在是可以给人们不舒服的。冬天的公园,就没有人去……。"他连喝两口酒,默默地想着,突然,仰起脸来看着我问道,"你在图谋的职业也还是毫无把握罢?……"

我虽然明知他已经有些酒意,但也不禁愤然,正想发话,只见他侧耳一听,便抓起一把花生米,出去了。门外是大良们笑嚷的声音。

但他一出去,孩子们的声音便寂然,而且似乎都走了。他还追上去,说些话,却不听得有回答。他也就阴影似的悄悄地回来，仍将一把花生米放在纸包里。

"连我的东西也不要吃了。"他低声，嘲笑似的说。

"连殳，"我很觉得悲凉，却强装着微笑，说，"我以为你太自寻苦恼了。你看得人间太坏……。"

他冷冷的笑了一笑。

"我的话还没有完哩。你对于我们，偶而来访问你的我们，也以为因为闲着无事，所以来你这里，将你当作消遣的资料的罢？"

"并不。但有时也这样想。或者寻些谈资。"

"那你可错误了。人们其实并不这样。你实在亲手造了独头茧①，将自己裹在里面了。你应该将世间看得光明些。"我叹惜着说。

"也许如此罢。但是，你说：那丝是怎么来的？——自然，世上也尽有这样的人，譬如，我的祖母就是。我虽然没有分得她的血液，却也许会继承她的运命。然而这也没有什么要紧，我早已豫先一起哭过了……。"

我即刻记起他祖母大殓时候的情景来，如在眼前一样。

"我总不解你那时的大哭……。"于是鹘突地问了。

"我的祖母入殓的时候罢？是的，你不解的。"他一面点灯，一面冷静地说，"你的和我交往，我想，还正因为那时的哭哩。你不知道，这祖母，是我父亲的继母；他的生母，他三岁时候就死去了。"他想着，默默地喝酒，吃完了一个熏鱼头。

"那些往事，我原是不知道的。只是我从小时候就觉得不可解。那时我的父亲还在，家景也还好，正月间一定要悬挂祖像，

---

① 独头茧：绍兴方言称孤独的人为独头。蚕吐丝作茧，将自己孤独地裹在里面，所以这里用"独头茧"比喻自甘孤独的人。

盛大地供养起来。看着这许多盛装的画像,在我那时似乎是不可多得的眼福。但那时,抱着我的一个女工总指了一幅像说:'这是你自己的祖母。拜拜罢,保佑你生龙活虎似的大得快。'我真不懂得我明明有着一个祖母,怎么又会有什么'自己的祖母'来。可是我爱这'自己的祖母',她不比家里的祖母一般老;她年青,好看,穿着描金的红衣服,戴着珠冠,和我母亲的像差不多。我看她时,她的眼睛也注视我,而且口角上渐渐增多了笑影;我知道她一定也是极其爱我的。

"然而我也爱那家里的,终日坐在窗下慢慢地做针线的祖母。虽然无论我怎样高兴地在她面前玩笑,叫她,也不能引她欢笑,常使我觉得冷冷的,和别人的祖母们有些不同。但我还爱她。可是到后来,我逐渐疏远她了;这也并非因为年纪大了,已经知道她不是我父亲的生母的缘故,倒是看久了终日终年的做针线,机器似的,自然免不了要发烦。但她却还是先前一样,做针线;管理我,也爱护我,虽然少见笑容,却也不加呵斥。直到我父亲去世,还是这样;后来呢,我们几乎全靠她做针线过活了,自然更这样,直到我进学堂……。"

灯火销沉下去了,煤油已经将涸,他便站起,从书架下摸出一个小小的洋铁壶来添煤油。

"只这一月里,煤油已经涨价两次了……。"他旋好了灯头,慢慢地说。"生活要日见其困难起来。——她后来还是这样,直到我毕业,有了事做,生活比先前安定些;恐怕还直到她生病,实在打熬不住了,只得躺下的时候罢……。

"她的晚年,据我想,是总算不很辛苦的,享寿也不小了,正无须我来下泪。况且哭的人不是多着么?连先前竭力欺凌她的人们也哭，至少是脸上很惨然。哈哈！……可是我那时不知怎的，将她的一生缩在眼前了，亲手造成孤独，又放在嘴里去咀嚼的人的一生。而且觉得这样的人还很多哩。这些人们，就使我要痛哭，但大半也还是因为我那时太过于感情用事……。

"你现在对于我的意见，就是我先前对于她的意见。然而我的那时的意见，其实也不对的。便是我自己，从略知世事起，就的确逐渐和她疏远起来了……。"

他沉默了，指间夹着烟卷，低了头，想着。灯火在微微地发抖。

"呵，人要使死后没有一个人为他哭，是不容易的事呵。"他自言自语似的说；略略一停，便仰起脸来向我道，"想来你也无法可想。我也还得赶紧寻点事情做……。"

"你再没有可托的朋友了么？"我这时正是无法可想，连自己。

"那倒大概还有几个的，可是他们的境遇都和我差不多……。"

我辞别连殳出门的时候，圆月已经升在中天了，是极静的夜。

四

山阳的教育事业的状况很不佳。我到校两月，得不到一文薪水，只得连烟卷也节省起来。但是学校里的人们，虽是月薪十五六元的小职员，也没有一个不是乐天知命的，仗着逐渐打熬成功的铜筋铁骨，面黄肌瘦地从早办公一直到夜，其间看见名位较高的人物，还得恭恭敬敬地站起，实在都是不必"衣食足而知礼节"[①] 的人民。我每看见这情状，不知怎的总记起连殳临别托付

[①] 衣食足而知礼节：语出《管子·牧民》："仓廪实而知礼节，衣食足而知荣辱。"

我的话来。他那时生计更其不堪了，窘相时时显露，看去似乎已没有往时的深沉，知道我就要动身，深夜来访，迟疑了许久，才吞吞吐吐地说道：

"不知道那边可有法子想？——便是钞写，一月二三十块钱的也可以的。我……。"

我很诧异了，还不料他竟肯这样的迁就，一时说不出话来。

"我……，我还得活几天……。"

"那边去看一看，一定竭力去设法罢。"

这是我当日一口承当的答话，后来常常自己听见，眼前也同时浮出连殳的相貌，而且吞吞吐吐地说道"我还得活几天"。到这些时，我便设法向各处推荐一番；但有什么效验呢，事少人多，结果是别人给我几句抱歉的话，我就给他几句抱歉的信。到一学期将完的时候，那情形就更加坏了起来。那地方的几个绅士所办的《学理周报》上，竟开始攻击我了，自然是决不指名的，但措辞很巧妙，使人一见就觉得我是在挑剔学潮①，连推荐连殳的事，也算是呼朋引类。

我只好一动不动，除上课之外，便关起门来躲着，有时连烟卷的烟钻出窗隙去，也怕犯了挑剔学潮的嫌疑。连殳的事，自然更是无从说起了。这样地一直到深冬。

下了一天雪，到夜还没有止，屋外一切静极，静到要听出静的声音来。我在小小的灯火光中，闭目枯坐，如见雪花片片飘坠，来增补这一望无际的雪堆；故乡也准备过年了，人们忙得

---

① 挑剔学潮：1925年5月，作者和北京女子师范大学其他六位教授发表了支持该校学生反对学校当局的宣言，陈西滢于同月《现代评论》第一卷第二十五期发表的《闲话》中，攻击作者等是"暗中挑剔风潮"。作者在这里借用此语，含有讽刺陈西滢文句不通的意味。

很；我自己还是一个儿童，在后园的平坦处和一伙小朋友塑雪罗汉。雪罗汉的眼睛是用两块小炭嵌出来的，颜色很黑，这一闪动，便变了连殳的眼睛。

"我还得活几天！"仍是这样的声音。

"为什么呢？"我无端地这样问，立刻连自己也觉得可笑了。

这可笑的问题使我清醒，坐直了身子，点起一支烟卷来；推窗一望，雪果然下得更大了。听得有人叩门；不一会，一个人走进来，但是听熟的客寓杂役的脚步。他推开我的房门，交给我一封六寸多长的信，字迹很潦草，然而一瞥便认出"魏缄"两个字，是连殳寄来的。

这是从我离开 S 城以后他给我的第一封信。我知道他疏懒，本不以杳无消息为奇，但有时也颇怨他不给一点消息。待到接了这信，可又无端地觉得奇怪了，慌忙拆开来。里面也用了一样潦草的字体，写着这样的话：

申飞……。

我称你什么呢？我空着。你自己愿意称什么，你自己添上去罢。我都可以的。

别后共得三信，没有复。这原因很简单：我连买邮票的钱也没有。

你或者愿意知道些我的消息，现在简直告诉你罢：我失败了。先前，我自以为是失败者，现在知道那并不，现在才真是失败者了。先前，还有人愿意我活几天，我自己也还想活几天的时候，活不下去；现在，大可以无须了，然而要活下去……。

然而就活下去么？

愿意我活几天的，自己就活不下去。这人已被敌人诱杀了。谁杀的呢？谁也不知道。

人生的变化多么迅速呵！这半年来，我几乎求乞了，实际，也可以算得已经求乞。然而我还有所为，我愿意为此求乞，为此冻馁，为此寂寞，为此辛苦。但灭亡是不愿意的。你看，有一个愿意我活几天的，那力量就这么大。然而现在是没有了，连这一个也没有了。同时，我自己也觉得不配活下去；别人呢？也不配的。同时，我自己又觉得偏要为不愿意我活下去的人们而活下去；好在愿意我好好地活下去的已经没有了，再没有谁痛心。使这样的人痛心，我是不愿意的。然而现在是没有了，连这一个也没有了。快活极了，舒服极了；我已经躬行我先前所憎恶，所反对的一切，拒斥我先前所崇仰，所主张的一切了。我已经真的失败，——然而我胜利了。

你以为我发了疯么？你以为我成了英雄或伟人了么？不，不的。这事情很简单；我近来已经做了杜师长的顾问，每月的薪水就有现洋八十元了。

申飞……。

你将以我为什么东西呢？你自己定就是，我都可以的。

你大约还记得我旧时的客厅罢，我们在城中初见和将别时候的客厅。现在我还用着这客厅。这里有新的宾客，新的馈赠，新的颂扬，新的钻营，新的磕头和打拱，新的打牌和猜拳，新的冷眼和恶心，新的失眠和吐血……。

你前信说你教书很不如意。你愿意也做顾问么？可以告诉我，我给你办。其实是做门房也不妨，一样地有新的宾客和新的馈赠，新的颂扬……。

我这里下大雪了。你那里怎样？现在已是深夜，吐了两口血，使我清醒起来。记得你竟从秋天以来陆续给了我三封信，这是怎样的可以惊异的事呵。我必须寄给你一点消息，你或者不至于倒抽一口冷气罢。

　　此后，我大约不再写信的了，我这习惯是你早已知道的。何时回来呢？倘早，当能相见。——但我想，我们大概究竟不是一路的；那么，请你忘记我罢。我从我的真心感谢你先前常替我筹划生计。但是现在忘记我罢；我现在已经"好"了。

　　　　　　　　　　　　连殳。十二月十四日。

　　这虽然并不使我"倒抽一口冷气"，但草草一看之后，又细看了一遍，却总有些不舒服，而同时可又夹杂些快意和高兴；又想，他的生计总算已经不成问题，我的担子也可以放下了，虽然在我这一面始终不过是无法可想。忽而又想写一封信回答他，但又觉得没有话说，于是这意思也立即消失了。

　　我的确渐渐地在忘却他。在我的记忆中，他的面貌也不再时常出现。但得信之后不到十天，S城的学理七日报社忽然接续着邮寄他们的《学理七日报》来了。我是不大看这些东西的，不过既经寄到，也就随手翻翻。这却使我记起连殳来，因为里面常有关于他的诗文，如《雪夜谒连殳先生》，《连殳顾问高斋雅集》等等；有一回，《学理闲谭》里还津津地叙述他先前所被传为笑柄的事，称作"逸闻"，言外大有"且夫非常之人，必能行非常之事"[1] 的意思。

---

　　[1] 且夫非常之人，必能行非常之事：语出《史记·司马相如列传》："盖世必有非常之人，然后有非常之事。"

不知怎的虽然因此记起，但他的面貌却总是逐渐模胡；然而又似乎和我日加密切起来，往往无端感到一种连自己也莫明其妙的不安和极轻微的震颤。幸而到了秋季，这《学理七日报》就不寄来了；山阳的《学理周刊》上却又按期登起一篇长论文：《流言即事实论》。里面还说，关于某君们的流言，已在公正士绅间盛传了。这是专指几个人的，有我在内；我只好极小心，照例连吸烟卷的烟也谨防飞散。小心是一种忙的苦痛，因此会百事俱废，自然也无暇记得连殳。总之：我其实已经将他忘却了。

但我也终于敷衍不到暑假，五月底，便离开了山阳。

五

从山阳到历城，又到太谷，一总转了大半年，终于寻不出什么事情做，我便又决计回 S 城去了。到时是春初的下午，天气欲雨不雨，一切都罩在灰色中；旧寓里还有空房，仍然住下。在道上，就想起连殳的了，到后，便决定晚饭后去看他。我提着两包闻喜名产的煮饼，走了许多潮湿的路，让道给许多拦路高卧的狗，这才总算到了连殳的门前。里面仿佛特别明亮似的。我想，一做顾问，连寓里也格外光亮起来了，不觉在暗中一笑。但仰面一看，门旁却白白的，分明贴着一张斜角纸①。我又想，大良们的祖母死了罢；同时也跨进门，一直向里面走。

微光所照的院子里，放着一具棺材，旁边站一个穿军衣的兵

---

① 斜角纸：我国旧时民间习俗，人死后在大门旁斜贴一张白纸，纸上写明死者的性别和年龄，入殓时需要避开的是哪些生肖的人，以及"殃"和"煞"的种类、日期，使别人知道避忌。（这就是所谓的"殃榜"。据清代范寅《越谚》：煞神，"人首鸡身"，"人死必如期至，犯之辄死"。）

或是马弁,还有一个和他谈话的,看时却是大良的祖母;另外还闲站着几个短衣的粗人。我的心即刻跳起来了。她也转过脸来凝视我。

"阿呀!您回来了?何不早几天……。"她忽而大叫起来。

"谁……谁没有了?"我其实是已经大概知道的了,但还是问。

"魏大人,前天没有的。"

我四顾,客厅里暗沉沉的,大约只有一盏灯;正屋里却挂着白的孝帏,几个孩子聚在屋外,就是大良二良们。

"他停在那里,"大良的祖母走向前,指着说,"魏大人恭喜之后,我把正屋也租给他了;他现在就停在那里。"

孝帏上没有别的,前面是一张条桌,一张方桌;方桌上摆着十来碗饭菜。我刚跨进门,当面忽然现出两个穿白长衫的来拦住了,瞪了死鱼似的眼睛,从中发出惊疑的光来,钉住了我的脸。我慌忙说明我和连殳的关系,大良的祖母也来从旁证实,他们的手和眼光这才逐渐弛缓下去,默许我近前去鞠躬。

我一鞠躬,地下忽然有人呜呜的哭起来了,定神看时,一个十多岁的孩子伏在草荐上,也是白衣服,头发剪得很光的头上还络着一大绺苎麻丝[①]。

我和他们寒暄后,知道一个是连殳的从堂兄弟,要算最亲的了;一个是远房侄子。我请求看一看故人,他们却竭力拦阻,说是"不敢当"的。然而终于被我说服了,将孝帏揭起。

这回我会见了死的连殳。但是奇怪!他虽然穿一套皱的短衫裤,大襟上还有血迹,脸上也瘦削得不堪,然而面目却还是先前

[①] 苎麻丝:指"麻冠"(用苎麻编成)。旧时习俗,死者的儿子或承重孙在守灵和送殡时戴用,作为"重孝"的标志。

那样的面目,宁静地闭着嘴,合着眼,睡着似的,几乎要使我伸手到他鼻子前面,去试探他可是其实还在呼吸着。

一切是死一般静,死的人和活的人。我退开了,他的从堂兄弟却又来周旋,说"舍弟"正在年富力强,前程无限的时候,竟遽尔"作古"了,这不但是"衰宗"不幸,也太使朋友伤心。言外颇有替连殳道歉之意;这样地能说,在山乡中人是少有的。但此后也就沉默了,一切是死一般静,死的人和活的人。

我觉得很无聊,怎样的悲哀倒没有,便退到院子里,和大良们的祖母闲谈起来。知道入殓的时候是临近了,只待寿衣送到;钉棺材钉时,"子午卯酉"四生肖是必须躲避的。她谈得高兴了,说话滔滔地泉流似的涌出,说到他的病状,说到他生时的情景,也带些关于他的批评。

"你可知道魏大人自从交运之后,人就和先前两样了,脸也抬高起来,气昂昂的。对人也不再先前那么迂。你知道,他先前不是像一个哑子,见我是叫老太太的么?后来就叫'老家伙'。唉唉,真是有趣。人送他仙居术[①],他自己是不吃的,就摔在院子里,——就是这地方,——叫道,'老家伙,你吃去罢。'他交运之后,人来人往,我把正屋也让给他住了,自己便搬在这厢房里。他也真是一走红运,就与众不同,我们就常常这样说笑。要是你早来一个月,还赶得上看这里的热闹,三日两头的猜拳行令,说的说,笑的笑,唱的唱,做诗的做诗,打牌的打牌……。

"他先前怕孩子们比孩子们见老子还怕,总是低声下气的。近来可也两样了,能说能闹,我们的大良们也很喜欢和他玩,一有空,便都到他的屋里去。他也用种种方法逗着玩;要他买东

[①] 仙居术:浙江省仙居县所产的药用植物白术。

西，他就要孩子装一声狗叫，或者磕一个响头。哈哈，真是过得热闹。前两月二良要他买鞋，还磕了三个响头哩，哪，现在还穿着，没有破呢。"

一个穿白长衫的人出来了，她就住了口。我打听连殳的病症，她却不大清楚，只说大约是早已瘦了下去的罢，可是谁也没理会，因为他总是高高兴兴的。到一个多月前，这才听到他吐过几回血，但似乎也没有看医生；后来躺倒了；死去的前三天，就哑了喉咙，说不出一句话。十三大人从寒石山路远迢迢地上城来，问他可有存款，他一声也不响。十三大人疑心他装出来的，也有人说有些生痨病死的人是要说不出话来的，谁知道呢……。

"可是魏大人的脾气也太古怪，"她忽然低声说，"他就不肯积蓄一点，水似的花钱。十三大人还疑心我们得了什么好处。有什么屁好处呢？他就冤里冤枉胡里胡涂地化掉了。譬如买东西，今天买进，明天又卖出，弄破，真不知道是怎么一回事。待到死了下来，什么也没有，都糟掉了。要不然，今天也不至于这样地冷静……。

"他就是胡闹，不想办一点正经事。我是想到过的，也劝过他。这么（大）年纪了，应该成家；照现在的样子，结一门亲很容易；如果没有门当户对的，先买几个姨太太也可以：人是总应该像个样子的。可是他一听到就笑起来，说道，'老家伙，你还是总替别人惦记着这等事？'你看，他近来就浮而不实，不把人的好话当好话听。要是早听了我的话，现在何至于独自冷清清地在阴间摸索，至少，也可以听到几声亲人的哭声……。"

一个店伙背了衣服来了。三个亲人便检[①]出里衣，走进帏后

[①] 检：旧同"捡"。

去。不多久，孝帏揭起了，里衣已经换好，接着是加外衣。这很出我意外。一条土黄的军裤穿上了，嵌着很宽的红条，其次穿上去的是军衣，金闪闪的肩章，也不知道是什么品级，那里来的品级。到入棺，是连殳很不妥帖地躺着，脚边放一双黄皮鞋，腰边放一柄纸糊的指挥刀，骨瘦如柴的灰黑的脸旁，是一顶金边的军帽。

三个亲人扶着棺沿哭了一场，止哭拭泪；头上络麻线的孩子退出去了，三良也避去，大约都是属"子午卯酉"之一的。

粗人扛起棺盖来，我走近去最后看一看永别的连殳。

他在不妥帖的衣冠中，安静地躺着，合了眼，闭着嘴，口角间仿佛含着冰冷的微笑，冷笑着这可笑的死尸。

敲钉的声音一响，哭声也同时迸出来。这哭声使我不能听完，只好退到院子里；顺脚一走，不觉出了大门了。潮湿的路极其分明，仰看太空，浓云已经散去，挂着一轮圆月，散出冷静的光辉。

我快步走着，仿佛要从一种沉重的东西中冲出，但是不能够。耳朵中有什么挣扎着，久之，久之，终于挣扎出来了，隐约像是长嗥，像一匹受伤的狼，当深夜在旷野中嗥叫，惨伤里夹杂着愤怒和悲哀。

我的心地就轻松起来，坦然地在潮湿的石路上走，月光底下。

一九二五年十月十七日毕。

伤　逝
——涓生的手记

如果我能够,我要写下我的悔恨和悲哀,为子君,为自己。

会馆①里的被遗忘在偏僻里的破屋是这样地寂静和空虚。时光过得真快,我爱子君,仗着她逃出这寂静和空虚,已经满一年了。事情又这么不凑巧,我重来时,偏偏空着的又只有这一间屋。依然是这样的破窗,这样的窗外的半枯的槐树和老紫藤,这样的窗前的方桌,这样的败壁,这样的靠壁的板床。深夜中独自躺在床上,就如我未曾和子君同居以前一般,过去一年中的时光全被消灭,全未有过,我并没有曾经从这破屋子搬出,在吉兆胡同创立了满怀希望的小小的家庭。

不但如此。在一年之前,这寂静和空虚是并不这样的,常常含着期待;期待子君的到来。在久待的焦躁中,一听到皮鞋的高底尖触着砖路的清响,是怎样地使我骤然生动起来呵!于是就看见带着笑涡的苍白的圆脸,苍白的瘦的臂膊,布的有条纹的衫子,玄色的裙。她又带了窗外的半枯的槐树的新叶来,使我看见,还有挂在铁似的老干上的一房一房的紫白的藤花。

然而现在呢,只有寂静和空虚依旧,子君却决不再来了,而且永远,永远地!……

---

① 会馆:旧时都市中同乡会或同业公会设立的馆舍,供同乡或同业人员旅居、聚会之用。

子君不在我这破屋里时，我什么也看不见。在百无聊赖中，随手抓过一本书来，科学也好，文学也好，横竖什么都一样；看下去，看下去，忽而自己觉得，已经翻了十多页了，但是毫不记得书上所说的事。只是耳朵却分外地灵，仿佛听到大门外一切往来的履声，从中便有子君的，而且橐橐地逐渐临近，——但是，往往又逐渐渺茫，终于消失在别的步声的杂沓中了。我憎恶那不像子君鞋声的穿布底鞋的长班的儿子，我憎恶那太像子君鞋声的常常穿着新皮鞋的邻院的搽雪花膏的小东西！

莫非她翻了车么？莫非她被电车撞伤了么？……

我便要取了帽子去看她，然而她的胞叔就曾经当面骂过我。

蓦然，她的鞋声近来了，一步响于一步，迎出去时，却已经走过紫藤棚下，脸上带着微笑的酒窝。她在她叔子的家里大约并未受气；我的心宁帖了，默默地相视片时之后，破屋里便渐渐充满了我的语声，谈家庭专制，谈打破旧习惯，谈男女平等，谈伊孛生①，谈泰戈尔，谈雪莱……。她总是微笑点头，两眼里弥漫着稚气的好奇的光泽。壁上就钉着一张铜板的雪莱半身像，是从杂志上裁下来的，是他的最美的一张像。当我指给她看时，她却只草草一看，便低了头，似乎不好意思了。这些地方，子君就大概还未脱尽旧思想的束缚，——我后来也想，倒不如换一张雪莱淹死在海里的记念像或是伊孛生的罢；但也终于没有换，现在是连这一张也不知那里去了。

---

① 伊孛生：通译易卜生（H. Ibsen, 1828—1906），挪威剧作家。代表作有《玩偶之家》《人民公敌》等。

"我是我自己的，他们谁也没有干涉我的权利！"

　　这是我们交际了半年，又谈起她在这里的胞叔和在家的父亲时，她默想了一会之后，分明地，坚决地，沉静地说了出来的话。其时是我已经说尽了我的意见，我的身世，我的缺点，很少隐瞒；她也完全了解的了。这几句话很震动了我的灵魂，此后许多天还在耳中发响，而且说不出的狂喜，知道中国女性，并不如厌世家所说那样的无法可施，在不远的将来，便要看见辉煌的曙色的。

　　送她出门，照例是相离十多步远；照例是那鲇鱼须的老东西的脸又紧贴在脏的窗玻璃上了，连鼻尖都挤成一个小平面；到外院，照例又是明晃晃的玻璃窗里的那小东西的脸，加厚的雪花膏。她目不斜视地骄傲地走了，没有看见；我骄傲地回来。

　　"我是我自己的，他们谁也没有干涉我的权利！"这彻底的思想就在她的脑里，比我还透澈、坚强得多。半瓶雪花膏和鼻尖的小平面，于她能算什么东西呢？

　　我已经记不清那时怎样地将我的纯真热烈的爱表示给她。岂但现在，那时的事后便已模胡，夜间回想，早只剩了一些断片了；同居以后一两月，便连这些断片也化作无可追踪的梦影。我只记得那时以前的十几天，曾经很仔细地研究过表示的态度，排列过措辞的先后，以及倘或遭了拒绝以后的情形。可是临时似乎都无用，在慌张中，身不由己地竟用了在电影上见过的方法了。后来一想到，就使我很愧恧，但在记忆上却偏只有这一点永远留遗，至今还如暗室的孤灯一般，照见我含泪握着她的手，一条腿跪了下去……。

不但我自己的，便是子君的言语举动，我那时就没有看得分明；仅知道她已经允许我了。但也还仿佛记得她脸色变成青白，后来又渐渐转作绯红，——没有见过，也没有再见的绯红；孩子似的眼里射出悲喜，但是夹着惊疑的光，虽然力避我的视线，张皇地似乎要破窗飞去。然而我知道她已经允许我了，没有知道她怎样说或是没有说。

她却是什么都记得：我的言辞，竟至于读熟了的一般，能够滔滔背诵；我的举动，就如有一张我所看不见的影片挂在眼下，叙述得如生，很细微，自然连那使我不愿再想的浅薄的电影的一闪。夜阑人静，是相对温习的时候了，我常是被质问，被考验，并且被命复述当时的言语，然而常须由她补足，由她纠正，像一个丁等的学生。

这温习后来也渐渐稀疏起来。但我只要看见她两眼注视空中，出神似的凝想着，于是神色越加柔和，笑窝也深下去，便知道她又在自修旧课了，只是我很怕她看到我那可笑的电影的一闪。但我又知道，她一定要看见，而且也非看不可的。

然而她并不觉得可笑。即使我自己以为可笑，甚而至于可鄙的，她也毫不以为可笑。这事我知道得很清楚，因为她爱我，是这样地热烈，这样地纯真。

去年的暮春是最为幸福，也是最为忙碌的时光。我的心平静下去了，但又有别一部分和身体一同忙碌起来。我们这时才在路上同行，也到过几回公园，最多的是寻住所。我觉得在路上时时遇到探索，讥笑，猥亵和轻蔑的眼光，一不小心，便使我的全身有些瑟缩，只得即刻提起我的骄傲和反抗来支持。她却是大无畏的，对于这些全不关心，只是镇静地缓缓前行，坦然如入无人之境。

寻住所实在不是容易事，大半是被托辞拒绝，小半是我们以为不相宜。起先我们选择得很苛酷，——也非苛酷，因为看去大抵不像是我们的安身之所；后来，便只要他们能相容了。看了二十多处，这才得到可以暂且敷衍的处所，是吉兆胡同一所小屋里的两间南屋；主人是一个小官，然而倒是明白人，自住着正屋和厢房。他只有夫人和一个不到周岁的女孩子，雇一个乡下的女工，只要孩子不啼哭，是极其安闲幽静的。

我们的家具很简单，但已经用去了我的筹来的款子的大半；子君还卖掉了她唯一的金戒指和耳环。我拦阻她，还是定要卖，我也就不再坚持下去了；我知道不给她加入一点股份去，她是住不舒服的。

和她的叔子，她早经闹开，至于使他气愤到不再认她做侄女；我也陆续和几个自以为忠告，其实是替我胆怯，或者竟是嫉妒的朋友绝了交。然而这倒很清静。每日办公散后，虽然已近黄昏，车夫又一定走得这样慢，但究竟还有二人相对的时候。我们先是沉默的相视，接着是放怀而亲密的交谈，后来又是沉默。大家低头沉思着，却并未想着什么事。我也渐渐清醒地读遍了她的身体，她的灵魂，不过三星期，我似乎于她已经更加了解，揭去许多先前以为了解而现在看来却是隔膜，即所谓真的隔膜了。

子君也逐日活泼起来。但她并不爱花，我在庙会①时买来的两盆小草花，四天不浇，枯死在壁角了，我又没有照顾一切的闲暇。然而她爱动物，也许是从官太太那里传染的罢，不一月，我

---

① 庙会：又称"庙市"，旧时在节日或规定的日子，设在寺庙或其附近的集市。

们的眷属便骤然加得很多，四只小油鸡，在小院子里和房主人的十多只在一同走。但她们却认识鸡的相貌，各知道那一只是自家的。还有一只花白的叭儿狗，从庙会买来，记得似乎原有名字，子君却给它另起了一个，叫作阿随。我就叫它阿随，但我不喜欢这名字。

这是真的，爱情必须时时更新，生长，创造。我和子君说起这，她也领会地点点头。

唉唉，那是怎样的宁静而幸福的夜呵！

安宁和幸福是要凝固的，永久是这样的安宁和幸福。我们在会馆里时，还偶有议论的冲突和意思的误会，自从到吉兆胡同以来，连这一点也没有了；我们只在灯下对坐的怀旧谭中，回味那时冲突以后的和解的重生一般的乐趣。

子君竟胖了起来，脸色也红活了；可惜的是忙。管了家务便连谈天的工夫也没有，何况读书和散步。我们常说，我们总还得雇一个女工。

这就使我也一样地不快活，傍晚回来，常见她包藏着不快活的颜色，尤其使我不乐的是她要装作勉强的笑容。幸而探听出来了，也还是和那小官太太的暗斗，导火线便是两家的小油鸡。但又何必硬不告诉我呢？人总该有一个独立的家庭。这样的处所，是不能居住的。

我的路也铸定了，每星期中的六天，是由家到局，又由局到家。在局里便坐在办公桌前钞，钞，钞些公文和信件；在家里是和她相对或帮她生白炉子，煮饭，蒸馒头。我的学会了煮饭，就在这时候。

但我的食品却比在会馆里时好得多了。做菜虽不是子君的特长，然而她于此却倾注着全力；对于她的日夜的操心，使我也不能不一同操心，来算作分甘共苦。况且她又这样地终日汗流满面，短发都粘在脑额上；两只手又只是这样地粗糙起来。

况且还要饲阿随，饲油鸡，……都是非她不可的工作。

我曾经忠告她：我不吃，倒也罢了；却万不可这样地操劳。她只看了我一眼，不开口，神色却似乎有点凄然；我也只好不开口。然而她还是这样地操劳。

我所豫期的打击果然到来。双十节的前一晚，我呆坐着，她在洗碗。听到打门声，我去开门时，是局里的信差，交给我一张油印的纸条。我就有些料到了，到灯下去一看，果然，印着的就是：

> 奉
> 局长谕史涓生着毋庸到局办事
> 　　　　秘书处启　十月九号

这在会馆里时，我就早已料到了；那雪花膏便是局长的儿子的赌友，一定要去添些谣言，设法报告的。到现在才发生效验，已经要算是很晚的了。其实这在我不能算是一个打击，因为我早就决定，可以给别人去钞写，或者教读，或者虽然费力，也还可以译点书，况且《自由之友》的总编辑便是见过几次的熟人，两月前还通过信。但我的心却跳跃着。那么一个无畏的子君也变了色，尤其使我痛心；她近来似乎也较为怯弱了。

"那算什么。哼，我们干新的。我们……。"她说。

她的话没有说完；不知怎的，那声音在我听去却只是浮浮的；灯光也觉得格外黯淡。人们真是可笑的动物，一点极微末的小事情，便会受着很深的影响。我们先是默默地相视，逐渐商量起来，终于决定将现有的钱竭力节省，一面登"小广告"去寻求钞写和教读，一面写信给《自由之友》的总编辑，说明我目下的遭遇，请他收用我的译本，给我帮一点艰辛时候的忙。

"说做，就做罢！来开一条新的路！"

我立刻转身向了书案，推开盛香油的瓶子和醋碟，子君便送过那黯淡的灯来。我先拟广告；其次是选定可译的书，迁移以来未曾翻阅过，每本的头上都满漫着灰尘了；最后才写信。

我很费踌蹰，不知道怎样措辞好，当停笔凝思的时候，转眼去一瞥她的脸，在昏暗的灯光下，又很见得凄然。我真不料这样微细的小事情，竟会给坚决的，无畏的子君以这么显著的变化。她近来实在变得很怯弱了，但也并不是今夜才开始的。我的心因此更缭乱，忽然有安宁的生活的影像——会馆里的破屋的寂静，在眼前一闪，刚刚想定睛凝视，却又看见了昏暗的灯光。

许久之后，信也写成了，是一封颇长的信；很觉得疲劳，仿佛近来自己也较为怯弱了。于是我们决定，广告和发信，就在明日一同实行。大家不约而同地伸直了腰肢，在无言中，似乎又都感到彼此的坚忍倔强的精神，还看见从新萌芽起来的将来的希望。

外来的打击其实倒是振作了我们的新精神。局里的生活，原如鸟贩子手里的禽鸟一般，仅有一点小米维系残生，决不会肥胖；日子一久，只落得麻痹了翅子，即使放出笼外，早已不能奋飞。现在总算脱出这牢笼了，我从此要在新的开阔的天空中翱翔，趁我还未忘却了我的翅子的扇动。

小广告是一时自然不会发生效力的；但译书也不是容易事，先前看过，以为已经懂得的，一动手，却疑难百出了，进行得很慢。然而我决计努力地做，一本半新的字典，不到半月，边上便有了一大片乌黑的指痕，这就证明着我的工作的切实。《自由之友》的总编辑曾经说过，他的刊物是决不会埋没好稿子的。

可惜的是我没有一间静室，子君又没有先前那么幽静，善于体帖①了，屋子里总是散乱着碗碟，弥漫着煤烟，使人不能安心做事，但是这自然还只能怨我自己无力置一间书斋。然而又加以阿随，加以油鸡们。加以油鸡们又大起来了，更容易成为两家争吵的引线。

加以每日的"川流不息"的吃饭；子君的功业，仿佛就完全建立在这吃饭中。吃了筹钱，筹来吃饭，还要喂阿随，饲油鸡；她似乎将先前所知道的全都忘掉了，也不想到我的构思就常常为了这催促吃饭而打断。即使在坐中给看一点怒色，她总是不改变，仍然毫无感触似的大嚼起来。

使她明白了我的作工②不能受规定的吃饭的束缚，就费去五星期。她明白之后，大约很不高兴罢，可是没有说。我的工作果然从此较为迅速地进行，不久就共译了五万言，只要润色一回，便可以和做好的两篇小品，一同寄给《自由之友》去。只是吃饭却依然给我苦恼。菜冷，是无妨的，然而竟不够；有时连饭也不够，虽然我因为终日坐在家里用脑，饭量已经比先前要减少得

---

① 体帖：体贴。
② 作工：做工。

多。这是先去喂了阿随了，有时还并那近来连自己也轻易不吃的羊肉。她说，阿随实在瘦得太可怜，房东太太还因此嗤笑我们了，她受不住这样的奚落。

于是吃我残饭的便只有油鸡们。这是我积久才看出来的，但同时也如赫胥黎①的论定"人类在宇宙间的位置"一般，自觉了我在这里的位置：不过是叭儿狗和油鸡之间。

后来，经多次的抗争和催逼，油鸡们也逐渐成为肴馔，我们和阿随都享用了十多日的鲜肥；可是其实都很瘦，因为它们早已每日只能得到几粒高粱了。从此便清静得多。只有子君很颓唐，似乎常觉得凄苦和无聊，至于不大愿意开口。我想，人是多么容易改变呵！

但是阿随也将留不住了。我们已经不能再希望从什么地方会有来信，子君也早没有一点食物可以引它打拱或直立起来。冬季又逼近得这么快，火炉就要成为很大的问题；它的食量，在我们其实早是一个极易觉得的很重的负担。于是连它也留不住了。

倘使插了草标②到庙市去出卖，也许能得几文钱罢，然而我们都不能，也不愿这样做。终于是用包袱蒙着头，由我带到西郊去放掉了，还要追上来，便推在一个并不很深的土坑里。

我一回寓，觉得又清静得多多了；但子君的凄惨的神色，却使我很吃惊。那是没有见过的神色，自然是为阿随。但又何至于此呢？我还没有说起推在土坑里的事。

---

① 赫胥黎：生于 1825 年，卒于 1895 年，英国生物学家。他的《人类在宇宙间的位置》（今译《人类在自然界的位置》），是宣传达尔文的进化论的重要著作。

② 草标：旧时在被卖的人身上或物品上插置的草秆，作为出卖的标志。

到夜间,在她的凄惨的神色中,加上冰冷的分子了。

"奇怪。——子君,你怎么今天这样儿了?"我忍不住问。

"什么?"她连看也不看我。

"你的脸色……。"

"没有什么,——什么也没有。"

我终于从她言动上看出,她大概已经认定我是一个忍心的人。其实,我一个人,是容易生活的,虽然因为骄傲,向来不与世交来往,迁居以后,也疏远了所有旧识的人,然而只要能远走高飞,生路还宽广得很。现在忍受着这生活压迫的苦痛,大半倒是为她,便是放掉阿随,也何尝不如此。但子君的识见却似乎只是浅薄起来,竟至于连这一点也想不到了。

我拣了一个机会,将这些道理暗示她;她领会似的点头。然而看她后来的情形,她是没有懂,或者是并不相信的。

天气的冷和神情的冷,逼迫我不能在家庭中安身。但是,往那里去呢?大道上,公园里,虽然没有冰冷的神情,冷风究竟也刺得人皮肤欲裂。我终于在通俗图书馆里觅得了我的天堂。

那里无须买票;阅书室里又装着两个铁火炉。纵使不过是烧着不死不活的煤的火炉,但单是看见装着它,精神上也就总觉得有些温暖。书却无可看:旧的陈腐,新的是几乎没有的。

好在我到那里去也并非为看书。另外时常还有几个人,多则十余人,都是单薄衣裳,正如我,各人看各人的书,作为取暖的口实。这于我尤为合式。道路上容易遇见熟人,得到轻蔑的一瞥,但此地却决无那样的横祸,因为他们是永远围在别的铁炉旁,或者靠在自家的白炉边的。

那里虽然没有书给我看,却还有安闲容得我想。待到孤身枯坐，回忆从前，这才觉得大半年来，只为了爱，——盲目的爱，——而将别的人生的要义全盘疏忽了。第一，便是生活。人必生活着，爱才有所附丽。世界上并非没有为了奋斗者而开的活路；我也还未忘却翅子的扇动，虽然比先前已经颓唐得多……。

屋子和读者渐渐消失了，我看见怒涛中的渔夫，战壕中的兵士，摩托车①中的贵人，洋场上的投机家，深山密林中的豪杰，讲台上的教授，昏夜的运动者和深夜的偷儿……。子君，——不在近旁。她的勇气都失掉了，只为着阿随悲愤，为着做饭出神；然而奇怪的是倒也并不怎样瘦损……。

冷了起来，火炉里的不死不活的几片硬煤，也终于烧尽了，已是闭馆的时候。又须回到吉兆胡同，领略冰冷的颜色去了。近来也间或遇到温暖的神情，但这却反而增加我的苦痛。记得有一夜，子君的眼里忽而又发出久已不见的稚气的光来，笑着和我谈到还在会馆时候的情形，时时又很带些恐怖的神色。我知道我近来的超过她的冷漠，已经引起她的忧疑来，只得也勉力谈笑，想给她一点慰藉。然而我的笑貌一上脸，我的话一出口，却即刻变为空虚，这空虚又即刻发生反响，回向我的耳目里，给我一个难堪的恶毒的冷嘲。

子君似乎也觉得的，从此便失掉了她往常的麻木似的镇静，虽然竭力掩饰，总还是时时露出忧疑的神色来，但对我却温和得多了。

我要明告她，但我还没有敢，当决心要说的时候，看见她孩子一般的眼色，就使我只得暂且改作勉强的欢容。但是这又即刻来冷嘲我，并使我失却那冷漠的镇静。

---

① 摩托车：当时对小汽车的称呼。

她从此又开始了往事的温习和新的考验,逼我做出许多虚伪的温存的答案来,将温存示给她,虚伪的草稿便写在自己的心上。我的心渐被这些草稿填满了,常觉得难于呼吸。我在苦恼中常常想,说真实自然须有极大的勇气的;假如没有这勇气,而苟安于虚伪,那也便是不能开辟新的生路的人。不独不是这个,连这人也未尝有!

子君有怨色,在早晨,极冷的早晨,这是从未见过的,但也许是从我看来的怨色。我那时冷冷地气愤和暗笑了;她所磨练的思想和豁达无畏的言论,到底也还是一个空虚,而对于这空虚却并未自觉。她早已什么书也不看,已不知道人的生活的第一着是求生,向着这求生的道路,是必须携手同行,或奋身孤往的了,倘使只知道捶着一个人的衣角,那便是虽战士也难于战斗,只得一同灭亡。

我觉得新的希望就只在我们的分离;她应该决然舍去,——我也突然想到她的死,然而立刻自责,忏悔了。幸而是早晨,时间正多,我可以说我的真实。我们的新的道路的开辟,便在这一遭。

我和她闲谈,故意地引起我们的往事,提到文艺,于是涉及外国的文人,文人的作品:《诺拉》①《海的女人》②。称扬诺拉的果决……。也还是去年在会馆的破屋里讲过的那些话,但现在已经变成空虚,从我的嘴传入自己的耳中,时时疑心有一个隐形的坏孩子,在背后恶意地刻毒地学舌。

---

① 《诺拉》:通译《娜拉》(又译作《玩偶之家》)。易卜生的著名剧作。
② 《海的女人》:通译《海上夫人》。易卜生的著名剧作。

她还是点头答应着倾听,后来沉默了。我也就断续地说完了我的话,连余音都消失在虚空中了。

"是的。"她又沉默了一会,说,"但是,……涓生,我觉得你近来很两样了。可是的?你,——你老实告诉我。"

我觉得这似乎给了我当头一击,但也立即定了神,说出我的意见和主张来:新的路的开辟,新的生活的再造,为的是免得一同灭亡。

临末,我用了十分的决心,加上这几句话:

"……况且你已经可以无须顾虑,勇往直前了。你要我老实说;是的,人是不该虚伪的。我老实说罢:因为,因为我已经不爱你了!但这于你倒好得多,因为你更可以毫无挂念地做事……。"

我同时豫期着大的变故的到来,然而只有沉默。她脸色陡然变成灰黄,死了似的;瞬间便又苏生,眼里也发了稚气的闪闪的光泽。这眼光射向四处,正如孩子在饥渴中寻求着慈爱的母亲,但只在空中寻求,恐怖地回避着我的眼。

我不能看下去了,幸而是早晨,我冒着寒风径奔通俗图书馆。

在那里看见《自由之友》,我的小品文都登出了。这使我一惊,仿佛得了一点生气。我想,生活的路还很多,——但是,现在这样也还是不行的。

我开始去访问久已不相闻问的熟人,但这也不过一两次;他们的屋子自然是暖和的,我在骨髓中却觉得寒冽。夜间,便蜷伏在比冰还冷的冷屋中。

冰的针刺着我的灵魂,使我永远苦于麻木的疼痛。生活的路还很多,我也还没有忘却翅子的扇动,我想。——我突然想到她的死,然而立刻自责,忏悔了。

在通俗图书馆里往往瞥见一闪的光明,新的生路横在前面。她勇猛地觉悟了,毅然走出这冰冷的家,而且,——毫无怨恨的神色。我便轻如行云,漂浮空际,上有蔚蓝的天,下是深山大海,广厦高楼,战场,摩托车,洋场,公馆,晴明的闹市,黑暗的夜……。

而且,真的,我豫感得这新生面便要来到了。

我们总算度过了极难忍受的冬天,这北京的冬天;就如蜻蜓落在恶作剧的坏孩子的手里一般,被系着细线,尽情玩弄,虐待,虽然幸而没有送掉性命,结果也还是躺在地上,只争着一个迟早之间。

写给《自由之友》的总编辑已经有三封信,这才得到回信,信封里只有两张书券①:两角的和三角的。我却单是催,就用了九分的邮票,一天的饥饿,又都白挨给于己一无所得的空虚了。

然而觉得要来的事,却终于来到了。

这是冬春之交的事,风已没有这么冷,我也更久地在外面徘徊;待到回家,大概已经昏黑。就在这样一个昏黑的晚上,我照常没精打采地回来,一看见寓所的门,也照常更加丧气,使脚步放得更缓。但终于走进自己的屋子里了,没有灯火;摸火柴点起来时,是异样的寂寞和空虚!

正在错愕中,官太太便到窗外来叫我出去。

"今天子君的父亲来到这里,将她接回去了。"她很简单地说。

---

① 书券:购书用的代价券,可按券面金额到指定书店选购图书。旧时有的报刊用它代替现金支付稿酬。

这似乎又不是意料中的事,我便如脑后受了一击,无言地站着。

"她去了么?"过了些时,我只问出这样一句话。

"她去了。"

"她,——她可说什么?"

"没说什么。单是托我见你回来时告诉你,说她去了。"

我不信;但是屋子里是异样的寂寞和空虚。我遍看各处,寻觅子君;只见几件破旧而黯淡的家具,都显得极其清疏,在证明着它们毫无隐匿一人一物的能力。我转念寻信或她留下的字迹,也没有;只是盐和干辣椒,面粉,半株白菜,却聚集在一处了,旁边还有几十枚铜元。这是我们两人生活材料的全部,现在她就郑重地将这留给我一个人,在不言中,教我借此去维持较久的生活。

我似乎被周围所排挤,奔到院子中间,有昏黑在我的周围;正屋的纸窗上映出明亮的灯光,他们正在逗着孩子玩笑。我的心也沉静下来,觉得在沉重的迫压中,渐渐隐约地现出脱走的路径:深山大泽,洋场,电灯下的盛筵,壕沟,最黑最黑的深夜,利刃的一击,毫无声响的脚步……。

心地有些轻松,舒展了,想到旅费,并且嘘一口气。

躺着,在合着的眼前经过的豫想的前途,不到半夜已经现尽;暗中忽然仿佛看见一堆食物,这之后,便浮出一个子君的灰黄的脸来,睁了孩子气的眼睛,恳托似的看着我。我一定神,什么也没有了。

但我的心却又觉得沉重。我为什么偏不忍耐几天,要这样急急地告诉她真话的呢?现在她知道,她以后所有的只是她父亲——儿女的债主——的烈日一般的严威和旁人的赛过冰霜的冷眼。此外便是虚空。负着虚空的重担，在严威和冷眼中走着所谓人生的路，这是怎么可怕的事呵！而况这路的尽头，又不过是——连墓碑也没有的坟墓。

我不应该将真实说给子君，我们相爱过，我应该永久奉献她我的说谎。如果真实可以宝贵，这在子君就不该是一个沉重的空虚。谎语当然也是一个空虚，然而临末，至多也不过这样地沉重。

我以为将真实说给子君，她便可以毫无顾虑，坚决地毅然前行，一如我们将要同居时那样。但这恐怕是我错误了。她当时的勇敢和无畏是因为爱。

我没有负着虚伪的重担的勇气，却将真实的重担卸给她了。她爱我之后，就要负了这重担，在严威和冷眼中走着所谓人生的路。

我想到她的死……。我看见我是一个卑怯者，应该被摈于强有力的人们，无论是真实者，虚伪者。然而她却自始至终，还希望我维持较久的生活……。

我要离开吉兆胡同，在这里是异样的空虚和寂寞。我想，只要离开这里，子君便如还在我的身边；至少，也如还在城中，有一天，将要出乎意表地访我，像住在会馆时候似的。

然而一切请托和书信，都是一无反响；我不得已，只好访问一个久不问候的世交去了。他是我伯父的幼年的同窗，以正经出名的拔贡①，寓京很久，交游也广阔的。

---

① 拔贡：根据清代科举考试制度，在规定的年限（原定六年，后改为十二年）选拔"文行兼优"的秀才，保送到京师，贡入国子监，称为"拔贡"。是贡生的一种。

大概因为衣服的破旧罢，一登门便很遭门房的白眼。好容易才相见，也还相识，但是很冷落。我们的往事，他全都知道了。

"自然，你也不能在这里了，"他听了我托他在别处觅事之后，冷冷地说，"但那里去呢？很难。——你那，什么呢，你的朋友罢，子君，你可知道，她死了。"

我惊得没有话。

"真的？"我终于不自觉地问。

"哈哈。自然真的。我家的王升的家，就和她家同村。"

"但是，——不知道是怎么死的？"

"谁知道呢。总之是死了就是了。"

我已经忘却了怎样辞别他，回到自己的寓所。我知道他是不说谎话的；子君总不会再来的了，像去年那样。她虽是想在严威和冷眼中负着虚空的重担来走所谓人生的路，也已经不能。她的命运，已经决定她在我所给与①的真实——无爱的人间死灭了！

自然，我不能在这里了；但是，"那里去呢？"

四围是广大的空虚，还有死的寂静。死于无爱的人们的眼前的黑暗，我仿佛一一看见，还听得一切苦闷和绝望的挣扎的声音。

我还期待着新的东西到来，无名的，意外的。但一天一天，无非是死的寂静。

我比先前已经不大出门，只坐卧在广大的空虚里，一任这死的寂静侵蚀着我的灵魂。死的寂静有时也自己战栗，自己退藏，于是在这绝续之交，便闪出无名的，意外的，新的期待。

一天是阴沉的上午，太阳还不能从云里面挣扎出来，连空气

---

① 给与：同"给予"。

都疲乏着。耳中听到细碎的步声和咻咻的鼻息，使我睁开眼。大致一看，屋子里还是空虚；但偶然看到地面，却盘旋着一匹小小的动物，瘦弱的，半死的，满身灰土的……。

我一细看，我的心就一停，接着便直跳起来。

那是阿随。它回来了。

我的离开吉兆胡同，也不单是为了房主人们和他家女工的冷眼，大半就为着这阿随。但是，"那里去呢？"新的生路自然还很多，我约略知道，也间或依稀看见，觉得就在我面前，然而我还没有知道跨进那里去的第一步的方法。

经过许多回的思量和比较，也还只有会馆是还能相容的地方。依然是这样的破屋，这样的板床，这样的半枯的槐树和紫藤，但那时使我希望，欢欣，爱，生活的，却全都逝去了，只有一个虚空，我用真实去换来的虚空存在。

新的生路还很多，我必须跨进去，因为我还活着。但我还不知道怎样跨出那第一步。有时，仿佛看见那生路就像一条灰白的长蛇，自己蜿蜒地向我奔来，我等着，等着，看看临近，但忽然便消失在黑暗里了。

初春的夜，还是那么长。长久的枯坐中记起上午在街头所见的葬式，前面是纸人纸马，后面是唱歌一般的哭声。我现在已经知道他们的聪明了，这是多么轻松简截①的事。

然而子君的葬式却又在我的眼前，是独自负着虚空的重担，在灰白的长路上前行，而又即刻消失在周围的严威和冷眼里了。

---

① 简截：同"简捷"。直截了当。

我愿意真有所谓鬼魂，真有所谓地狱，那么，即使在孽风怒吼之中，我也将寻觅子君，当面说出我的悔恨和悲哀，祈求她的饶恕；否则，地狱的毒焰将围绕我，猛烈地烧尽我的悔恨和悲哀。

我将在孽风和毒焰中拥抱子君，乞她宽容，或者使她快意……。

但是，这却更虚空于新的生路；现在所有的只是初春的夜，竟还是那么长。我活着，我总得向着新的生路跨出去，那第一步，——却不过是写下我的悔恨和悲哀，为子君，为自己。

我仍然只有唱歌一般的哭声，给子君送葬，葬在遗忘中。

我要遗忘；我为自己，并且要不再想到这用了遗忘给子君送葬。

我要向着新的生路跨进第一步去，我要将真实深深地藏在心的创伤中，默默地前行，用遗忘和说谎做我的前导……。

一九二五年十月二十一日毕。

弟　兄

公益局一向无公可办,几个办事员在办公室里照例的谈家务。秦益堂捧着水烟筒咳得喘不过气来,大家也只得住口。久之,他抬起紫涨着的脸来了,还是气喘吁吁的,说:

"到昨天,他们又打起架来了,从堂屋一直打到门口。我怎么喝也喝不住。"他生着几根花白胡子的嘴唇还抖着。"老三说,老五折在公债票上的钱是不能开公账的,应该自己赔出来……。"

"你看,还是为钱,"张沛君就慷慨地从破的躺椅上站起来,两眼在深眼眶里慈爱地闪烁。"我真不解自家的弟兄何必这样斤斤计较,岂不是横竖都一样?……"

"像你们的弟兄,那里有呢。"益堂说。

"我们就是不计较,彼此都一样。我们就将钱财两字不放在心上。这么一来,什么事也没有了。有谁家闹着要分的,我总是将我们的情形告诉他,劝他们不要计较。益翁也只要对令郎开导开导……。"

"那～～～里……。"益堂摇头说。

"这大概也怕不成。"汪月生说,于是恭敬地看着沛君的眼,"像你们的弟兄,实在是少有的;我没有遇见过。你们简直是谁也没有一点自私自利的心思,这就不容易……。"

"他们一直从堂屋打到大门口……。"益堂说。

"令弟仍然是忙？……"月生问。

"还是一礼拜十八点钟功课，外加九十三本作文，简直忙不过来。这几天可是请假了，身热，大概是受了一点寒……。"

"我看这倒该小心些，"月生郑重地说。"今天的报上就说，现在时症流行……。"

"什么时症呢？"沛君吃惊了，赶忙地问。

"那我可说不清了。记得是什么热罢。"

沛君迈开步就奔向阅报室去。

"真是少有的，"月生目送他飞奔出去之后，向着秦益堂赞叹着。"他们两个人就像一个人。要是所有的弟兄都这样，家里那里还会闹乱子。我就学不来……。"

"说是折在公债票上的钱不能开公账……。"益堂将纸煤子插在纸煤管子里，恨恨地说。

办公室中暂时的寂静，不久就被沛君的步声和叫听差的声音震破了。他仿佛已经有什么大难临头似的，说话有些口吃了，声音也发着抖。他叫听差打电话给普悌思普大夫，请他即刻到同兴公寓张沛君那里去看病。

月生便知道他很着急，因为向来知道他虽然相信西医，而进款不多，平时也节省，现在却请的是这里第一个有名而价贵的医生。于是迎了出去，只见他脸色青青的站在外面听听差打电话。

"怎么了？"

"报上说……说流行的是猩……猩红热。我我午后来局时，靖甫就是满脸通红……。已经出门了么？请……请他们打电话找，请他即刻来，同兴公寓，同兴公寓……。"

他听听差打完电话，便奔进办公室，取了帽子。汪月生也代

119

为着急,跟了进去。

"局长来时,请给我请假,说家里有病人,看医生……。"他胡乱点着头,说。

"你去就是。局长也未必来。"月生说。

但是他似乎没有听到,已经奔出去了。

他到路上,已不再较量车价如平时一般,一看见一个稍微壮大,似乎能走的车夫,问过价钱,便一脚跨上车去,道,"好。只要给我快走!"

公寓却如平时一般,很平安,寂静;一个小伙计仍旧坐在门外拉胡琴。他走进他兄弟的卧室,觉得心跳得更厉害,因为他脸上似乎见得更通红了,而且发喘。他伸手去一摸他的头,又热得炙手。

"不知道是什么病?不要紧罢?"靖甫问,眼里发出忧疑的光,显系他自己也觉得不寻常了。

"不要紧的,……伤风罢了。"他支吾着回答说。

他平时是专爱破除迷信的,但此时却觉得靖甫的样子和说话都有些不祥,仿佛病人自己就有了什么豫感。这思想更使他不安,立即走出,轻轻地叫了伙计,使他打电话去问医院:可曾找到了普大夫?

"就是啦,就是啦。还没有找到。"伙计在电话口边说。

沛君不但坐不稳,这时连立也不稳了;但他在焦急中,却忽而碰着了一条生路:也许并不是猩红热。然而普大夫没有找到,……同寓的白问山虽然是中医,或者于病名倒还能断定的,但是他曾经对他说过好几回攻击中医的话;况且追请普大夫的电话,他也许已经听到了……。

然而他终于去请白问山。

白问山却毫不介意，立刻戴起玳瑁边墨晶眼镜，同到靖甫的房里来。他诊过脉，在脸上端详一回，又翻开衣服看了胸部，便从从容容地告辞。沛君跟在后面，一直到他的房里。

他请沛君坐下，却是不开口。

"问山兄，舍弟究竟是……？"他忍不住发问了。

"红斑痧。你看他已经'见点'了。"

"那么，不是猩红热？"沛君有些高兴起来。

"他们西医叫猩红热，我们中医叫红斑痧。"

这立刻使他手脚觉得发冷。

"可以医么？"他愁苦地问。

"可以。不过这也要看你们府上的家运。"

他已经胡涂得连自己也不知道怎样竟请白问山开了药方，从他房里走出；但当经过电话机旁的时候，却又记起普大夫来了。他仍然去问医院，答说已经找到了，可是很忙，怕去得晚，须待明天早晨也说不定的。然而他还叮嘱他要今天一定到。

他走进房去点起灯来看，靖甫的脸更觉得通红了，的确还现出更红的点子，眼睑也浮肿起来。他坐着，却似乎所坐的是针毡；在夜的渐就寂静中，在他的翘望中，每一辆汽车的汽笛的呼啸声更使他听得分明，有时竟无端疑为普大夫的汽车，跳起来去迎接。但是他还未走到门口，那汽车却早经驶过去了；惘然地回身，经过院落时，见皓月已经西升，邻家的一株古槐，便投影地上，森森然更来加浓了他阴郁的心地。

突然一声乌鸦叫。这是他平日常常听到的；那古槐上就有三四个乌鸦窠。但他现在却吓得几乎站住了，心惊肉跳地轻轻地走进靖甫的房里时，见他闭了眼躺着，满脸仿佛都见得浮肿；但没有睡，大概是听到脚步声了，忽然张开眼来，那两道眼光在灯光中异样地凄怆地发闪。

"信么？"靖甫问。

"不，不。是我。"他吃惊，有些失措，吃吃地说，"是我。我想还是去请一个西医来，好得快一点。他还没有来……。"

靖甫不答话，合了眼。他坐在窗前的书桌旁边，一切都静寂，只听得病人的急促的呼吸声，和闹钟的札札地作响。忽而远远地有汽车的汽笛发响了，使他的心立刻紧张起来，听它渐近，渐近，大概正到门口，要停下了罢，可是立刻听出，驶过去了。这样的许多回，他知道了汽笛声的各样：有如吹哨子的，有如击鼓的，有如放屁的，有如狗叫的，有如鸭叫的，有如牛吼的，有如母鸡惊啼的，有如呜咽的……。他忽而怨愤自己：为什么早不留心，知道，那普大夫的汽笛是怎样的声音的呢？

对面的寓客还没有回来，照例是看戏，或是打茶围①去了。但夜却已经很深了，连汽车也逐渐地减少。强烈的银白色的月光，照得纸窗发白。

他在等待的厌倦里，身心的紧张慢慢地弛缓下来了，至于不再去留心那些汽笛。但凌乱的思绪，却又乘机而起；他仿佛知道靖甫生的一定是猩红热，而且是不可救的。那么，家计怎么支持呢，靠自己一个？虽然住在小城里，可是百物也昂贵起来了……。自己的三个孩子，他的两个，养活尚且难，还能进学校去读书么？只给一两个读书呢，那自然是自己的康儿最聪明，——然而大家一定要批评，说是薄待了兄弟的孩子……。

后事怎么办呢，连买棺木的款子也不够，怎么能够运回家，

---

① 打茶围：旧时对去妓院喝茶、饮酒、吃点心、闲聊、取乐一类行为的俗称。

只好暂时寄顿在义庄①里……。

忽然远远地有一阵脚步声进来，立刻使他跳起来了，走出房去，却知道是对面的寓客。

"先帝爷，在白帝城……。"②

他一听到这低微高兴的吟声，便失望，愤怒，几乎要奔上去叱骂他。但他接着又看见伙计提着风雨灯，灯光中照出后面跟着的皮鞋，上面的微明里是一个高大的人，白脸孔，黑的络腮胡子。这正是普悌思。

他像是得了宝贝一般，飞跑上去，将他领入病人的房中。两人都站在床面前，他擎了洋灯，照着。

"先生，他发烧……。"沛君喘着说。

"什么时候，起的？"普悌思两手插在裤侧的袋子里，凝视着病人的脸，慢慢地问。

"前天。不，大……大大前天。"

普大夫不作声，略略按一按脉，又叫沛君擎高了洋灯，照着他在病人的脸上端详一回；又叫揭去被卧，解开衣服来给他看。看过之后，就伸出手指在肚子上去一摩。

"Measles……"普悌思低声自言自语似的说。

"疹子么？"他惊喜得声音也似乎发抖了。

"疹子。"

"就是疹子？……"

"疹子。"

----

① 义庄：以慈善、公益名义供人寄存灵柩的地方。
② 先帝爷，在白帝城：京剧《失街亭》中诸葛亮的一句唱词。先帝爷指刘备，他在彝陵战役中被吴国的陆逊击败，死于白帝城（在今四川奉节东）。

"你原来没有出过疹子？……"

他高兴地刚在问靖甫时，普大夫已经走向书桌那边去了，于是也只得跟过去。只见他将一只脚踏在椅子上，拉过桌上的一张信笺，从衣袋里掏出一段很短的铅笔，就桌上飕飕地写了几个难以看清的字，这就是药方。

"怕药房已经关了罢？"沛君接了方，问。

"明天不要紧。明天吃。"

"明天再看？……"

"不要再看了。酸的，辣的，太咸的，不要吃。热退了之后，拿小便，送到我的，医院里来，查一查，就是了。装在，干净的，玻璃瓶里；外面，写上名字。"

普大夫且说且走，一面接了一张五元的钞票塞入衣袋里，一径出去了。他送出去，看他上了车，开动了，然后转身，刚进店门，只听得背后 gögö 的两声，他才知道普悌思的汽车的叫声原来是牛吼似的。但现在是知道也没有什么用了，他想。

房子里连灯光也显得愉悦；沛君仿佛万事都已做讫，周围都很平安，心里倒是空空洞洞的模样。他将钱和药方交给跟着进来的伙计，叫他明天一早到美亚药房去买药，因为这药房是普大夫指定的，说惟独这一家的药品最可靠。

"东城的美亚药房！一定得到那里去。记住：美亚药房！"他跟在出去的伙计后面，说。

院子里满是月色，白得如银；"在白帝城"的邻人已经睡觉了，一切都很幽静。只有桌上的闹钟愉快而平匀地札札地作响；虽然听到病人的呼吸，却是很调和。他坐下不多久，忽又高兴起来。

"你原来这么大了，竟还没有出过疹子？"他遇到了什么奇迹似的，惊奇地问。

"…… ……"

"你自己是不会记得的。须得问母亲才知道。"

"…… ……"

"母亲又不在这里。竟没有出过疹子。哈哈哈！"

沛君在床上醒来时，朝阳已从纸窗上射入，刺着他矇眬的眼睛。但他却不能即刻动弹，只觉得四肢无力，而且背上冷冰冰的还有许多汗，而且看见床前站着一个满脸流血的孩子，自己正要去打她。

但这景象一刹那间便消失了，他还是独自睡在自己的房里，没有一个别的人。他解下枕衣来拭去胸前和背上的冷汗，穿好衣服，走向靖甫的房里去时，只见"在白帝城"的邻人正在院子里漱口，可见时候已经很不早了。

靖甫也醒着了，眼睁睁地躺在床上。

"今天怎样？"他立刻问。

"好些……。"

"药还没有来么？"

"没有。"

他便在书桌旁坐下，正对着眠床；看靖甫的脸，已没有昨天那样通红了。但自己的头却还觉得昏昏的，梦的断片，也同时闪闪烁烁地浮出：

——靖甫也正是这样地躺着，但却是一个死尸。他忙着收殓，独自背了一口棺材，从大门外一径背到堂屋里去。地方仿佛是在家里，看见许多熟识的人们在旁边交口赞颂……。

——他命令康儿和两个弟妹进学校去了；却还有两个孩子哭嚷着要跟去。他已经被哭嚷的声音缠得发烦，但同时也觉得自己有了最高的威权和极大的力。他看见自己的手掌比平常大了三四倍,铁铸似的,向荷生的脸上一掌批过去……。

他因为这些梦迹的袭击,怕得想站起来,走出房外去,但终于没有动。也想将这些梦迹压下,忘却,但这些却像搅在水里的鹅毛一般,转了几个圈,终于非浮上来不可:

——荷生满脸是血,哭着进来了。他跳在神堂①上……。那孩子后面还跟着一群相识和不相识的人。他知道他们是都来攻击他的……。

——"我决不至于昧了良心。你们不要受孩子的诳话的骗……。"他听得自己这样说。

——荷生就在他身边,他又举起了手掌……。

他忽而清醒了,觉得很疲劳,背上似乎还有些冷。靖甫静静地躺在对面,呼吸虽然急促,却是很调匀。桌上的闹钟似乎更用了大声札札地作响。

他旋转身子去,对了书桌,只见蒙着一层尘,再转脸去看纸窗,挂着的日历上,写着两个漆黑的隶书:廿七。

伙计送药进来了,还拿着一包书。

"什么?"靖甫睁开了眼睛,问。

"药。"他也从惝恍中觉醒,回答说。

"不,那一包。"

"先不管它。吃药罢。"他给靖甫服了药,这才拿起那包书来看,道,"索士寄来的。一定是你向他去借的那一本:《Sesame and Lilies》②。"

靖甫伸手要过书去,但只将书面一看,书脊上的金字一摩,

---

① 神堂:供奉祖先牌位或画像的地方,也称神龛,一般设在堂屋的正面。

② 《Sesame and Lilies》:《芝麻和百合》,英国政论家和艺术批评家罗斯金(J. Ruskin, 1819—1900)的演讲论文集。

便放在枕边，默默地合上眼睛了。过了一会，高兴地低声说：

"等我好起来，译一点寄到文化书馆去卖几个钱，不知道他们可要……。"

这一天，沛君到公益局比平日迟得多，将要下午了；办公室里已经充满了秦益堂的水烟的烟雾。汪月生远远地望见，便迎出来。

"嚄！来了。令弟全愈了罢？我想，这是不要紧的；时症年年有，没有什么要紧。我和益翁正惦记着呢；都说：怎么还不见来？现在来了，好了！但是，你看，你脸上的气色，多少……。是的，和昨天多少两样。"

沛君也仿佛觉得这办公室和同事都和昨天有些两样，生疏了。虽然一切也还是他曾经看惯的东西：断了的衣钩，缺口的唾壶，杂乱而尘封的案卷，折足的破躺椅，坐在躺椅上捧着水烟筒咳嗽而且摇头叹气的秦益堂……。

"他们也还是一直从堂屋打到大门口……。"

"所以呀，"月生一面回答他，"我说你该将沛兄的事讲给他们，教他们学学他。要不然，真要把你老头儿气死了……。"

"老三说，老五折在公债票上的钱是不能算公用的，应该……应该……。"益堂咳得弯下腰去了。

"真是'人心不同'……。"月生说着，便转脸向了沛君，"那么，令弟没有什么？"

"没有什么。医生说是疹子。"

"疹子？是呵，现在外面孩子们正闹着疹子。我的同院住着的三个孩子也都出了疹子了。那是毫不要紧的。但你看，你昨天竟急得那么样，叫旁人看了也不能不感动，这真所谓'兄弟怡怡'。"[①]

[①] 兄弟怡怡：语见《论语·子路》。怡怡，和气、亲切的样子。

"昨天局长到局了没有？"

"还是'杳如黄鹤'。你去簿子上补画上一个'到'就是了。"

"说是应该自己赔。"益堂自言自语地说。"这公债票也真害人，我是一点也莫名其妙。你一沾手就上当。到昨天，到晚上，也还是从堂屋一直打到大门口。老三多两个孩子上学，老五也说他多用了公众的钱，气不过……。"

"这真是愈加闹不清了！"月生失望似的说。"所以看见你们弟兄，沛君，我真是'五体投地'。是的，我敢说，这决不是当面恭维的话。"

沛君不开口，望见听差送进一件公文来，便迎上去接在手里。月生也跟过去，就在他手里看着，念道：

"'公民郝上善等呈：东郊倒毙无名男尸一具请饬分局速行拨棺抬埋以资卫生而重公益由'。我来办。你还是早点回去罢，你一定惦记着令弟的病。你们真是'鹡鸰在原'①……。"

"不！"他不放手，"我来办。"

月生也就不再去抢着办了。沛君便十分安心似的沉静地走到自己的桌前，看着呈文，一面伸手去揭开了绿锈斑斓的墨盒盖。

　　　　　　　　　　　　一九二五年十一月三日。

---

① 鹡鸰在原：语见《诗经·小雅·棠棣》："脊令在原，兄弟急难。"鹡鸰，原作脊令，据《毛诗正义》，这是一种生活在水边的小鸟，当它困处高原时，就飞鸣寻求同类；诗中以此比喻兄弟在急难中，也要互相救助。

离　婚

"阿阿，木叔！新年恭喜，发财发财！"

"你好，八三！恭喜恭喜！……"

"唉唉，恭喜！爱姑也在这里……"

"阿阿，木公公！……"

庄木三和他的女儿——爱姑——刚从木莲桥头跨下航船去，船里面就有许多声音一齐嗡的叫了起来，其中还有几个人捏着拳头打拱；同时，船旁的坐板也空出四人的坐位来了。庄木三一面招呼，一面就坐，将长烟管倚在船边；爱姑便坐在他左边，将两只钩刀样的脚正对着八三摆成一个"八"字。

"木公公上城去？"一个蟹壳脸的问。

"不上城，"木公公有些颓唐似的，但因为紫糖色脸上原有许多皱纹，所以倒也看不出什么大变化，"就是到庞庄去走一遭。"

合船都沉默了，只是看他们。

"也还是为了爱姑的事么？"好一会，八三质问了。

"还是为她。……这真是烦死我了，已经闹了整三年，打过多少回架，说过多少回和，总是不落局……。"

"这回还是到慰老爷家里去？……"

"还是到他家。他给他们说和也不止一两回了，我都不依。这倒没有什么。这回是他家新年会亲，连城里的七大人也在……。"

"七大人?"八三的眼睛睁大了。"他老人家也出来说话了么?……那是……。其实呢,去年我们将他们的灶都拆掉了①,总算已经出了一口恶气。况且爱姑回到那边去,其实呢,也没有什么味儿……。"他于是顺下眼睛去。

"我倒并不贪图回到那边去,八三哥!"爱姑愤愤地昂起头,说,"我是赌气。你想,'小畜生'姘上了小寡妇,就不要我,事情有这么容易的?'老畜生'只知道帮儿子,也不要我,好容易呀!七大人怎样?难道和知县大老爷换帖②,就不说人话了么?他不能像慰老爷似的不通,只说是'走散好走散好'。我倒要对他说说我这几年的艰难,且看七大人说谁不错!"

八三被说服了,再开不得口。

只有潺潺的船头激水声;船里很静寂。庄木三伸手去摸烟管,装上烟。

斜对面,挨八三坐着的一个胖子便从肚兜里掏出一柄打火刀,打着火绒,给他按在烟斗上。

"对对。"木三点头说。

"我们虽然是初会,木叔的名字却是早已知道的。"胖子恭敬地说。"是的,这里沿海三六十八村,谁不知道?施家的儿子姘上了寡妇,我们也早知道。去年木叔带了六位儿子去拆平了他家的灶,谁不说应该?……你老人家是高门大户都走得进的,脚步开阔,怕他们甚的!……"

"你这位阿叔真通气,"爱姑高兴地说,"我虽然不认识你这

---

① 灶都拆掉了:拆灶是旧时绍兴等地农村的一种风俗。当民间发生纠纷时,一方将对方的锅灶拆掉,认为这是给对方很大的侮辱。

② 换帖:旧时朋友相契,结为异姓兄弟,各人将姓名、生辰、籍贯、家世等项写在帖子上,彼此交换保存,称为换帖。

位阿叔是谁。"

"我叫汪得贵。"胖子连忙说。

"要撇掉我,是不行的。七大人也好,八大人也好。我总要闹得他们家败人亡!慰老爷不是劝过我四回么?连爹也看得赔贴的钱有点头昏眼热了……。"

"你这妈的!"木三低声说。

"可是我听说去年年底施家送给慰老爷一桌酒席哩,八公公。"蟹壳脸道。

"那不碍事。"汪得贵说,"酒席能塞得人发昏么?酒席如果能塞得人发昏,送大菜①又怎样?他们知书识理的人是专替人家讲公道话的,譬如,一个人受众人欺侮,他们就出来讲公道话,倒不在乎有没有酒喝。去年年底我们敝村的荣大爷从北京回来,他见过大场面的,不像我们乡下人一样。他就说,那边的第一个人物要算光太太,又硬……。"

"汪家汇头的客人上岸哩!"船家大声叫着,船已经要停下来。

"有我有我!"胖子立刻一把取了烟管,从中舱一跳,随着前进的船走在岸上了。

"对对!"他还向船里面的人点头,说。

船便在新的静寂中继续前进;水声又很听得出了,潺潺的。八三开始打瞌睡了,渐渐地向对面的钩刀式的脚张开了嘴。前舱中的两个老女人也低声哼起佛号来,她们撷着念珠,又都看爱姑,而且互视,努嘴,点头。

爱姑瞪着眼看定篷顶,大半正在悬想将来怎样闹得他们家败

---

① 大菜:旧时对西餐的俗称。

人亡;"老畜生","小畜生",全都走投无路。慰老爷她是不放在眼里的,见过两回,不过一个团头团脑的矮子:这种人本村里就很多,无非脸色比他紫黑些。

庄木三的烟早已吸到底,火逼得斗底里的烟油吱吱地叫了,还吸着。他知道一过汪家汇头,就到庞庄;而且那村口的魁星阁①也确乎已经望得见。庞庄,他到过许多回,不足道的,以及慰老爷。他还记得女儿的哭回来,他的亲家和女婿的可恶,后来给他们怎样地吃亏。想到这里,过去的情景便在眼前展开,一到惩治他亲家这一局,他向来是要冷冷地微笑的,但这回却不,不知怎的忽而横梗着一个胖胖的七大人,将他脑里的局面挤得摆不整齐了。

船在继续的寂静中继续前进;独有念佛声却宏大起来;此外一切,都似乎陪着木叔和爱姑一同浸在沉思里。

"木叔,你老上岸罢,庞庄到了。"

木三他们被船家的声音警觉时,面前已是魁星阁了。

他跳上岸,爱姑跟着,经过魁星阁下,向着慰老爷家走。朝南走过三十家门面,再转一个弯,就到了,早望见门口一列地泊着四只乌篷船。

他们跨进黑油大门时,便被邀进门房去;大门后已经坐满着两桌船夫和长年。爱姑不敢看他们,只是溜了一眼,倒也并不见有"老畜生"和"小畜生"的踪迹。

当工人搬出年糕汤来时,爱姑不由得越加局促不安起来了,

---

① 魁星阁:供奉魁星的阁楼。魁星原是我国古代天文学中所谓二十八宿之一奎星的俗称。最初在汉代人的纬书《孝经援神契》中有"奎主文昌"的说法,后奎星被附会为主宰科名和文运兴衰的神。

连自己也不明白为什么。"难道和知县大老爷换帖,就不说人话么?"她想。"知书识理的人是讲公道话的。我要细细地对七大人说一说,从十五岁嫁过去做媳妇的时候起……。"

她喝完年糕汤;知道时机将到。果然,不一会,她已经跟着一个长年,和她父亲经过大厅,又一弯,跨进客厅的门槛去了。

客厅里有许多东西,她不及细看;还有许多客,只见红青缎子马褂发闪。在这些中间第一眼就看见一个人,这一定是七大人了。虽然也是团头团脑,却比慰老爷们魁梧得多;大的圆脸上长着两条细眼和漆黑的细胡须;头顶是秃的,可是那脑壳和脸都很红润,油光光地发亮。爱姑很觉得稀奇,但也立刻自己解释明白了:那一定是擦着猪油的。

"这就是'屁塞'①,就是古人大殓的时候塞在屁股眼里的。"七大人正拿着一条烂石似的东西,说着,又在自己的鼻子旁擦了两擦,接着道,"可惜是'新坑'。倒也可以买得,至迟是汉。你看,这一点是'水银浸'……。"

"水银浸"周围即刻聚集了几个头,一个自然是慰老爷;还有几位少爷们,因为被威光压得像瘪臭虫了,爱姑先前竟没有见。

她不懂后一段话;无意,而且也不敢去研究什么"水银浸",便偷空向四处一看望,只见她后面,紧挨着门旁的墙壁,正站着"老畜生"和"小畜生"。虽然只一瞥,但较之半年前偶然看见的时候,分明都见得苍老了。

---

① 屁塞:古时,人死后常用小型的玉、石等塞在死者的口、耳、鼻、肛门等处,据说可以保持尸体长久不烂。塞在肛门的叫"屁塞"。殉葬的金、玉等物,经后人发掘,其出土不久的叫"新坑",出土年代久远的叫"旧坑"。又古人大殓时,常用水银粉涂在尸体上,以保持长久不烂;出土的殉葬的金、玉等物,浸染了水银的斑点,叫"水银浸"。

接着大家就都从"水银浸"周围散开；慰老爷接过"屁塞"，坐下，用指头摩挲着，转脸向庄木三说话。

"就是你们两个么？"

"是的。"

"你的儿子一个也没有来？"

"他们没有工夫。"

"本来新年正月又何必来劳动你们。但是，还是只为那件事，……我想，你们也闹得够了。不是已经有两年多了么？我想，冤仇是宜解不宜结的。爱姑既然丈夫不对，公婆不喜欢……。也还是照先前说过那样：走散的好。我没有这么大面子，说不通。七大人是最爱讲公道话的，你们也知道。现在七大人的意思也这样：和我一样。可是七大人说，两面都认点晦气罢，叫施家再添十块钱：九十元！"

"…………"

"九十元！你就是打官司打到皇帝伯伯跟前，也没有这么便宜。这话只有我们的七大人肯说。"

七大人睁起细眼，看着庄木三，点点头。

爱姑觉得事情有些危急了，她很怪平时沿海的居民对他都有几分惧怕的自己的父亲，为什么在这里竟说不出话。她以为这是大可不必的；她自从听到七大人的一段议论之后，虽不很懂，但不知怎的总觉得他其实是和蔼近人，并不如先前自己所揣想那样的可怕。

"七大人是知书识理，顶明白的；"她勇敢起来了。"不像我们乡下人。我是有冤无处诉；倒正要找七大人讲讲。自从我嫁过去，真是低头进，低头出，一礼不缺。他们就是专和我作对，一个个都像个'气杀钟馗'①。那年的黄鼠狼咬死了那匹大公鸡,那里是我没有关好吗?那是那只杀头癞皮狗偷吃糠拌饭,拱开了鸡橱门。那'小畜生'不分青红皂白,就夹脸一嘴巴……。"

七大人对她看了一眼。

"我知道那是有缘故的。这也逃不出七大人的明鉴;知书识理的人什么都知道。他就是着了那滥婊子的迷,要赶我出去。我是三茶六礼②定来的,花轿抬来的呵!么容易吗?……我一定要给他们一个颜色看,就是打官司也不要紧。县里不行,还有府里呢……。"

"那些事是七大人都知道的。"慰老爷仰起脸来说。"爱姑,你要是不转头,没有什么便宜的。你就总是这模样。你看你的爹多少明白;你和你的弟兄都不像他。打官司打到府里,难道官府就不会问问七大人么?那时候是,'公事公办',那是,……你简直……。"

"那我就拼出一条命,大家家败人亡。"

"那倒并不是拼命的事,"七大人这才慢慢地说了。"年纪青青。一个人总要和气些:'和气生财'。对不对?我一添就是十块,那简直已经是'天外道理'了。要不然,公婆说'走!'就得走。莫说府里,就是上海北京,就是外洋,都这样。你要不信,他就是刚从北京洋学堂里回来的,自己问他去。"于是转脸向着一个尖下巴的少爷道,"对不对?"

---

① 气杀钟馗:据旧小说《捉鬼传》,钟馗是唐代秀才,后来考取状元,因为皇帝嫌他相貌丑陋,打算另选,于是"钟馗气得暴跳如雷",自刎而死。民间"气杀钟馗"的成语即由此而来。

② 三茶六礼:意为明媒正娶。我国旧时习俗,娶妻多用茶为聘礼,所以女子受聘称为受茶。据明代陈耀文的《天中记》卷四十四说:"凡种茶树必下子,移植则不复生,故俗聘妇必以茶为礼,义固有所取也。""六礼",据《仪礼·士昏礼》(按:昏即婚),即纳采、问名、纳吉、纳征、请期、亲迎六种仪式。

"的的确确。"尖下巴少爷赶忙挺直了身子,必恭必敬①地低声说。

爱姑觉得自己是完全孤立了;爹不说话,弟兄不敢来,慰老爷是原本帮他们的,七大人又不可靠,连尖下巴少爷也低声下气地像一个瘪臭虫,还打"顺风锣"。但她在胡里胡涂的脑中,还仿佛决定要作一回最后的奋斗。

"怎么连七大人……。"她满眼发了惊疑和失望的光。"是的……。我知道,我们粗人,什么也不知道。就怨我爹连人情世故都不知道,老发昏了。就专凭他们'老畜生''小畜生'摆布;他们会报丧似的急急忙忙钻狗洞,巴结人……。"

"七大人看看,"默默地站在她后面的"小畜生"忽然说话了。"她在大人面前还是这样。那在家里是,简直闹得六畜不安。叫我爹是'老畜生',叫我是口口声声'小畜生','逃生子'。"

"那个'娘滥十十万人生'的叫你'逃生子'?"爱姑回转脸去大声说,便又向着七大人道,"我还有话要当大众面前说说哩。他那里有好声好气呵,开口'贱胎',闭口'娘杀'。自从结识了那婊子,连我的祖宗都入起来了。七大人,你给我批评批评,这……。"

她打了一个寒噤,连忙住口,因为她看见七大人忽然两眼向上一翻,圆脸一仰,细长胡子围着的嘴里同时发出一种高大摇曳的声音来了。

"来━━兮!"七大人说。

她觉得心脏一停,接着便突突地乱跳,似乎大势已去,局面都变了;仿佛失足掉在水里一般,但又知道这实在是自己错。

立刻进来一个蓝袍子黑背心的男人,对七大人站定,垂手挺

---

① 必恭必敬:毕恭毕敬。

腰，像一根木棍。

全客厅里是"鸦雀无声"。七大人将嘴一动，但谁也听不清说什么。然而那男人，却已经听到了，而且这命令的力量仿佛又已钻进了他的骨髓里，将身子牵了两牵，"毛骨悚然"似的；一面答应道：

"是。"他倒退了几步，才翻身走出去。

爱姑知道意外的事情就要到来，那事情是万料不到，也防不了的。她这时才又知道七大人实在威严，先前都是自己的误解，所以太放肆，太粗卤①了。她非常后悔，不由得自己说：

"我本来是专听七大人吩咐……。"

全客厅里是"鸦雀无声"。她的话虽然微细得如丝，慰老爷却像听到霹雳似的了；他跳了起来。

"对呀！七大人也真公平；爱姑也真明白！"他夸赞着，便向庄木三，"老木，那你自然是没有什么说的了，她自己已经答应。我想你红绿帖②是一定已经带来了的，我通知过你。那么，大家都拿出来……。"

爱姑见她爹便伸手到肚兜里去掏东西；木棍似的那男人也进来了，将小乌龟模样的一个漆黑的扁的小东西③递给七大人。爱姑怕事情有变故，连忙去看庄木三，见他已经在茶几上打开一个蓝布包裹，取出洋钱来。

七大人也将小乌龟头拔下，从那身子里面倒一点东西在掌心上；木棍似的男人便接了那扁东西去。七大人随即用那一只手的一个指头蘸着掌心，向自己的鼻孔里塞了两塞，鼻孔和人中立刻

---

① 粗卤：粗鲁。
② 红绿帖：旧时男女订婚时两家交换的帖子。
③ 小东西：此处指鼻烟壶。鼻烟是一种由鼻孔吸入的粉末状的烟。

黄焦焦了。他皱着鼻子,似乎要打喷嚏。

庄木三正在数洋钱。慰老爷从那没有数过的一叠里取出一点来,交还了"老畜生";又将两份红绿帖子互换了地方,推给两面,嘴里说道:

"你们都收好。老木,你要点清数目呀。这不是好当玩意儿的,银钱事情……。"

"阿嚏"的一声响,爱姑明知道是七大人打喷嚏了,但不由得转过眼去看。只见七大人张着嘴,仍旧在那里皱鼻子,一只手的两个指头却撮着一件东西,就是那"古人大殓的时候塞在屁股眼里的",在鼻子旁边摩擦着。

好容易,庄木三点清了洋钱;两方面各将红绿帖子收起,大家的腰骨都似乎直得多,原先收紧着的脸相也宽懈下来,全客厅顿然见得一团和气了。

"好!事情是圆功了。"慰老爷看见他们两面都显出告别的神气,便吐一口气,说。"那么,唔,再没有什么别的了。恭喜大吉,总算解了一个结。你们要走了么?不要走,在我们家里喝了新年喜酒去:这是难得的。"

"我们不喝了。存着,明年再来喝罢。"爱姑说。

"谢谢慰老爷。我们不喝了。我们还有事情……。"庄木三,"老畜生"和"小畜生",都说着,恭恭敬敬地退出去。

"唔?怎么?不喝一点去么?"慰老爷还注视着走在最后的爱姑,说。

"是的,不喝了。谢谢慰老爷。"

一九二五年十一月六日。

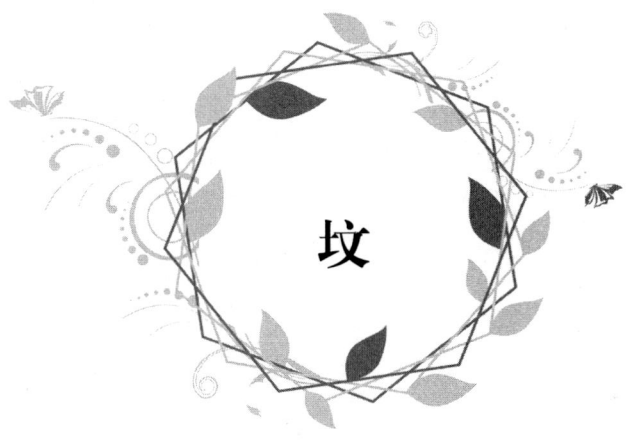

我之节烈观

"世道浇漓①,人心日下,国将不国"这一类话,本是中国历来的叹声。不过时代不同,则所谓"日下"的事情,也有迁变:从前指的是甲事,现在叹的或是乙事。除了"进呈御览"的东西不敢妄说外,其余的文章议论里,一向就带这口吻。因为如此叹息,不但针砭世人,还可以从"日下"之中,除去自己。所以君子固然相对慨叹,连杀人放火嫖妓骗钱以及一切鬼混的人,也都乘作恶余暇,摇着头说道,"他们人心日下了"。

世风人心这件事,不但鼓吹坏事,可以"日下";即使未曾鼓吹,只是旁观,只是赏玩,只是叹息,也可以叫他"日下"。所以近一年来,居然也有几个不肯徒托空言的人,叹息一番之后,还要想法子来挽救。第一个是康有为,指手画脚的说"虚君共和"才好,陈独秀便斥他不兴;其次是一班灵学派的人,不知何以起了极古奥的思想,要请"孟圣矣乎"的鬼来画策;陈百年钱玄同刘半农又道他胡说。

这几篇驳论,都是《新青年》里最可寒心的文章。时候已是二十世纪了;人类眼前,早已闪出曙光。假如《新青年》里,有一篇和别人辩地球方圆的文字,读者见了,怕一定要发怔。然而现今所辩,正和说地体不方相差无几。将时代和事实,对照起

---

① 浇漓:(风俗等)不朴素敦厚。

来,怎能不教人寒心而且害怕?

近来虚君共和是不提了,灵学似乎还在那里捣鬼,此时却又有一群人,不能满足;仍然摇头说道,"人心日下"了。于是又想出一种挽救的方法;他们叫作"表彰节烈"!

这类妙法,自从君政复古时代以来,上上下下,已经提倡多年;此刻不过是竖起旗帜的时候。文章议论里,也照例时常出现,都嚷道"表彰节烈"!要不说这件事,也不能将自己提拔,出于"人心日下"之中。

节烈这两个字,从前也算是男子的美德,所以有过"节士","烈士"的名称。然而现在的"表彰节烈",却是专指女子,并无男子在内。据时下道德家的意见,来定界①说,大约节是丈夫死了,决不再嫁,也不私奔,丈夫死得愈早,家里愈穷,他②便节得愈好。烈可是有两种:一种是无论已嫁未嫁,只要丈夫死了,他也跟着自尽;一种是有强暴来污辱他的时候,设法自戕,或者抗拒被杀,都无不可。这也是死得愈惨愈苦,他便烈得愈好,倘若不及抵御,竟受了污辱,然后自戕,便免不了议论。万一幸而遇着宽厚的道德家,有时也可以略迹原情,许他一个烈字。可是文人学士,已经不甚愿意替他作传;就令勉强动笔,临了也不免加上几个"惜夫惜夫"了。

总而言之:女子死了丈夫,便守着,或者死掉;遇了强暴,便死掉;将这类人物,称赞一通,世道人心便好,中国便得救了。大意只是如此。

康有为借重皇帝的虚名,灵学家全靠着鬼话。这表彰节烈,

---

① 定界:界定。
② 他:指代女子时,宜用"她"。为保留作品原貌,未作改动。

却是全权都在人民,大有渐进自力之意了。然而我仍有几个疑问,须得提出。还要据我的意见,给他解答。我又认定这节烈救世说,是多数国民的意思;主张的人,只是喉舌。虽然是他发声,却和四肢五官神经内脏,都有关系。所以我这疑问和解答,便是提出于这群多数国民之前。

首先的疑问是:不节烈(中国称不守节作"失节",不烈却并无成语,所以只能合称他"不节烈")的女子如何害了国家?照现在的情形,"国将不国",自不消说;丧尽良心的事故,层出不穷;刀兵盗贼水旱饥荒,又接连而起。但此等现象,只是不讲新道德新学问的缘故,行为思想,全钞旧账;所以种种黑暗,竟和古代的乱世仿佛,况且政界军界学界商界等等里面,全是男人,并无不节烈的女子夹杂在内。也未必是有权力的男子,因为受了他们蛊惑,这才丧了良心,放手作恶。至于水旱饥荒,便是专拜龙神,迎大王,滥伐森林,不修水利的祸祟,没有新知识的结果;更与女子无关。只有刀兵盗贼,往往造出许多不节烈的妇女。但也是兵盗在先,不节烈在后,并非因为他们不节烈了,才将刀兵盗贼招来。

其次的疑问是:何以救世的责任,全在女子?照着旧派说起来,女子是"阴类",是主内的,是男子的附属品。然则治世救国,正须责成阳类,全仗外子,偏劳主体。决不能将一个绝大题目,都阁①在阴类肩上。倘依新说,则男女平等,义务略同。纵令该担责任,也只得分担。其余的一半男子,都该各尽义务。不特须除去强暴,还应发挥他自己的美德。不能专靠惩劝女子,便算尽了天职。

其次的疑问是:表彰之后,有何效果?据节烈为本,将所有

---

① 阁:搁。

活着的女子，分类起来，大约不外三种：一种是已经守节，应该表彰的人（烈者非死不可，所以除出）；一种是不节烈的人；一种是尚未出嫁，或丈夫还在，又未遇见强暴，节烈与否未可知的人。第一种已经很好，正蒙表彰，不必说了。第二种已经不好，中国从来不许忏悔，女子做事一错，补过无及，只好任其羞杀，也不值得说了。最要紧的，只在第三种，现在一经感化，他们便都打定主意道："倘若将来丈夫死了，决不再嫁；遇着强暴，赶紧自裁！"试问如此立意，与中国男子做主的世道人心，有何关系？这个缘故，已在上文说明。更有附带的疑问是：节烈的人，既经表彰，自是品格最高。但圣贤虽人人可学，此事却有所不能。假如第三种的人，虽然立志极高，万一丈夫长寿，天下太平，他便只好饮恨吞声，做一世次等的人物。

以上是单依旧日的常识，略加研究，便已发见了许多矛盾。若略带二十世纪气息，便又有两层：

一问节烈是否道德？道德这事，必须普遍，人人应做，人人能行，又于自他两利，才有存在的价值。现在所谓节烈，不特除开男子，绝不相干；就是女子，也不能全体都遇着这名誉的机会。所以决不能认为道德，当作法式。上回《新青年》登出的《贞操论》①里，已经说过理由。不过贞是丈夫还在，节是男子已死的区别，道理却可类推。只有烈的一件事，尤为奇怪，还须略加研究。

照上文的节烈分类法看来，烈的第一种，其实也只是守节，不过生死不同。因为道德家分类，根据全在死活，所以归入烈类。性质全异的，便是第二种。这类人不过一个弱者（现在的情

---

① 《贞操论》：由日本女作家与谢野晶子所著。

形，女子还是弱者），突然遇着男性的暴徒，父兄丈夫力不能救，左邻右舍也不帮忙，于是他就死了；或者竟受了辱，仍然死了；或者终于没有死。久而久之，父兄丈夫邻舍，夹着文人学士以及道德家，便渐渐聚集，既不羞自己怯弱无能，也不提暴徒如何惩办，只是七口八嘴，议论他死了没有？受污没有？死了如何好，活着如何不好。于是造出了许多光荣的烈女，和许多被人口诛笔伐的不烈女。只要平心一想，便觉不像人间应有的事情，何况说是道德。

二问多妻主义的男子，有无表彰节烈的资格？替以前的道德家说话，一定是理应表彰。因为凡是男子，便有点与众不同，社会上只配有他的意思。一面又靠着阴阳内外的古典，在女子面前逞能。然而一到现在，人类的眼里，不免见到光明，晓得阴阳内外之说，荒谬绝伦；就令如此，也证不出阳比阴尊贵，外比内崇高的道理。况且社会国家，又非单是男子造成。所以只好相信真理，说是一律平等。既然平等，男女便都有一律应守的契约。男子决不能将自己不守的事，向女子特别要求。若是买卖欺骗贡献的婚姻，则要求生时的贞操，尚且毫无理由。何况多妻主义的男子，来表彰女子的节烈。

以上，疑问和解答都完了。理由如此支离，何以直到现今，居然还能存在？要对付这问题，须先看节烈这事，何以发生，何以通行，何以不生改革的缘故。

古代的社会，女子多当作男人的物品。或杀或吃，都无不可；男人死后，和他喜欢的宝贝，日用的兵器，一同殉葬，更无不可。后来殉葬的风气，渐渐改了，守节便也渐渐发生。但大抵因为寡妇是鬼妻，亡魂跟着，所以无人敢娶，并非要他不事二夫。这样风俗，现在的蛮人社会里还有。中国太古的情形，现在已无从详考。但看周末虽有殉葬，并非专用女人，嫁否也任便，并无什么裁制，便可知道脱离了这宗习俗，为日已久。由汉至唐也并没有鼓吹节烈。直到宋朝，那一班"业儒"的才说出"饿死事小失节事大"的话，看见历史上"重适"① 两个字，便大惊小怪起来。出于真心，还是故意，现在却无从推测。其时也正是"人心日下，国将不国"的时候，全国士民，多不像样。或者"业儒"的人，想借女人守节的话，来鞭策男子，也不一定。但旁敲侧击，方法本嫌鬼祟，其意也太难分明，后来因此多了几个节妇，虽未可知，然而吏民将卒，却仍然无所感动。于是"开化最早，道德第一"的中国终于归了"长生天气力里大福荫护助里"② 的什么"薛禅皇帝，完泽笃皇帝，曲律皇帝"了。此后皇帝换过了几家，守节思想倒反发达。皇帝要臣子尽忠，男人便愈要女人守节。到了清朝，儒者真是愈加利害。看见唐人文章里有公主改嫁的话，也不免勃然大怒道，"这是什么事！你竟不为尊者讳，这还了得！"假使这唐人还活着，一定要斥革功名，"以正人心而端风俗"了。

国民将到被征服的地位，守节盛了；烈女也从此着重。因为女子既是男子所有，自己死了，不该嫁人，自己活着，自然更不许被夺。然而自己是被征服的国民，没有力量保护，没有勇气反抗了，只好别出心裁，鼓吹女人自杀。或者妻女极多的阔人，婢妾成行的富翁，乱离时候，照顾不到，一遇"逆兵"（或是"天兵"），就无法可想。只得救了自己，请别人都做烈女；变成烈

---

① 重适：再嫁。
② 此处为元代的白话文，意思是上天眷顾。

女,"逆兵"便不要了。他便待事定以后,慢慢回来,称赞几句。好在男子再娶,又是天经地义,别讨女人,便都完事。因此世上遂有了"双烈合传"①,"七姬墓志",甚而至于钱谦益的集中,也布满了"赵节妇""钱烈女"的传记和歌颂。

  只有自己不顾别人的民情,又是女应守节男子却可多妻的社会,造出如此畸形道德,而且日见精密苛酷,本也毫不足怪。但主张的是男子,上当的是女子。女子本身,何以毫无异言呢?原来"妇者服也",理应服事于人。教育固可不必,连开口也都犯法。他的精神,也同他的体质一样,成了畸形。所以对于这畸形道德,实在无甚意见。就令有了异议,也没有发表的机会。做几首"闺中望月""园里看花"的诗,尚且怕男子骂他怀春,何况竟敢破坏这"天地间的正气"?只有说部书上,记载过几个女人,因为境遇上不愿守节,据做书的人说:可是他再嫁以后,便被前夫的鬼捉去,落了地狱;或者世人个个唾骂,做了乞丐,也竟求乞无门,终于惨苦不堪而死了!

  如此情形,女子便非"服也"不可。然而男子一面,何以也不主张真理,只是一味敷衍呢?汉朝以后,言论的机关,都被"业儒"的垄断了。宋元以来,尤其利害。我们几乎看不见一部非业儒的书,听不到一句非士人的话。除了和尚道士,奉旨可以说话的以外,其余"异端"的声音,决不能出他卧房一步。况且世人大抵受了"儒者柔也"的影响;不述而作,最为犯忌。即使有人见到,也不肯用性命来换真理。即如失节一事,岂不知道必须男女两性,才能实现。他却专责女性;至于破人节操的男子,以及造成不烈的暴徒,便都含糊过去。男子究竟较女性难惹,惩

---

①"双烈合传":这是合叙两个烈女事迹的传记。

罚也比表彰为难。其间虽有过几个男人，实觉于心不安，说些室女①不应守志殉死的平和话，可是社会不听；再说下去，便要不容，与失节的女人一样看待。他便也只好变了"柔也"，不再开口了。所以节烈这事，到现在不生变革。

（此时，我应声明：现在鼓吹节烈派的里面，我颇有知道的人。敢说确有好人在内，居心也好。可是救世的方法是不对，要向西走了北了。但也不能因为他是好人，便竟能从正西直走到北。所以我又愿他回转身来。）

其次还有疑问：

节烈难么？答道，很难。男子都知道极难，所以要表彰他。社会的公意，向来以为贞淫与否，全在女性。男子虽然诱惑了女人，却不负责任。譬如甲男引诱乙女，乙女不允，便是贞节，死了，便是烈；甲男并无恶名，社会可算淳古。倘若乙女允了，便是失节；甲男也无恶名，可是世风被乙女败坏了！别的事情，也是如此。所以历史上亡国败家的原因，每每归咎女子。糊糊涂涂的代担全体的罪恶，已经三千多年了。男子既然不负责任，又不能自己反省，自然放心诱惑；文人著作，反将他传为美谈。所以女子身旁，几乎布满了危险。除却他自己的父兄丈夫以外，便都带点诱惑的鬼气。所以我说很难。

节烈苦么？答道，很苦。男子都知道很苦，所以要表彰他。凡人都想活；烈是必死，不必说了。节妇还要活着。精神上的惨苦，也姑且弗论。单是生活一层，已是大宗的痛楚。假使女子生计已能独立，社会也知道互助，一人还可勉强生存。不幸中国情形，却正相反。所以有钱尚可，贫人便只能饿死。直到饿死以

---

① 室女：没有出嫁的女子。

后，间或得了旌表，还要写入志书。所以各府各县志书传记类的末尾，也总有几卷"烈女"。一行一人，或是一行两人，赵钱孙李，可是从来无人翻读。就是一生崇拜节烈的道德大家，若问他贵县志书里烈女门的前十名是谁？也怕不能说出。其实他是生前死后，竟与社会漠不相关的。所以我说很苦。

照这样说，不节烈便不苦么？答道，也很苦。社会公意，不节烈的女人，既然是下品；他在这社会里，是容不住的。社会上多数古人模模糊糊传下来的道理，实在无理可讲；能用历史和数目的力量，挤死不合意的人。这一类无主名无意识的杀人团里，古来不晓得死了多少人物；节烈的女子，也就死在这里。不过他死后间有一回表彰，写入志书。不节烈的人，便生前也要受随便什么人的唾骂，无主名的虐待。所以我说也很苦。

女子自己愿意节烈么？答道，不愿。人类总有一种理想，一种希望。虽然高下不同，必须有个意义。自他两利固好，至少也得有益本身。节烈很难很苦，既不利人，又不利己。说是本人愿意，实在不合人情。所以假如遇着少年女人，诚心祝赞他将来节烈，一定发怒；或者还要受他父兄丈夫的尊拳。然而仍旧牢不可破，便是被这历史和数目的力量挤着。可是无论何人，都怕这节烈。怕他竟钉到自己和亲骨肉的身上。所以我说不愿。

我依据以上的事实和理由，要断定节烈这事是：极难，极苦，不愿身受，然而不利自他，无益社会国家，于人生将来又毫无意义的行为，现在已经失了存在的生命和价值。

临了还有一层疑问：

节烈这事，现代既然失了存在的生命和价值；节烈的女人，岂非白苦一番么？可以答他说：还有哀悼的价值。他们是可怜人;不幸上了历史和数目的无意识的圈套,做了无主名的牺牲。可以开一个追悼大会。

我们追悼了过去的人,还要发愿:要自己和别人,都纯洁聪明勇猛向上。要除去虚伪的脸谱。要除去世上害己害人的昏迷和强暴。

我们追悼了过去的人,还要发愿:要除去于人生毫无意义的苦痛。要除去制造并赏玩别人苦痛的昏迷和强暴。

我们还要发愿:要人类都受正当的幸福。

一九一八年七月。

我们现在怎样做父亲

我作这一篇文的本意,其实是想研究怎样改革家庭;又因为中国亲权重,父权更重,所以尤想对于从来认为神圣不可侵犯的父子问题,发表一点意见。总而言之:只是革命要革到老子身上罢了。但何以大模大样,用了这九个字的题目呢?这有两个理由:

第一,中国的"圣人之徒",最恨人动摇他的两样东西。一样不必说,也与我辈绝不相干;一样便是他的伦常,我辈却不免偶然发几句议论,所以株连牵扯,很得了许多"铲伦常""禽兽行"之类的恶名。他们以为父对于子,有绝对的权力和威严;若是老子说话,当然无所不可,儿子有话,却在未说之前早已错了。但祖父子孙,本来各各都只是生命的桥梁的一级,决不是固定不易的。现在的子,便是将来的父,也便是将来的祖。我知道我辈和读者,若不是现任之父,也一定是候补之父,而且也都有做祖宗的希望,所差只在一个时间。为想省却许多麻烦起见,我们便该无须客气,尽可先行占住了上风,摆出父亲的尊严,谈谈我们和我们子女的事;不但将来着手实行,可以减少困难,在中国也顺理成章,免得"圣人之徒"听了害怕,总算是一举两得之至的事了。所以说,"我们怎样做父亲"。

第二,对于家庭问题,我在《新青年》的《随感录》(二五,四十,四九)中,曾经略略说及,总括大意,便只是从我们起,解放了后来的人。论到解放子女,本是极平常的事,当然不必有什么讨论。但中国的老年,中了旧习惯旧思想的毒太深了,决定悟不过来。譬如早晨听到乌鸦叫,少年毫不介意,迷信的老人,却总须颓唐半天。虽然很可怜,然而也无法可救。没有法,便只能先从觉醒的人开手,各自解放了自己的孩子。自己背着因袭的重担,肩住了黑暗的闸门,放他们到宽阔光明的地方去;此后幸福的度日,合理的做人。

还有,我曾经说,自己并非创作者,便在上海报纸的《新教训》里,挨了一顿骂。但我辈评论事情,总须先评论了自己,不要冒充,才能像一篇说话,对得起自己和别人。我自己知道,不特并非创作者,并且也不是真理的发见者。凡有所说所写,只是就平日见闻的事理里面,取了一点心以为然的道理;至于终极究竟的事,却不能知。便是对于数年以后的学说的进步和变迁,也说不出会到如何地步,单相信比现在总该还有进步还有变迁罢了。所以说,"我们现在怎样做父亲"。

我现在心以为然的道理,极其简单。便是依据生物界的现象,一,要保存生命;二,要延续这生命;三,要发展这生命(就是进化)。生物都这样做,父亲也就是这样做。

生命的价值和生命价值的高下,现在可以不论。单照常识判断,便知道既是生物,第一要紧的自然是生命。因为生物之所以为生物,全在有这生命,否则失了生物的意义。生物为保存生命起见,具有种种本能,最显著的是食欲。因有食欲才摄取食物,因有食物才发生温热,保存了生命。但生物的个体,总免不了老衰和死亡,为继续生命起见,又有一种本能,便是性欲。因性欲才有性交,因有性交才发生苗裔,继续了生命。所以食欲是保存自己,保存现在生命的事;性欲是保存后裔,保存永久生命的事。饮食并非罪恶,并非不净;性交也就并非罪恶,并非不净。饮食的结果,养活了自己,对于自己没有恩;性交的结果,生出子女,对于子女当然也算不了恩。——前前后后,都向生命的长途走去,仅有先后的不同,分不出谁受谁的恩典。

可惜的是中国的旧见解,竟与这道理完全相反。夫妇是"人伦之中",却说是"人伦之始";性交是常事,却以为不净;生育也是常事,却以为天大的大功。人人对于婚姻,大抵先夹带着不净的思想。亲戚朋友有许多戏谑,自己也有许多羞涩,直到生了孩子,还是躲躲闪闪,怕敢声明;独有对于孩子,却威严十足,这种行径,简直可以说是和偷了钱发迹的财主,不相上下了。我并不是说,——如他们攻击者所意想的,——人类的性交也应如别种动物,随便举行;或如无耻流氓,专做些下流举动,自鸣得意。是说,此后觉醒的人,应该先洗净了东方固有的不净思想,再纯洁明白一些,了解夫妇是伴侣,是共同劳动者,又是新生命创造者的意义。所生的子女,固然是受领新生命的人,但他也不永久占领,将来还要交付子女,像他们的父母一般。只是前前后后,都做一个过付的经手人罢了。

生命何以必需继续呢?就是因为要发展,要进化。个体既然免不了死亡,进化又毫无止境,所以只能延续着,在这进化的路上走。走这路须有一种内的努力,有如单细胞动物有内的努力,积久才会繁复,无脊椎动物有内的努力,积久才会发生脊椎。所以后起的生命,总比以前的更有意义,更近完全,因此也更有价值,更可宝贵;前者的生命,应该牺牲于他。

但可惜的是中国的旧见解，又恰恰与这道理完全相反。本位应在幼者，却反在长者；置重应在将来，却反在过去。前者做了更前者的牺牲，自己无力生存，却苛责后者又来专做他的牺牲，毁灭了一切发展本身的能力。我也不是说，——如他们攻击者所意想的，——孙子理应终日痛打他的祖父，女儿必须时时咒骂他的亲娘。是说，此后觉醒的人，应该先洗净了东方古传的谬误思想，对于子女，义务思想须加多，而权利思想却大可切实核减，以准备改作幼者本位的道德。况且幼者受了权利，也并非永久占有，将来还要对于他们的幼者，仍尽义务。只是前前后后，都做一切过付的经手人罢了。

"父子间没有什么恩"这一个断语，实是招致"圣人之徒"面红耳赤的一大原因。他们的误点，便在长者本位与利己思想，权利思想很重，义务思想和责任心却很轻。以为父子关系，只须"父兮生我"一件事，幼者的全部，便应为长者所有。尤其堕落的，是因此责望报偿，以为幼者的全部，理该做长者的牺牲。殊不知自然界的安排，却件件与这要求反对，我们从古以来，逆天行事，于是人的能力，十分萎缩，社会的进步，也就跟着停顿。我们虽不能说停顿便要灭亡，但较之进步，总是停顿与灭亡的路相近。

自然界的安排，虽不免也有缺点，但结合长幼的方法，却并无错误。他并不用"恩"，却给与生物以一种天性，我们称他为"爱"。动物界中除了生子数目太多——爱不周到的如鱼类之外，总是挚爱他的幼子，不但绝无利益心情，甚或至于牺牲了自己，让他的将来的生命，去上那发展的长途。

人类也不外此，欧美家庭，大抵以幼者弱者为本位，便是最合于这生物学的真理的办法。便在中国,只要心思纯白,未曾经过"圣人之徒"作践的人,也都自然而然的能发现这一种天性。例如一个村妇哺乳婴儿的时候,决不想到自己正在施恩;一个农夫娶妻的时候,也决不以为将要放债。只是有了子女,即天然相爱,愿他生存;更进一步的,便还要愿他比自己更好,就是进化。这离绝了交换关系利害关系的爱,便是人伦的索子,便是所谓"纲"。倘如旧说,抹煞了"爱",一味说"恩",又因此责望报偿,那便不但败坏了父子间的道德,而且也大反于做父母的实际的真情,播下乖剌①的种子。有人做了乐府,说是"劝孝",大意是什么"儿子上学堂,母亲在家磨杏仁,预备回来给他喝,你还不孝么"之类,自以为"拼命卫道"。殊不知富翁的杏酪和穷人的豆浆,在爱情上价值同等,而其价值却正在父母当时并无求报的心思;否则变成买卖行为,虽然喝了杏酪,也不异"人乳喂猪",无非要猪肉肥美,在人伦道德上,丝毫没有价值了。

所以我现在心以为然的,便只是"爱"。

无论何国何人,大都承认"爱己"是一件应当的事。这便是保存生命的要义,也就是继续生命的根基。因为将来的运命,早在现在决定,故父母的缺点,便是子孙灭亡的伏线,生命的危机。易卜生做的《群鬼》(有潘家洵君译本,载在《新潮》一卷五号)虽然重在男女问题,但我们也可以看出遗传的可怕。欧士华本是要生活,能创作的人,因为父亲的不检,先天得了病毒,中途不能做人了。他又很爱母亲,不忍劳他服侍,便藏着吗啡,想待发作时候,由使女瑞琴帮他吃下,毒杀了自己;可是瑞琴走了。他于是只好托他母亲了。

---

① 乖剌:违背常情;乖戾。

欧　母亲，现在应该你帮我的忙了。

阿夫人　我吗？

欧　谁能及得上你。

阿夫人　我！你的母亲！

欧　正为那个。

阿夫人　我，生你的人！

欧　我不曾教你生我。并且给我的是一种什么日子？我不要他！你拿回去罢！

　　这一段描写，实在是我们做父亲的人应该震惊戒惧佩服的；决不能昧了良心，说儿子理应受罪。这种事情，中国也很多，只要在医院做事，便能时时看见先天梅毒性病儿的惨状；而且傲然的送来的，又大抵是他的父母。但可怕的遗传，并不只是梅毒；另外许多精神上体质上的缺点，也可以传之子孙，而且久而久之，连社会都蒙着影响。我们且不高谈人群，单为子女说，便可以说凡是不爱己的人，实在欠缺做父亲的资格。就令硬做了父亲，也不过如古代的草寇称王一般，万万算不了正统。将来学问发达，社会改造时，他们侥幸留下的苗裔，恐怕总不免要受善种学（Eugenics）[①]者的处置。

　　倘若现在父母并没有将什么精神上体质上的缺点交给子女，又不遇意外的事，子女便当然健康，总算已经达到了继续生命的目的。但父母的责任还没有完，因为生命虽然继续了，却是停顿

[①] 善种学（Eugenics）：优生学，1833年，英国高尔顿提出的"改良人种"的学说。

不得,所以还须教这新生命去发展。凡动物较高等的,对于幼雏,除了养育保护以外,往往还教他们生存上必需的本领。例如飞禽便教飞翔,鸷兽便教搏击。人类更高几等,便也有愿意子孙更进一层的天性。这也是爱,上文所说的是对于现在,这是对于将来。只要思想未遭锢蔽的人,谁也喜欢子女比自己更强,更健康,更聪明高尚,——更幸福;就是超越了自己,超越了过去。超越便须改变,所以子孙对于祖先的事,应该改变,"三年无改于父之道可谓孝矣",当然是曲说,是退婴的病根。假使古代的单细胞动物,也遵着这教训,那便永远不敢分裂繁复,世界上再也不会有人类了。

幸而这一类教训,虽然害过许多人,却还未能完全扫尽了一切人的天性。没有读过"圣贤书"的人,还能将这天性在名教的斧钺底下,时时流露,时时萌蘖;这便是中国人虽然凋落萎缩,却未灭绝的原因。

所以觉醒的人,此后应将这天性的爱,更加扩张,更加醇化;用无我的爱,自己牺牲于后起新人。开宗第一,便是理解。往昔的欧人对于孩子的误解是以为成人的预备;中国人的误解是以为缩小的成人。直到近来,经过许多学者的研究,才知道孩子的世界,与成人截然不同;倘不先行理解,一味蛮做,便大碍于孩子的发达。所以一切设施,都应该以孩子为本位,日本近来,觉悟的也很不少;对于儿童的设施,研究儿童的事业,都非常兴盛了。第二,便是指导。时势既有改变,生活也必须进化;所以后起的人物,一定尤异于前,决不能用同一模型,无理嵌定。长者须是指导者协商者,却不该是命令者。不但不该责幼者供奉自己;而且还须用全副精神,专为他们自己,养成他们有耐劳作的体力,纯洁高尚的道德,广博自由能容纳新潮流的精神,也就是能在世界新潮流中游泳,不被淹没的力量。第三,便是解放。子女是即我非我的人,但既已分立,也便是人类中的人。因为即我,所以更应该尽教育的义务,交给他们自立的能力;因为非我,所以也应同时解放,全部为他们自己所有,成一个独立的人。

这样,便是父母对于子女,应该健全的产生,尽力的教育,完全的解放。

但有人会怕,仿佛父母从此以后,一无所有,无聊之极了。这种空虚的恐怖和无聊的感想,也即从谬误的旧思想发生;倘明白了生物学的真理,自然便会消灭。但要做解放子女的父母,也应预备一种能力。便是自己虽然已经带着过去的色采①,却不失独立的本领和精神,有广博的趣味,高尚的娱乐。要幸福么?连你的将来的生命都幸福了。要"返老还童",要"老复丁"么?子女便是"复丁",都已独立而且更好了。这才是完了长者的任务,得了人生的慰安。倘若思想本领,样样照旧,专以"勃谿"②为业,行辈自豪,那便自然免不了空虚无聊的苦痛。

或者又怕,解放之后,父子间要疏隔了。欧美的家庭,专制不及中国,早已大家知道;往者虽有人比之禽兽,现在却连"卫道"的圣徒,也曾替他们辩护,说并无"逆子叛弟"了。因此可知:惟其解放,所以相亲;惟其没有"拘挛"子弟的父兄,所以也没有反抗"拘挛"的"逆子叛弟"。若威逼利诱,便无论如何,决不能有"万年有道之长"。例便如我中国,汉有举孝,唐有孝悌力田科,清末也还有孝廉方正,都能换到官做。父恩谕之于

---

① 色采:色彩。
② 勃谿:指婆媳之间的争吵。

先,皇恩施之于后,然而割股的人物,究属寥寥。足可证明中国的旧学说旧手段,实在从古以来,并无良效,无非使坏人增长些虚伪,好人无端的多受些人我都无利益的苦痛罢了。

独有"爱"是真的。路粹引孔融说,"父之于子,当有何亲?论其本意,实为情欲发耳。子之于母,亦复奚为,譬如寄物瓶中,出则离矣。"(汉末的孔府上,很出过几个有特色的奇人,不像现在这般冷落,这话也许确是北海先生所说;只是攻击他的偏是路粹和曹操,教人发笑罢了。)虽然也是一种对于旧说的打击,但实于事理不合。因为父母生了子女,同时又有天性的爱,这爱又很深广很长久,不会即离。现在世界没有大同,相爱还有差等,子女对于父母,也便最爱,最关切,不会即离。所以疏隔一层,不劳多虑。至于一种例外的人,或者非爱所能钩连。但若爱力尚且不能钩连,那便任凭什么"恩威,名分,天经,地义"之类,更是钩连不住。

或者又怕,解放之后,长者要吃苦了。这事可分两层:第一,中国的社会,虽说"道德好",实际却太缺乏相爱相助的心思。便是"孝""烈"这类道德,也都是旁人毫不负责,一味收拾幼者弱者的方法。在这样社会中,不独老者难于生活,即解放的幼者,也难于生活。第二,中国的男女,大抵未老先衰,甚至不到二十岁,早已老态可掬,待到真实衰老,便更须别人扶持。所以我说,解放子女的父母,应该先有一番豫备;而对于如此社会,尤应该改造,使他能适于合理的生活。许多人豫备着,改造着,久而久之,自然可望实现了。单就别国的往时而言,斯宾塞①未曾结婚,不闻他侘傺无聊;瓦特早没有了子女,也居然

---

① 斯宾塞:生于1820年,卒于1903年。英国哲学家、社会学家、教育家。

"寿终正寝",何况在将来,更何况有儿女的人呢?

或者又怕,解放之后,子女要吃苦了。这事也有两层,全如上文所说,不过一是因为老而无能,一是因为少不更事罢了。因此觉醒的人,愈觉有改造社会的任务。中国相传的成法,谬误很多:一种是锢闭,以为可以与社会隔离,不受影响。一种是教给他恶本领,以为如此才能在社会中生活。用这类方法的长者,虽然也含有继续生命的好意,但比照事理,却决定谬误。此外还有一种,是传授些周旋方法,教他们顺应社会。这与数年前讲"实用主义"的人,因为市上有假洋钱,便要在学校里遍教学生看洋钱的法子之类,同一错误。社会虽然不能不偶然顺应,但决不是正当办法。因为社会不良,恶现象便很多,势不能一一顺应;倘都顺应了,又违反了合理的生活,倒走了进化的路。所以根本方法,只有改良社会。

就实际上说,中国旧理想的家族关系父子关系之类,其实早已崩溃。这也非"于今为烈",正是"在昔已然"。历来都竭力表彰"五世同堂",便足见实际上同居的为难;拼命的劝孝,也足见事实上孝子的缺少。而其原因,便全在一意提倡虚伪道德,蔑视了真的人情。我们试一翻大族的家谱,便知道始迁祖宗,大抵是单身迁居,成家立业;一到聚族而居,家谱出版,却已在零落的中途了。况在将来,迷信破了,便没有哭竹[①]、卧冰[②];医学发达了,也不必尝秽[③]、割股。又因为经济关系,结婚不得不迟,生育因此也迟,或者子女才能自存,父母已经衰老,不及依赖他

---

① 哭竹:三国时期吴国孟宗的故事。
② 卧冰:晋代王祥的故事。
③ 尝秽:南朝梁庾黔娄的故事。

们供养,事实上也就是父母反尽了义务。世界潮流逼拶①着,这样做的可以生存,不然的便都衰落;无非觉醒者多,加些人力,便危机可望较少就是了。

但既如上言,中国家庭,实际久已崩溃,并不如"圣人之徒"纸上的空谈,则何以至今依然如故,一无进步呢?这事很容易解答。第一,崩溃者自崩溃,纠缠者自纠缠,设立者又自设立;毫无戒心,也不想到改革,所以如故。第二,以前的家庭中间,本来常有勃谿,到了新名词流行之后,便都改称"革命",然而其实也仍是嫖钱至于相骂,要赌本至于相打之类,与觉醒者的改革,截然两途。这一类自称"革命"的勃谿子弟,纯属旧式,待到自己有了子女,也决不解放;或者毫不管理,或者反要寻出《孝经》,勒令诵读,想他们"学于古训",都做牺牲。这只能全归旧道德旧习惯旧方法负责,生物学的真理决不能妄任其咎。

既如上言,生物为要进化,应该继续生命,那便"不孝有三无后为大",三妻四妾,也极合理了。这事也很容易解答。人类因为无后,绝了将来的生命,虽然不幸,但若用不正当的方法手段,苟延生命而害及人群,便该比一人无后,尤其"不孝"。因为现在的社会,一夫一妻制最为合理,而多妻主义,实能使人群堕落。堕落近于退化,与继续生命的目的,恰恰完全相反。无后只是灭绝了自己,退化状态的有后,便会毁到他人。人类总有些为他人牺牲自己的精神,而况生物自发生以来,交互关联,一人的血统,大抵总与他人有多少关系,不会完全灭绝。所以生物学的真理,决非多妻主义的护符。

---

① 逼拶:逼迫。亦作"逼匝"。

总而言之，觉醒的父母，完全应该是义务的，利他的，牺牲的，很不易做；而在中国尤不易做。中国觉醒的人，为想随顺长者解放幼者，便须一面清结旧账，一面开辟新路。就是开首所说的"自己背着因袭的重担，肩住了黑暗的闸门，放他们到宽阔光明的地方去；此后幸福的度日，合理的做人"。这是一件极伟大的要紧的事，也是一件极困苦艰难的事。

但世间又有一类长者，不但不肯解放子女，并且不准子女解放他们自己的子女；就是并要孙子曾孙都做无谓的牺牲。这也是一个问题；而我是愿意平和的人，所以对于这问题，现在不能解答。

一九一九年十月。

论雷峰塔①的倒掉

听说，杭州西湖上的雷峰塔倒掉了，听说而已，我没有亲见。但我却见过未倒的雷峰塔，破破烂烂的映掩于湖光山色之间，落山的太阳照着这些四近的地方，就是"雷峰夕照"，西湖十景之一。"雷峰夕照"的真景我也见过，并不见佳，我以为。

然而一切西湖胜迹的名目之中，我知道得最早的却是这雷峰塔。我的祖母曾经常常对我说，白蛇娘娘就被压在这塔底下。有个叫作许仙的人救了两条蛇，一青一白，后来白蛇便化作女人来报恩，嫁给许仙了；青蛇化作丫鬟，也跟着。一个和尚，法海禅师，得道的禅师，看见许仙脸上有妖气，——凡讨妖怪做老婆的人，脸上就有妖气的，但只有非凡的人才看得出，——便将他藏在金山寺的法座后，白蛇娘娘来寻夫，于是就"水满金山"②。我的祖母讲起来还要有趣得多，大约是出于一部弹词叫作《义妖传》③里的，但我没有看过这部书，所以也不知道"许仙""法海"究竟是否这样写。总而言之，白蛇娘娘终于中了法海的计策，被装在一个小小的钵盂里了。钵盂埋在地里，上面还造起一座镇压的塔来，这就是雷峰塔。此后似乎事情还很多，如"白状元祭塔"之类，但我现在

---

① 雷峰塔：因坐落于杭州西湖净慈寺前面名为雷峰的小山上，所以得名。
② "水满金山"：多写作"水漫金山"。"漫"更妥帖。
③ 《义妖传》：清代陈遇乾所著，记叙的是《白蛇传》的神话故事。

都忘记了。

那时我惟一的希望,就在这雷峰塔的倒掉。后来我长大了,到杭州,看见这破破烂烂的塔,心里就不舒服。后来我看看书,说杭州人又叫这塔作保叔塔,其实应该写作"保俶塔",是钱王的儿子造的。那么,里面当然没有白蛇娘娘了,然而我心里仍然不舒服,仍然希望他倒掉。

现在,他居然倒掉了,则普天之下的人民,其欣喜为何如?

这是有事实可证的。试到吴越的山间海滨,探听民意去。凡有田夫野老,蚕妇村氓,除了几个脑髓里有点贵恙的之外,可有谁不为白娘娘抱不平,不怪法海太多事的?

和尚本应该只管自己念经。白蛇自迷许仙,许仙自娶妖怪,和别人有什么相干呢?他偏要放下经卷,横来招是搬非,大约是怀着嫉妒罢,——那简直是一定的。

听说,后来玉皇大帝也就怪法海多事,以至①荼毒生灵,想要拿办他了。他逃来逃去,终于逃在蟹壳里避祸,不敢再出来,到现在还如此。我对于玉皇大帝所做的事,腹诽的非常多,独于这一件却很满意,因为"水满金山"一案,的确应该由法海负责;他实在办得很不错的。只可惜我那时没有打听这话的出处,或者不在《义妖传》中,却是民间的传说罢。

秋高稻熟时节,吴越间所多的是螃蟹,煮到通红之后,无论取那一只,揭开背壳来,里面就有黄,有膏;倘是雌的,就有石榴子一般鲜红的子。先将这些吃完,即一定露出一个圆锥形的薄膜,再用小刀小心地沿着锥底切下,取出,翻转,使里面向外,只要不破,便变成一个罗汉模样的东西,有头脸,身子,是坐着的,我们那里的小孩

---

① 以至:应写作"以致"或"以至于"。

子都称他"蟹和尚",就是躲在里面避难的法海。

　　当初,白蛇娘娘压在塔底下,法海禅师躲在蟹壳里。现在却只有这位老禅师独自静坐了,非到螃蟹断种的那一天为止出不来。莫非他造塔的时候,竟没有想到塔是终究要倒的么?

　　活该。

一九二四年十月二十八日。

附　记

　　这篇东西,是一九二四年十月二十八日做的。今天孙伏园来,我便将草稿给他看。他说,雷峰塔并非就是保俶塔。那么,大约是我记错的了,然而我却确乎早知道雷峰塔下并无白娘娘。现在既经前记者先生指点,知道这一节并非得于所看之书,则当时何以知之,也就莫名其妙矣。特此声明,并且更正。十一月三日。

论照相之类

一 材料之类

我幼小时候,在 S 城,——所谓幼小时候者,是三十年前,但从进步神速的英才看来,就是一世纪;所谓 S 城者,我不说他的真名字,何以不说之故,也不说。总之,是在 S 城,常常旁听大大小小男男女女谈论洋鬼子挖眼睛。曾有一个女人,原在洋鬼子家里佣工,后来出来了,据说她所以出来的原因,就因为亲见一坛盐渍的眼睛,小鲫鱼似的一层一层积叠着,快要和坛沿齐平了。她为远避危险起见,所以赶紧走。

S 城有一种习惯,就是凡是小康之家,到冬天一定用盐来腌一缸白菜,以供一年之需,其用意是否和四川的榨菜相同,我不知道。但洋鬼子之腌眼睛,则用意当然别有所在,惟独方法却大受了 S 城腌白菜法的影响,相传中国对外富于同化力,这也就是一个证据罢。然而状如小鲫鱼者何?答曰:此确为 S 城人之眼睛也。S 城庙宇中常有一种菩萨,号曰眼光娘娘。有眼病的,可以去求祷;愈,则用布或绸做眼睛一对,挂神龛上或左右,以答神庥①。所以只要看所挂眼睛的多少,就知道这菩萨的灵不灵。而

---

① 庥:树荫,引申为庇荫。

所挂的眼睛,则正是两头尖尖,如小鲫鱼,要寻一对和洋鬼子生理图上所画似的圆球形者,决不可得。黄帝岐伯①尚矣;王莽诛翟义党,分解肢体,令医生们察看,曾否绘图不可知,纵使绘过,现在已佚,徒令"古已有之"而已。宋的《析骨分经》②,相传也据目验,《说郛》③中有之,我曾看过它,多是胡说,大约是假的。否则,目验尚且如此胡涂,则S城人之将眼睛理想化为小鲫鱼,实也无足深怪了。

然而洋鬼子是吃腌眼睛来代腌菜的么?是不然,据说是应用的。一,用于电线,这是根据别一个乡下人的话,如何用法,他没有谈,但云用于电线罢了;至于电线的用意,他却说过,就是每年加添铁丝,将来鬼兵到时,使中国人无处逃走。二,用于照相,则道理分明,不必多赘,因为我们只要和别人对立,他的瞳子里一定有我的一个小照相的。

而且洋鬼子又挖心肝,那用意,也是应用。我曾旁听过一位念佛的老太太说明理由:他们挖了去,熬成油,点了灯,向地下各处去照去。人心总是贪财的,所以照到埋着宝贝的地方,火头便弯下去了。他们当即掘开来,取了宝贝去,所以洋鬼子都这样的有钱。

道学先生之所谓"万物皆备于我"的事,其实是全国,至少是S城的"目不识丁"的人们都知道,所以人为"万物之灵"。所以月经精液可以延年,毛发爪甲可以补血,大小便可以医许多病,臂膊上的肉可以养亲。然而这并非本论的范围,现在姑且不

---

① 此处指的是《黄帝内经》。
②《析骨分经》:明代宁一玉所撰,文中说为"宋",有误。
③《说郛》:元代陶宗仪所编撰的笔记丛书,多选录汉魏至宋元的各种笔记汇集而成。共100卷,内容包罗万象。

说。况且S城人极重体面，有许多事不许说；否则，就要用阴谋来惩治的。

二 形式之类

要之，照相似乎是妖术。咸丰年间，或一省里，还有因为能照相而家产被乡下人捣毁的事情。但当我幼小的时候，——即三十年前，S城却已有照相馆了，大家也不甚疑惧。虽然当闹"义和拳民"时，——即二十五年前，或一省里，还以罐头牛肉当作洋鬼子所杀的中国孩子的肉看。然而这是例外，万事万物，总不免有例外的。

要之，S城早有照相馆了，这是我每一经过，总须流连赏玩的地方，但一年中也不过经过四五回。大小长短不同颜色不同的玻璃瓶，又光滑又有刺的仙人掌，在我都是珍奇的物事；还有挂在壁上的框子里的照片：曾大人，李大人，左中堂，鲍军门。一个族中的好心的长辈，曾经借此来教育我，说这许多都是当今的大官，平"长毛"的功臣，你应该学学他们。我那时也很愿意学，然而想，也须赶快仍复有"长毛"。

但是，S城人却似乎不甚爱照相，因为精神要被照去的，所以运气正好的时候，尤不宜照，而精神则一名"威光"：我当时所知道的只有这一点。直到近年来，才又听到世上有因为怕失了元气而永不洗澡的名士，元气大约就是威光罢，那么，我所知道的就更多了：中国人的精神一名威光即元气，是照得去，洗得下的。

然而虽然不多，那时却又确有光顾照相馆的人们，我也不明白是什么人物,或者运气不好之徒,或者是新党罢。只是半身像是大抵避忌的,因为像腰斩。自然,清朝是已经废去腰斩的了,但我们还能在戏文上看见包爷爷的铡包勉,一刀两段,何等可怕,则即使是国粹乎,而亦不欲人之加诸我也,诚然也以不照为宜。所以他们所照的多是全身,旁边一张大茶几,上有帽架,茶碗,水烟袋,花盆,几下一个痰盂,以表明这人的气管枝①中有许多痰,总须陆续吐出。人呢,或立或坐,或者手执书卷,或者大襟上挂一个很大的时表,我们倘用放大镜一照,至今还可以知道他当时拍照的时辰,而且那时还不会用镁光,所以不必疑心是夜里。

然而名士风流,又何代蔑有呢?雅人早不满于这样千篇一律的呆鸟了,于是也有赤身露体装作晋人②的,也有斜领丝绦装作X人的,但不多。较为通行的是先将自己照下两张,服饰态度各不同,然后合照为一张,两个自己即或如宾主,或如主仆,名曰"二我图"。但设若一个自己傲然地坐着,一个自己卑劣可怜地,向了坐着的那一个自己跪着的时候,名色便又两样了:"求己图"。这类"图"晒出之后,总须题些诗,或者词如"调寄满庭芳""摸鱼儿"之类,然后在书房里挂起。至于贵人富户,则因为属于呆鸟一类,所以决计想不出如此雅致的花样来,即有特别举动,至多也不过自己坐在中间,膝下排列着他的一百个儿子,一千个孙子和一万个曾孙(下略)照一张"全家福"。

Th. Lipps③在他那《伦理学的根本问题》中,说过这样意思

---

① 气管枝:支气管。

② 晋人:这里指晋代放浪形骸的文人,如刘伶。

③ Th. Lipps:李普斯(Theodor Lipps),德国哲学家、心理学家、美学家。生于1851年,卒于1914年。

的话。就是凡是人主,也容易变成奴隶,因为他一面既承认可做主人,一面就当然承认可做奴隶,所以威力一坠,就死心塌地,俯首帖耳于新主人之前了。那书可惜我不在手头,只记得一个大意,好在中国已经有了译本,虽然是节译,这些话应该存在的罢。用事实来证明这理论的最显著的例是孙皓,治吴时候,如此骄纵酷虐的暴主,一降晋,却是如此卑劣无耻的奴才。中国常语说,临下骄者事上必谄,也就是看穿了这把戏的话。但表现得最透澈的却莫如"求己图",将来中国如要印《绘图伦理学的根本问题》,这实在是一张极好的插画,就是世界上最伟大的讽刺画家也万万想不到,画不出的。

但现在我们所看见的,已没有卑劣可怜地跪着的照相了,不是什么会纪念的一群,即是什么人放大的半个,都很凛凛地。我愿意我之常常将这些当作半张"求己图"看,乃是我的杞忧。

三 无题之类

照相馆选定一个或数个阔人的照相,放大了挂在门口,似乎是北京特有,或近来流行的。我在 S 城所见的曾大人之流,都不过六寸或八寸,而且挂着的永远是曾大人之流,也不像北京的时时掉换,年年不同。但革命以后,也许撤去了罢,我知道得不真确。

至于近十年北京的事,可是略有所知了,无非其人阔,则其像放大,其人"下野",则其像不见,比电光自然永久得多。倘若白昼明烛,要在北京城内寻求一张不像那些阔人似的缩小放大挂起挂倒的照相,则据鄙陋所知,实在只有一位梅兰芳君。

而该君的麻姑一般的"天女散花""黛玉葬花"像，也确乎比那些缩小放大挂起挂倒的东西标致，即此就足以证明中国人实有审美的眼睛，其一面又放大挺胸凸肚的照相者，盖出于不得已。

我在先只读过《红楼梦》，没有看见"黛玉葬花"的照片的时候，是万料不到黛玉的眼睛如此之凸，嘴唇如此之厚的。我以为她该是一副瘦削的痨病脸，现在才知道她有些福相，也像一个麻姑。然而只要一看那些继起的模仿者们的拟天女照相，都像小孩子穿了新衣服，拘束得怪可怜的苦相，也就会立刻悟出梅兰芳君之所以永久之故了，其眼睛和嘴唇，盖出于不得已，即此也就足以证明中国人实有审美的眼睛。

印度的诗圣泰戈尔先生光临中国之际，像一大瓶好香水似的很熏上了几位先生们以文气和玄气，然而够到陪坐祝寿的程度的却只有一位梅兰芳君：两国的艺术家的握手。待到这位老诗人改姓换名，化为"竺震旦"①，离开了近于他的理想境的这震旦之后，震旦诗贤头上的印度帽也不大看见了，报章上也很少记他的消息，而装饰这近于理想境的震旦者，也仍旧只有那巍然地挂在照相馆玻璃窗里的一张"天女散花图"或"黛玉葬花图"。

惟有这一位"艺术家"的艺术，在中国是永久的。

我所见的外国名伶美人的照相并不多，男扮女的照相没有见过，别的名人的照相见过几十张。托尔斯泰，伊孛生，罗丹都老了，尼采一脸凶相，勖本华尔②一脸苦相，淮尔特③穿上他那审美

---

① "竺震旦"：此为泰戈尔在中国的名字。
② 勖本华尔：通译叔本华。
③ 淮尔特：通译王尔德。

的衣装的时候，已经有点呆相了，而罗曼·罗兰似乎带点怪气，戈尔基①又简直像一个流氓。虽说都可以看出悲哀和苦斗的痕迹来罢，但总不如天女的"好"得明明白白。假使吴昌硕翁的刻印章也算雕刻家，加以作画的润格如是之贵，则在中国确是一位艺术家了，但他的照相我们看不见。林琴南翁负了那么大的文名，而天下也似乎不甚有热心于"识荆"的人，我虽然曾在一个药房的仿单上见过他的玉照，但那是代表了他的"如夫人"②函谢丸药的功效，所以印上的，并不因为他的文章。更就用了"引车卖浆者流"的文字来做文章的诸君而言，南亭亭长③我佛山人④往矣，且从略；近来则虽是奋战忿斗，做了这许多作品的如创造社诸君子，也不过印过很小的一张三人的合照，而且是铜板而已。

我们中国的最伟大最永久的艺术是男人扮女人。

异性大抵相爱。太监只能使别人放心，决没有人爱他，因为他是无性了，——假使我用了这"无"字还不算什么语病。然而也就可见虽然最难放心，但是最可贵的是男人扮女人了，因为从两性看来，都近于异性，男人看见"扮女人"，女人看见"男人扮"，所以这就永远挂在照相馆的玻璃窗里，挂在国民的心中。外国没有这样的完全的艺术家，所以只好任凭那些捏锤凿，调采色⑤，弄墨水的人们跋扈。

我们中国的最伟大最永久，而且最普遍的艺术也就是男人扮女人。

一九二四年十一月十一日。

---

① 戈尔基：通译高尔基。
② 如夫人：旧时对他人的妾室的敬称，字面意思是"如同夫人一样"。
③ 南亭亭长：李宝嘉，字伯元，清末小说家。著有《官场现形记》等。
④ 我佛山人：吴沃尧，清末小说家。著有《二十年目睹之怪现状》。
⑤ 采色：彩色。

再论雷峰塔的倒掉

从崇轩先生的通信（二月份《京报副刊》）里，知道他在轮船上听到两个旅客谈话，说是杭州雷峰塔之所以倒掉，是因为乡下人迷信那塔砖放在自己的家中，凡事都必平安，如意，逢凶化吉，于是这个也挖，那个也挖，挖之久久，便倒了。一个旅客并且再三叹息道：西湖十景这可缺了呵！

这消息，可又使我有点畅快了，虽然明知道幸灾乐祸，不像一个绅士，但本来不是绅士的，也没有法子来装潢。

我们中国的许多人，——我在此特别郑重声明：并不包括四万万同胞全部！——大抵患有一种"十景病"，至少是"八景病"，沉重起来的时候大概在清朝。凡看一部县志，这一县往往有十景或八景，如"远村明月""萧寺清钟""古池好水"之类。而且，"十"字形的病菌，似乎已经侵入血管，流布全身，其势力早不在"！"形惊叹亡国病菌之下了。点心有十样锦，菜有十碗，音乐有十番①，阎罗有十殿，药有十全大补，猜拳有全福手福手全，连人的劣迹或罪状，宣布起来也大抵是十条，仿佛犯了九条的时候总不肯歇手。现在西湖十景可缺了呵！"凡为天下国家有九经"，九经固古已有之，而九景却颇不习见，所以正是对

---

① 十番：指流行于东南沿海一带的十番锣鼓，是由十种乐器夹杂若干曲牌更番合奏而成。

于十景病的一个针砭,至少也可以使患者感到一种不平常,知道自己的可爱的老病,忽而跑掉了十分之一了。

但仍有悲哀在里面。

其实,这一种势所必至的破坏,也还是徒然的。畅快不过是无聊的自欺。雅人和信士和传统大家,定要苦心孤诣巧语花言地再来补足了十景而后已。

无破坏即无新建设,大致是的;但有破坏却未必即有新建设。卢梭,斯谛纳尔,尼采,托尔斯泰,伊孛生等辈,若用勃兰兑斯的话来说,乃是"轨道破坏者"。其实他们不单是破坏,而且是扫除,是大呼猛进,将碍脚的旧轨道不论整条或碎片,一扫而空,并非想挖一块废铁古砖挟回家去,预备卖给旧货店。中国很少这一类人,即使有之,也会被大众的唾沫淹死。孔丘先生确是伟大,生在巫鬼势力如此旺盛的时代,偏不肯随俗谈鬼神;但可惜太聪明了,"祭如在祭神如神在"[①],只用他修《春秋》的照例手段以两个"如"字略寓"俏皮刻薄"之意,使人一时莫明其妙[②],看不出他肚皮里的反对来。他肯对子路赌咒,却不肯对鬼神宣战,因为一宣战就不和平,易犯骂人——虽然不过骂鬼——之罪,即不免有《衡论》(见一月份《晨报副镌》)作家 TY 先生似的好人,会替鬼神来奚落他道:为名乎?骂人不能得名。为利乎?骂人不能得利。想引诱女人乎?又不能将蚩尤的脸子印在文章上。何乐而为之也欤?

孔丘先生是深通世故的老先生,大约除脸子付印问题以外,还有深心,犯不上来做明目张胆的破坏者,所以只是不谈,而决

---

① 语出《论语·八佾》。
② 莫明其妙:今写作莫名其妙。

不骂，于是乎俨然成为中国的圣人，道大，无所不包故也。否则，现在供在圣庙里的，也许不姓孔。

不过在戏台上罢了，悲剧将人生的有价值的东西毁灭给人看，喜剧将那无价值的撕破给人看。讥讽又不过是喜剧的变简的一支流。但悲壮滑稽，却都是十景病的仇敌，因为都有破坏性，虽然所破坏的方面各不同。中国如十景病尚存，则不但卢梭他们似的疯子决不产生，并且也决不产生一个悲剧作家或喜剧作家或讽刺诗人。所有的，只是喜剧底①人物或非喜剧非悲剧底人物，在互相模造的十景中生存，一面各各带了十景病。

然而十全停滞的生活，世界上是很不多见的事，于是破坏者到了，但并非自己的先觉的破坏者，却是狂暴的强盗，或外来的蛮夷。狝狁②早到过中原，五胡来过了，蒙古也来过了；同胞张献忠杀人如草，而满洲兵的一箭，就钻进树丛中死掉了。有人论中国说，倘使没有带着新鲜的血液的野蛮的侵入，真不知自身会腐败到如何！这当然是极刻毒的恶谑，但我们一翻历史，怕不免要有汗流浃背的时候罢。外寇来了，暂一震动，终于请他做主子，在他的刀斧下修补老例；内寇来了，也暂一震动，终于请他做主子，或者别拜一个主子，在自己的瓦砾中修补老例。再来翻县志，就看见每一次兵燹之后，所添上的是许多烈妇烈女的氏名。看近来的兵祸，怕又要大举表扬节烈了罢。许多男人们都那里去了？

凡这一种寇盗式的破坏，结果只能留下一片瓦砾，与建设无关。

但当太平时候，就是正在修补老例，并无寇盗时候，即国中暂

---

① 底：旧同"的"。
② 狝狁：我国古代北方的少数民族之一，读作 xiǎn yǔn。

时没有破坏么？也不然的，其时有奴才式的破坏作用常川活动着。

雷峰塔砖的挖去，不过是极近的一条小小的例。龙门的石佛，大半肢体不全，图书馆中的书籍，插图须谨防撕去，凡公物或无主的东西，倘难于移动，能够完全的即很不多。但其毁坏的原因，则非如革除者的志在扫除，也非如寇盗的志在掠夺或单是破坏，仅因目前极小的自利，也肯对于完整的大物暗暗的加一个创伤。人数既多，创伤自然极大，而倒败之后，却难于知道加害的究竟是谁。正如雷峰塔倒掉以后，我们单知道由于乡下人的迷信。共有的塔失去了，乡下人的所得，却不过一块砖，这砖，将来又将为别一自利者所藏，终究至于灭尽。倘在民康物阜时候，因为十景病的发作，新的雷峰塔也会再造的罢。但将来的运命，不也就可以推想而知么？如果乡下人还是这样的乡下人，老例还是这样的老例。

这一种奴才式的破坏，结果也只能留下一片瓦砾，与建设无关。

岂但乡下人之于雷峰塔，日日偷挖中华民国的柱石的奴才们，现在正不知有多少！

瓦砾场上还不足悲，在瓦砾场上修补老例是可悲的。我们要革新的破坏者，因为他内心有理想的光。我们应该知道他和寇盗奴才的分别；应该留心自己堕入后两种。这区别并不烦难，只要观人，省己，凡言动中，思想中，含有借此据为己有的朕兆者是寇盗，含有借此占些目前的小便宜的朕兆者是奴才，无论在前面打着的是怎样鲜明好看的旗子。

一九二五年二月六日。

灯下漫笔

一

　　有一时,就是民国二三年(的)时候,北京的几个国家银行的钞票,信用日见其好了,真所谓蒸蒸日上。听说连一向执迷于现银的乡下人,也知道这既便当,又可靠,很乐意收受,行使了。至于稍明事理的人,则不必是"特殊知识阶级",也早不将沉重累坠①的银元装在怀中,来自讨无谓的苦吃。想来,除了多少对于银子有特别嗜好和爱情的人物之外,所有的怕大都是钞票了罢,而且多是本国的。但可惜后来忽然受了一个不小的打击。

　　就是袁世凯想做皇帝的那一年,蔡松坡先生溜出北京,到云南去起义。这边所受的影响之一,是中国和交通银行的停止兑现。虽然停止兑现,政府勒令商民照旧行用的威力却还有的;商民也自有商民的老本领,不说不要,却道找不出零钱。假如拿几十几百的钞票去买东西,我不知道怎样,但倘使只要买一支笔,一盒烟卷呢,难道就付给一元钞票么?不但不甘心,也没有这许多票。那么,换铜元,少换几个罢,又都说没有铜元。那么,到亲戚朋友那里借现钱去罢,怎么会有?于是降格以求,不讲爱国

---

① 累坠:同"累赘"。多余,麻烦。

了，要外国银行的钞票。但外国银行的钞票这时就等于现银，他如果借给你这钞票，也就借给你真的银元了。

我还记得那时我怀中还有三四十元的中交票①，可是忽而变了一个穷人，几乎要绝食，很有些恐慌。俄国革命以后的藏着纸卢布的富翁的心情，恐怕也就这样的罢；至多，不过更深更大罢了。我只得探听，钞票可能折价换到现银吗？说是没有行市。幸而终于，暗暗地有了行市了：六折几。我非常高兴，赶紧去卖了一半。后来又涨到七折了，我更非常高兴，全去换了现银，沉甸甸地坠在怀中，似乎这就是我的性命的斤两。倘在平时，钱铺子如果少给我一个铜元，我是决不答应的。

但我当一包现银塞在怀中，沉甸甸地觉得安心，喜欢的时候，却突然起了另一思想，就是：我们极容易变成奴隶，而且变了之后，还万分喜欢。

假如有一种暴力，"将人不当人"，不但不当人，还不及牛马，不算什么东西；待到人们羡慕牛马，发生"乱离人，不及太平犬"的叹息的时候，然后给与他略等于牛马的价格，有如元朝定律，打死别人的奴隶，赔一头牛，则人们便要心悦诚服，恭颂太平的盛世。为什么呢？因为他虽不算人，究竟已等于牛马了。

我们不必恭读《钦定二十四史》，或者入研究室，审察精神文明的高超。只要一翻孩子所读的《鉴略》，——还嫌烦重，则看《历代纪元编》，就知道"三千余年古国古"②的中华，历来所闹的就不过是这一个小玩艺③。但在新近编纂的所谓"历史教

---

① 中交票：中国银行和交通银行发行的钞票。
② "三千余年古国古"：语出清代黄遵宪《出军歌》。
③ 玩艺：玩意儿。

科书"一流东西里,却不大看得明白了,只仿佛说:咱们向来就很好的。

但实际上,中国人向来就没有争到过"人"的价格,至多不过是奴隶,到现在还如此,然而下于奴隶的时候,却是数见不鲜的。中国的百姓是中立的,战时连自己也不知道属于那一面,但又属于无论那一面。强盗来了,就属于官,当然该被杀掠;官兵既到,该是自家人了罢,但仍然要被杀掠,仿佛又属于强盗似的。这时候,百姓就希望有一个一定的主子,拿他们去做百姓,——不敢,是拿他们去做牛马,情愿自己寻草吃,只求他决定他们怎样跑。

假使真有谁能够替他们决定,定下什么奴隶规则来,自然就"皇恩浩荡"了。可惜的是往往暂时没有谁能定。举其大者,则如五胡十六国的时候,黄巢①的时候,五代时候,宋末元末时候,除了老例的服役纳粮以外,都还要受意外的灾殃。张献忠的脾气更古怪了,不服役纳粮的要杀,服役纳粮的也要杀,敌他的要杀,降他的也要杀:将奴隶规则毁得粉碎。这时候,百姓就希望来一个另外的主子,较为顾及他们的奴隶规则的,无论仍旧,或者新颁,总之是有一种规则,使他们可上奴隶的轨道。

"时日曷丧,予及汝偕亡!"②愤言而已,决心实行的不多见。实际上大概是群盗如麻,纷乱至极之后,就有一个较强,或较聪明,或较狡猾③,或是外族的人物出来,较有秩序地收拾了天下。厘定规则:"怎样服役,怎样纳粮,怎样磕头,怎样颂圣。而且

---

① 黄巢:曹州冤句(今山东菏泽)人,唐代末年农民起义领袖。
② 语出《尚书·汤誓》。
③ 狡滑:狡猾。

179

这规则是不像现在那样朝三暮四的。于是便"万姓胪欢"了；用成语来说，就叫作"天下太平"。

任凭你爱排场的学者们怎样铺张，修史时候设些什么"汉族发祥时代""汉族发达时代""汉族中兴时代"的好题目，好意诚然是可感的，但措辞太绕弯子了。有更其直捷了当的说法在这里——

一，想做奴隶而不得的时代；

二，暂时做稳了奴隶的时代。

这一种循环，也就是"先儒"之所谓"一治一乱"；那些作乱人物，从后日的"臣民"看来，是给"主子"清道辟路的，所以说："为圣天子驱除云尔。"

现在入了那一时代，我也不了然。但看国学家的崇奉国粹，文学家的赞叹固有文明，道学家的热心复古，可见于现状都已不满了。然而我们究竟正向着那一条路走呢？百姓是一遇到莫名其妙的战争，稍富的迁进租界，妇孺则避入教堂里去了，因为那些地方都比较的"稳"，暂不至于想做奴隶而不得。总而言之，复古的，避难的，无智愚贤不肖，似乎都已神往于三百年前的太平盛世，就是"暂时做稳了奴隶的时代"了。

但我们也就都像古人一样，永久满足于"古已有之"的时代么？都像复古家一样，不满于现在，就神往于三百年前的太平盛世么？

自然，也不满于现在的，但是，无须反顾，因为前面还有道路在。而创造这中国历史上未曾有过的第三样时代，则是现在的青年的使命！

二

但是赞颂中国固有文明的人们多起来了,加之以外国人。我常常想,凡有来到中国的,倘能疾首蹙额而憎恶中国,我敢诚意地捧献我的感谢,因为他一定是不愿意吃中国人的肉的!

鹤见祐辅氏在《北京的魅力》中,记一个白人将到中国,预定的暂住时候是一年,但五年之后,还在北京,而且不想回去了。有一天,他们两人一同吃晚饭——

> 在圆的桃花心木的食桌前坐定,川流不息地献着山海的珍味,谈话就从古董,画,政治这些开头。电灯上罩着支那式的灯罩,淡淡的光洋溢于古物罗列的屋子中。什么无产阶级呀,Proletariat① 呀那些事,就像不过在什么地方刮风。
>
> 我一面陶醉在支那生活的空气中,一面深思着对于外人有着"魅力"的这东西。元人也曾征伐支那,而被征服于汉人种的生活美了;满人也征服支那,而被征伐于汉人种的生活美了。现在西洋人也一样,嘴里虽然说着 Democracy② 呀,什么什么呀,而却被魅于支那人费六千年而建筑起来的生活的美。一经住过北京,就忘不掉那生活的味道。大风时候的万丈的沙尘,每三月一回的督军们的开战游戏,都不能抹去这支那生活的魅力。

---

① Proletariat:英语,意思是无产阶级。
② Democracy:英语,意思是民主。

这些话我现在还无力否认他。我们的古圣先贤既给与我们保古守旧的格言，但同时也排好了用子女玉帛所做的奉献于征服者的大宴。中国人的耐劳，中国人的多子，都就是办酒席的材料，到现在还为我们的爱国者所自诩的。西洋人初入中国时，被称为蛮夷，自不免个个蹙额，但是，现在则时机已至，到了我们将曾经献于北魏，献于金，献于元，献于清的盛宴，来献给他们的时候了。出则汽车，行则保护：虽遇清道，然而通行自由的；虽或被劫，然而必得赔偿的；孙美瑶掳去他们站在军前，还使官兵不敢开火。何况在华屋中享用盛宴呢？待到享受盛宴的时候，自然也就是赞颂中国固有文明的时候；但是我们的有些乐观的爱国者，也许反而欣然色喜，以为他们将要开始被中国同化了罢。古人曾以女人作苟安的城堡，美其名以自欺曰"和亲"，今人还用子女玉帛为作奴的贽敬，又美其名曰"同化"。所以倘有外国的谁，到了已有赴宴的资格的现在，而还替我们诅咒中国的现状者，这才是真有良心的真可佩服的人！

但我们自己是早已布置妥帖了，有贵贱，有大小，有上下。自己被人凌虐，但也可以凌虐别人；自己被人吃，但也可以吃别人。一级一级的制驭着，不能动弹，也不想动弹了。因为倘一动弹，虽或有利，然而也有弊。我们且看古人的良法美意罢——

> 天有十日，人有十等。下所以事上，上所以共神也。故王臣公，公臣大夫，大夫臣士，士臣皁，皁臣舆，舆臣隶，隶臣僚，僚臣仆，仆臣台。（《左传》昭公七年）

但是"台"没有臣，不是太苦了么？无须担心的，有比他更卑的妻,更弱的子在。而且其子也很有希望,他日长大,升而为"台",便又有更卑更弱的妻子,供他驱使了。如此连环,各得其所,有敢非议者,其罪名曰不安分!

虽然那是古事,昭公七年离现在也太辽远了,但"复古家"尽可不必悲观的。太平的景象还在:常有兵燹,常有水旱,可有谁听到大叫唤么?打的打,革的革,可有处士来横议么?对国民如何专横,向外人如何柔媚,不犹是差等的遗风么?中国固有的精神文明,其实并未为"共和"二字所埋没,只有满人已经退席,和先前稍不同。

因此我们在目前,还可以亲见各式各样的筵宴,有烧烤,有翅席,有便饭,有西餐。但茅檐下也有淡饭,路傍也有残羹,野上也有饿莩①;有吃烧烤的身价不赀的阔人,也有饿得垂死的每斤八文的孩子(见《现代评论》二十一期)。所谓中国的文明者,其实不过是安排给阔人享用的人肉的筵宴。所谓中国者,其实不过是安排这人肉的筵宴的厨房。不知道而赞颂者是可恕的,否则,此辈当得永远的诅咒!

外国人中,不知道而赞颂者,是可恕的;占了高位,养尊处优,因此受了蛊惑,昧却灵性而赞叹者,也还可恕的。可是还有两种,其一是以中国人为劣种,只配悉照原来模样,因而故意称赞中国的旧物。其一是愿世间人各不相同以增自己旅行的兴趣,到中国看辫子,到日本看木屐,到高丽看笠子,倘若服饰一样,便索然无味了,因而来反对亚洲的欧化。这些都可憎恶。至于罗素在西湖见轿夫含笑,便赞美中国人,则也许别有意思罢。但是,轿夫如果能对坐轿的人不含笑,中国也早不是现在似的中

---

① 莩:同"殍"。

国了。

这文明，不但使外国人陶醉，也早使中国一切人们无不陶醉而且至于含笑。因为古代传来而至今还在的许多差别，使人们各各分离，遂不能再感到别人的痛苦；并且因为自己各有奴使别人，吃掉别人的希望，便也就忘却自己同有被奴使被吃掉的将来。于是大小无数的人肉的筵宴，即从有文明以来一直排到现在，人们就在这会场中吃人，被吃，以凶人的愚妄的欢呼，将悲惨的弱者的呼号遮掩，更不消说女人和小儿。

这人肉的筵宴现在还排着，有许多人还想一直排下去。扫荡这些食人者，掀掉这筵席，毁坏这厨房，则是现在的青年的使命！

一九二五年四月二十九日。

论睁了眼看

虚生①先生所做的时事短评中,曾有一个这样的题目:《我们应该有正眼看各方面的勇气》(《猛进》十九期)。诚然,必须敢于正视,这才可望敢想,敢说,敢做,敢当。倘使并正视而不敢,此外还能成什么气候。然而,不幸这一种勇气,是我们中国人所最缺乏的。

但现在我所想到的是别一方面——

中国的文人,对于人生,——至少是对于社会现象,向来就多没有正视的勇气。我们的圣贤,本来早已教人"非礼勿视"的了;而这"礼"又非常之严,不但"正视",连"平视""斜视"也不许。现在青年的精神未可知,在体质,却大半还是弯腰曲背,低眉顺眼,表示着老牌的老成的子弟,驯良的百姓,——至于说对外却有大力量,乃是近一月来的新说,还不知道究竟是如何。

再回到"正视"问题去:先既不敢,后便不能,再后,就自然不视,不见了。一辆汽车坏了,停在马路上,一群人围着呆看,所得的结果是一团乌油油的东西。然而由本身的矛盾或社会的缺陷所生的苦痛,虽不正视,却要身受的。文人究竟是敏感人物,从他们的作品上看来,有些人确也早已感到不满,可是一到

---

① 虚生:即徐炳昶,北京大学哲学系教授,《猛进》周刊主编。

快要显露缺陷的危机一发之际,他们总即刻连说"并无其事",同时便闭上了眼睛。这闭着的眼睛便看见一切圆满,当前的苦痛不过是"天将降大任于是人也,必先苦其心志,劳其筋骨,饿其体肤,空乏其身,行拂乱其所为"。于是无问题,无缺陷,无不平,也就无解决,无改革,无反抗。因为凡事总要"团圆",正无须我们焦躁;放心喝茶,睡觉大吉。再说废话,就有"不合时宜"之咎,免不了要受大学教授的纠正了。呸!

我并未实验过,但有时候想:倘将一位久蛰洞房的老太爷抛在夏天正午的烈日底下,或将不出闺门的千金小姐拖到旷野的黑夜里,大概只好闭了眼睛,暂续他们残存的旧梦,总算并没有遇到暗或光,虽然已经是绝不相同的现实。中国的文人也一样,万事闭眼睛,聊以自欺,而且欺人,那方法是:瞒和骗。

中国婚姻方法的缺陷,才子佳人小说作家早就感到了,他于是使一个才子在壁上题诗,一个佳人便来和,由倾慕——现在就得称恋爱——而至于有"终身之约"。但约定之后,也就有了难关。我们都知道,"私订终身"在诗和戏曲或小说上尚不失为美谈(自然只以与终于中状元的男人私订为限),实际却不容于天下的,仍然免不了要离异。明末的作家便闭上眼睛,并这一层也加以补救了,说是:才子及第,奉旨成婚。"父母之命媒妁之言"经这大帽子来一压,便成了半个铅钱也不值,问题也一点没有了。假使有之,也只在才子的能否中状元,而决不在婚姻制度的良否。

(近来有人以为新诗人的做诗发表,是在出风头,引异性;且迁怒于报章杂志之滥登。殊不知即使无报,墙壁实"古已有之",早做过发表机关了;据《封神演义》,纣王已曾在女娲庙壁上题诗，那起源实在非常之早。报章可以不取白话，或排斥小诗，墙壁却拆不完，管不及的；倘一律刷成黑色，也还有破磁可划，粉笔可书，真是穷于应付。做诗不刻木板①，去藏之名山，却要随时发表，虽然很有流弊，但大概是难以杜绝的罢。）

《红楼梦》中的小悲剧，是社会上常有的事，作者又是比较的敢于实写的，而那结果也并不坏。无论贾氏家业再振，兰桂齐芳，即宝玉自己，也成了个披大红猩猩毡斗篷的和尚。和尚多矣，但披这样阔斗篷的能有几个，已经是"入圣超凡"无疑了。至于别的人们，则早在册子里一一注定，末路不过是一个归结：是问题的结束，不是问题的开头。读者即小有不安，也终于奈何不得。然而后来或续或改，非借尸还魂，即冥中另配，必令"生旦当场团圆"，才肯放手者，乃是自欺欺人的瘾太大，所以看了小小骗局，还不甘心，定须闭眼胡说一通而后快。赫克尔（E. Haeckel）②说过：人和人之差，有时比类人猿和原人之差还远。我们将《红楼梦》的续作者和原作者一比较，就会承认这话大概是确实的。

"作善降祥"的古训，六朝人本已有些怀疑了，他们作墓志，竟会说"积善不报，终自欺人"的话。但后来的昏人，却又瞒起来。元刘信将三岁痴儿抛入醮纸火盆，妄希福祐，是见于《元典章》的；剧本《小张屠焚儿救母》却道是为母延命，命得延，儿亦不死了。一女愿侍痼疾之夫，《醒世恒言》中还说终于一同自杀的；后来改作的却道是有蛇坠入药罐里，丈夫服后便全愈了。凡有缺陷，一经作者粉饰，后半便大抵改观，使读者落诬妄中，

---

① 木板：同"木版"。
② 赫克尔（E. Haeckel）：通译海克尔，德国生物学家。

以为世间委实尽够光明,谁有不幸,便是自作,自受。

有时遇到彰明的史实,瞒不下,如关羽岳飞的被杀,便只好别设骗局了。一是前世已造夙因,如岳飞;一是死后使他成神,如关羽。定命不可逃,成神的善报更满人意,所以杀人者不足责,被杀者也不足悲,冥冥中自有安排,使他们各得其所,正不必别人来费力了。

中国人的不敢正视各方面,用瞒和骗,造出奇妙的逃路来,而自以为正路。在这路上,就证明着国民性的怯弱,懒惰,而又巧滑。一天一天的满足着,即一天一天的堕落着,但却又觉得日见其光荣。在事实上,亡国一次,即添加几个殉难的忠臣,后来每不想光复旧物,而只去赞美那几个忠臣;遭劫一次,即造成一群不辱的烈女,事过之后,也每每不思惩凶,自卫,却只顾歌咏那一群烈女。仿佛亡国遭劫的事,反而给中国人发挥"两间正气"的机会,增高价值,即在此一举,应该一任其至,不足忧悲似的。自然,此上也无可为,因为我们已经借死人获得最上的光荣了。沪汉烈士的追悼会中,活的人们在一块很可景仰的高大的木主下互相打骂,也就是和我们的先辈走着同一的路。

文艺是国民精神所发的火光,同时也是引导国民精神的前途的灯火。这是互为因果的,正如麻油从芝麻榨出,但以浸芝麻,就使它更油。倘以油为上,就不必说;否则,当掺入别的东西,或水或硷去。中国人向来因为不敢正视人生,只好瞒和骗,由此也生出瞒和骗的文艺来,由这文艺,更令中国人更深地陷入瞒和骗的大泽中,甚而至于已经自己不觉得。世界日日改变,我们的作家取下假面,真诚地,深入地,大胆地看取人生并且写出他的血和肉来的时候早到了;早就应该有一片崭新的文场,早就应该有几个凶猛的闯将!

现在,气象似乎一变,到处听不见歌吟花月的声音了,代之而起的是铁和血的赞颂。然而倘以欺瞒的心,用欺瞒的嘴,则无论说 A 和 O,或 Y 和 Z,一样是虚假的;只可以吓哑了先前鄙薄花月的所谓批评家的嘴,满足地以为中国就要中兴。可怜他在"爱国"的大帽子底下又闭上了眼睛了——或者本来就闭着。

没有冲破一切传统思想和手法的闯将,中国是不会有真的新文艺的。

一九二五年七月二十二日。

从胡须说到牙齿

1

一翻《呐喊》，才又记得我曾在中华民国九年双十节的前几天做过一篇《头发的故事》；去年，距今快要一整年了罢，那时是《语丝》出世未久，我又曾为它写了一篇《说胡须》。实在似乎很有些章士钊之所谓"每况愈下"了，——自然，这一句成语，也并不是章士钊首先用错的，但因为他既以擅长旧学自居，我又正在给①他打官司，所以就栽在他身上。当时就听说，——或者也是时行的"流言"，——一位北京大学的名教授就愤慨过，以为从胡须说起，一直说下去，将来就要说到屁股，则于是乎便和上海的《晶报》一样了。为什么呢？这须是熟精今典的人们才知道，后进的"束发小生"② 是不容易了然的。因为《晶报》上曾经登过一篇《太阳晒屁股赋》，屁股和胡须又都是人身的一部分，既说此部，即难免不说彼部，正如看见洗脸的人，敏捷而聪明的学者即能推见他一直洗下去，将来一定要洗到屁股。所以有志于做 gentleman③ 者，为防微杜渐起见，应该在背后给一顿奚落

---

① 给：疑为"跟"。
② 此处是章士钊轻视青年学生的话。
③ gentleman：英语，意思是绅士。

的。——如果说此外还有深意，那我可不得而知了。

昔者窃闻之：欧美的文明人讳言下体以及和下体略有渊源的事物。假如以生殖器为中心而画一正圆形，则凡在圆周以内者均在讳言之列；而圆之半径，则美国者大于英。中国的下等人，是不讳言的；古之上等人似乎也不讳，所以虽是公子而可以名为黑臀①。讳之始，不知在什么时候；而将英美的半径放大，直至于口鼻之间或更在其上，则昉②于一千九百二十四年秋。

文人墨客大概是感性太锐敏了之故罢，向来就很娇气，什么也给他说不得，见不得，听不得，想不得。道学先生于是乎从而禁之，虽然很像背道而驰，其实倒是心心相印。然而他们还是一看见堂客的手帕或者姨太太的荒冢就要做诗。我现在虽然也弄弄笔墨做做白话文，但才气却仿佛早经注定是该在"水平线"之下似的，所以看见手帕或荒冢之类，倒无动于中；只记得在解剖室里第一次要在女性的尸体上动刀的时候，可似乎略有做诗之意，——但是，不过"之意"而已，并没有诗，读者幸勿误会，以为我有诗集将要精装行世，传之其人，先在此预告。后来，也就连"之意"都没有了，大约是因为见惯了的缘故罢，正如下等人的说惯一样。否则，也许现在不但不敢说胡须，而且简直非"人之初性本善论"或"天地玄黄赋"便不屑做。遥想土耳其革命后，撕去女人的面幕，是多么下等的事？呜呼，她们已将嘴巴露出，将来一定要光着屁股走路了！

---

① 黑臀：春秋时晋成公的名字，见《国语·周语》。
② 昉：起始。读作 fǎng。

2

　　虽然有人数我为"无病呻吟"党之一,但我以为自家有病自家知,旁人大概是不很能够明白底细的。倘没有病,谁来呻吟?如果竟要呻吟,那就已经有了呻吟病了,无法可医。——但模仿自然又是例外。即如自胡须直至屁股等辈,倘使相安无事,谁爱去纪念他们;我们平居无事时,从不想到自己的头,手,脚以至脚底心。待到慨然于"头颅谁斫"①,"髀肉(又说下去了,尚希绅士淑女恕之)复生"的时候,是早已别有缘故的了,所以,"呻吟"。而批评家们曰:"无病"。我实在艳羡他们的健康。

　　譬如腋下和胯间的毫毛,向来不很肇祸,所以也没有人引为题目,来呻吟一通。头发便不然了,不但白发数茎,能使老先生揽镜慨然,赶紧拔去;清初还因此杀了许多人。民国既经成立,辫子总算剪定了,即使保不定将来要翻出怎样的花样来,但目下总不妨说是已经告一段落。于是我对于自己的头发,也就淡然若忘,而况女子应否剪发的问题呢,因为我并不预备制造桂花油或贩卖烫剪;事不干己,是无所容心于其间的。但到民国九年,寄住在我的寓里的一位小姐考进高等女子师范学校去了,而她是剪了头发的,再没有法可梳盘龙髻或 S 髻。到这时,我才知道虽然已是民国九年,而有些人之嫉视剪发的女子,竟和清朝末年之嫉视剪发的男子相同;校长 M 先生②虽被天夺其魄,自己的头顶秃到近乎精光了,却偏以为女子的头发可系千钧,示意要她留起。设法去

---

① "头颅谁斫":据《资治通鉴》卷一八五记载,隋炀帝政局不稳定之时曾"引镜自照,顾谓萧后曰:'好头颈,谁当斫之?'"

② M 先生:指毛邦伟。

疏通了几回,没有效,连我也听得麻烦起来,于是乎"感慨系之矣"了,随口呻吟了一篇《头发的故事》。但是,不知怎的,她后来竟居然并不留长,现在还是蓬蓬松松的在北京道上走。

本来,也可以无须说下去了,然而连胡须样式都不自由,也是我平生的一件感愤,要时时想到的。胡须的有无,式样,长短,我以为除了直接受着影响的人以外,是毫无容喙的权利和义务的,而有些人们偏要越俎代谋,说些无聊的废话,这真和女子非梳头不可的教育,"奇装异服"者要抓进警厅去办罪的政治一样离奇。要人没有反拨,总须不加刺激;乡下人捉进知县衙门去,打完屁股之后,叩一个头道:"谢大老爷!"这情形是特异的中国民族所特有的。

不料恰恰一周年,我的牙齿又发生问题了,这当然就要说牙齿。这回虽然并非说下去,而是说进去,但牙齿之后是咽喉,下面是食道,胃,大小肠,直肠,和吃饭很有相关,仍将为大雅所不齿;更何况直肠的邻近还有膀胱呢,呜呼!

3

中华民国十四年十月二十七日,即夏历之重九,国民因为主张关税自主,游行示威了。但巡警却断绝交通,至于发生冲突,据说两面"互有死伤"。次日,几种报章(《社会日报》,《世界日报》,《舆论报》,《益世报》,《顺天时报》等)的新闻中就有这样的话:

> 学生被打伤者,有吴兴身(第一英文学校),头部刀伤甚重……周树人(北大教员)齿受伤,脱门牙二。其他尚未

接有报告。……

这样还不够,第二天,《社会日报》,《舆论报》,《黄报》,《顺天时报》又道:

……游行群众方面,北大教授周树人(即鲁迅)门牙确落二个。……

舆论也好,指导社会机关也好,"确"也好,不确也好,我是没有修书更正的闲情别致的。但被害苦的是先有许多学生们,次日我到L学校①去上课,缺席的学生就有二十余,他们想不至于因为我被打落门牙,即以为讲义也跌了价的,大概是预料我一定请病假。还有几个尝见和未见的朋友,或则面问,或则函问;尤其是朋其君,先行肉薄中央医院,不得,又到我的家里,目睹门牙无恙,这才重回东城,而"昊天不吊",竟刮起大风来了。

假使我真被打落两个门牙,倒也大可以略平"整顿学风"者和其党徒之气罢;或者算是说了胡须的报应,——因为有说下去之嫌,所以该得报应,——依博爱家言,本来也未始不是一举两得的事。但可惜那一天我竟不在场。我之所以不到场者,并非遵了胡适教授的指示在研究室里用功,也不是从了江绍原教授的忠告在推敲作品,更不是依着易卜生博士的遗训正在"救出自己";惭愧我全没有做那些大工作,从实招供起来,不过是整天躺在窗下的床上而已。为什么呢?曰:生些小病,非有他也。

然而我的门牙,却是"确落二个"的。

---

① L学校:指北京黎明中学。

4

　　这也是自家有病自家知的一例,如果牙齿健全的,决不会知道牙痛的人的苦楚,只见他歪着嘴角吸风,模样着实可笑。自从盘古开辟天地以来,中国就未曾发明过一种止牙痛的好方法,现在虽然很有些什么"西法镶牙补眼"的了,但大概不过学了一点皮毛,连消毒去腐的粗浅道理也不明白。以北京而论,以中国自家的牙医而论,只有几个留美出身的博士是好的,但是,yes,贵不可言。至于穷乡僻壤,却连皮毛家也没有,倘使不幸而牙痛,又不安本分而想医好,怕只好去即求城隍土地爷爷罢。

　　我从小就是牙痛党之一,并非故意和牙齿不痛的正人君子们立异,实在是"欲罢不能"。听说牙齿的性质的好坏,也有遗传的,那么,这就是我的父亲赏给我的一份遗产,因为他牙齿也很坏。于是或蛀,或破,……终于牙龈上出血了,无法收拾;住的又是小城,并无牙医。那时也想不到天下有所谓"西法……"也者,惟有《验方新编》是惟一的救星;然而试尽"验方"都不验。后来,一个善士传给我一个秘方:择日将栗子风干,日日食之,神效。应择那一日,现在已经忘却了,好在这秘方的结果不过是吃栗子,随时可以风干的,我们也无须再费神去查考。自此之后,我才正式看中医,服汤药,可惜中医仿佛也束手了,据说这是叫"牙损",难治得很呢。还记得有一天一个长辈斥责我,说,因为不自爱,所以会生这病的;医生能有什么法?我不解,但从此不再向人提起牙齿的事了,似乎这病是我的一件耻辱。如此者久而久之,直至我到日本的长崎,再去寻牙医,他给我刮去了牙后面的所谓"齿垩",这才不再出血了,化去的医费是两元,时间是约一小时以内。

我后来也看看中国的医药书，忽而发见触目惊心的学说了。它说，齿是属于肾的，"牙损"的原因是"阴亏"。我这才顿然悟出先前的所以得到申斥的原因来，原来是它们在这里这样诬陷我。到现在，即使有人说中医怎样可靠，单方怎样灵，我还都不信。自然，其中大半是因为他们耽误了我的父亲的病的缘故罢，但怕也很挟带些切肤之痛的自己的私怨。

事情还很多哩，假使我有 Victor Hugo① 先生的文才，也许因此可以写出一部《Les Misérables》② 的续集。然而岂但没有而已么，遭难的又是自家的牙齿，向人分送自己的冤单，是不大合式的，虽然所有文章，几乎十之九是自身的暗中的辩护。现在还不如迈开大步一跳，一径来说"门牙确落二个"的事罢：

袁世凯也如一切儒者一样，最主张尊孔。做了离奇的古衣冠，盛行祭孔的时候，大概是要做皇帝以前的一两年。自此以来，相承不废，但也因秉政者的变换，仪式上，尤其是行礼之状有些不同：大概自以为维新者出则西装而鞠躬，尊古者兴则古装而顿首。我曾经是教育部的佥事，因为"区区"，所以还不入鞠躬或顿首之列的；但届春秋二祭，仍不免要被派去做执事。执事者，将所谓"帛"或"爵"递给鞠躬或顿首之诸公的听差之谓也。民国十一年秋，我"执事"后坐车回寓去，既是北京，又是秋，又是清早，天气很冷，所以我穿着厚外套，带了手套的手是插在衣袋里的。那车夫，我相信他是因为瞌睡，胡涂，决非章士

---

① Victor Hugo：维克多·雨果（1802—1885），法国著名作家，著有《巴黎圣母院》《悲惨世界》等。

②《Les Misérables》：《悲惨世界》。

钊党；但他却在中途用了所谓"非常处分"，以"迅雷不及掩耳之手段"，自己跌倒了，并将我从车上摔出。我手在袋里，来不及抵按，结果便自然只好和地母接吻，以门牙为牺牲了。于是无门牙而讲书者半年，补好于十二年之夏，所以现在使朋其君一见放心，释然回去的两个，其实却是假的。

5

孔二先生①说，"虽有周公之才之美，使骄且吝，其余不足观也矣。"这话，我确是曾经读过的，也十分佩服。所以如果打落了两个门牙，借此能给若干人们从旁快意，"痛快"，倒也毫无吝惜之心。而无如门牙，只有这几个，而且早经脱落何？但是将前事拉成今事，却也是不甚愿意的事，因为有些事情，我还要说真实，便只好将别人的"流言"抹杀了，虽然这大抵也以有利于己，至少是无损于己者为限。准此，我便顺手又要将章士钊的将后事拉成前事的胡涂账揭出来。

又是章士钊。我之遇到这个姓名而摇头，实在由来已久；但是，先前总算是为"公"，现在却像憎恶中医一样，仿佛也挟带一点私怨了，因为他"无故"将我免了官，所以，在先已经说过：我正在给他打官司。近来看见他的古文的答辩书了，很斤斤于"无故"之辩，其中有一段：

……又该伪校务维持会擅举该员为委员，该员又不声明否认，显系有意抗阻本部行政，既情理之所难容，亦法律之所不许。……不得已于八月十二日，呈请执政将周树人免

---

① 孔二先生：即孔子。

职,十三日由执政明令照准……

于是乎我也"之乎者也"地驳掉他:

> 查校务维持会公举树人为委员,系在八月十三日,而该总长呈请免职,据称在十二日。岂先预知将举树人为委员而先为免职之罪名耶?……

其实,那些什么"答辩书"也不过是中国的胡牵乱扯的照例的成法,章士钊未必一定如此胡涂;假使真只胡涂,倒还不失为胡涂人,但他是知道舞文玩法的。他自己说过:"挽①近政治。内包甚复。一端之起。其真意往往难于迹象求之。执法抗争,不过迹象间事。……"所以倘若事不干己,则与其听他说政法,谈逻辑,实在远不如看《太阳晒屁股赋》,因为欺人之意,这些赋里倒没有的。

离题愈说愈远了:这并不是我的身体的一部分。现在即此收住,将来说到那里,且看民国十五年秋罢。

一九二五年十月三十日。

---

① 挽:通"晚"。

华盖集

青年必读书

——应《京报副刊》的征求

青年必读书	从来没有留心过,所以现在说不出。
附 注	但我要趁这机会,略说自己的经验,以供若干读者的参考—— 　　我看中国书时,总觉得就沉静下去,与（现）实人生离开；读外国书——但除了印度——时,往往就与人生接触,想做点事。 　　中国书虽有劝人入世的话,也多是僵尸的乐观；外国书即使是颓唐和厌世的,但却是活人的颓唐和厌世。 　　我以为要少——或者竟不——看中国书,多看外国书。 　　少看中国书,其结果不过不能作文而已。但现在的青年最要紧的是"行",不是"言"。只要是活人,不能作文算什么大不了的事。 　　　　　　　　　　　　　　　　（二月十日。）

忽然想到（一至四）

一

做《内经》的不知道究竟是谁。对于人的肌肉，他确是看过，但似乎单是剥了皮略略一观，没有细考校，所以乱成一片，说是凡有肌肉都发源于手指和足趾。宋的《洗冤录》说人骨，竟至于谓男女骨数不同；老仵作之谈，也有不少胡说。然而直到现在，前者还是医家的宝典，后者还是检验的南针：这可以算得天下奇事之一。

牙痛在中国不知发端于何人？相传古人壮健，尧舜时代盖未必有；现在假定为起于二千年前罢。我幼时曾经牙痛，历试诸方，只有用细辛①者稍有效，但也不过麻痹片刻，不是对症药。至于拔牙的所谓"离骨散"，乃是理想之谈，实际上并没有。西法的牙医一到，这才根本解决了；但在中国人手里一再传，又每每只学得镶补而忘了去腐杀菌，仍复渐渐地靠不住起来。牙痛了二千年，敷敷衍衍的不想一个好方法，别人想出来了，却又不肯好好地学：这大约也可以算得天下奇事之二罢。

---

① 细辛：多年生草本植物，中医以全草入药。

康圣人①主张跪拜,以为"否则要此膝何用"。走时的腿的动作,固然不易于看得分明,但忘记了坐在椅上时候的膝的曲直,则不可谓非圣人之疏于格物也。身中间脖颈最细,古人则于此斫之,臀肉最肥,古人则于此打之,其格物都比康圣人精到,后人之爱不忍释,实非无因。所以僻县尚打小板子,去年北京戒严时亦尝恢复杀头,虽延国粹于一脉乎,而亦不可谓非天下奇事之三也!

一月十五日。

附　记

我是一个讲师,略近于教授,照江震亚先生的主张,似乎也是不当署名的。但我也曾用几个假名发表过文章,后来却有人诘责我逃避责任;况且这回又带些攻击态度,所以终于署名了。但所署的也不是真名字;但也近于真名字,仍有露出讲师马脚的弊病,无法可想,只好这样罢。又为避免纠纷起见,还得声明一句,就是:我所指摘的中国古今人,乃是一部分,别有许多很好的古今人不在内!然而这么一说,我的杂感真成了最无聊的东西了,要面面顾到,是能够这样使自己变成无价值。

二

校着《苦闷的象征》的排印样本时,想到一些琐事——

我于书的形式上有一种偏见,就是在书的开头和每个题目前后,总喜欢留些空白,所以付印的时候,一定明白地注明。但待

---

① 康圣人:此处指康有为。

排出寄来,却大抵一篇一篇挤得很紧,并不依所注的办。查看别的书,也一样,多是行行挤得极紧的。

较好的中国书和西洋书,每本前后总有一两张空白的副页,上下的天地头也很宽。而近来中国的排印的新书则大抵没有副页,天地头又都很短,想要写上一点意见或别的什么,也无地可容,翻开书来,满本是密密层层的黑字;加以油臭扑鼻,使人发生一种压迫和窘促之感,不特很少"读书之乐",且觉得仿佛人生已没有"余裕","不留余地"了。

或者也许以这样的为质朴罢。但质朴是开始的"陋",精力弥满,不惜物力的。现在的却是复归于陋,而质朴的精神已失,所以只能算窳败,算堕落,也就是常谈之所谓"因陋就简"。在这样"不留余地"空气的围绕里,人们的精神大抵要被挤小的。

外国的平易地讲述学术文艺的书,往往夹杂些闲话或笑谈,使文章增添活气,读者感到格外的兴趣,不易于疲倦。但中国的有些译本,却将这些删去,单留下艰难的讲学语,使他复近于教科书。这正如折花者;除尽枝叶,单留花朵,折花固然是折花,然而花枝的活气却灭尽了。人们到了失去余裕心,或不自觉地满抱了不留余地心时,这民族的将来恐怕就可虑。上述的那两样,固然是比牛毛还细小的事,但究竟是时代精神表现之一端,所以也可以类推到别样。例如现在器具之轻薄草率(世间误以为灵便),建筑之偷工减料,办事之敷衍一时,不要"好看",不想"持久",就都是出于同一病源的。即再用这来类推更大的事,我以为也行。

一月十七日。

三

我想,我的神经也许有些瞀乱①了。否则,那就可怕。

我觉得仿佛久没有所谓中华民国。

我觉得革命以前,我是做奴隶;革命以后不多久,就受了奴隶的骗,变成他们的奴隶了。

我觉得有许多民国国民而是民国的敌人。

我觉得有许多民国国民很像住在德法等国里的犹太人,他们的意中别有一个国度。

我觉得许多烈士的血都被人们踏灭了,然而又不是故意的。

我觉得什么都要从新做过。

退一万步说罢,我希望有人好好地做一部民国的建国史给少年看,因为我觉得民国的来源,实在已经失传了,虽然还只有十四年!

二月十二日。

四

先前,听到二十四史不过是"相斫书",是"独夫的家谱"一类的话,便以为诚然。后来自己看起来,明白了:何尝如此。

历史上都写着中国的灵魂,指示着将来的命运,只因为涂饰太厚,废话太多,所以很不容易察出底细来。正如通过密叶投射

---

① 瞀乱:昏乱,指精神错乱。瞀,读作 mào。

在莓苔上面的月光,只看见点点的碎影。但如看野史和杂记,可更容易了然了,因为他们究竟不必太摆史官的架子。

秦汉远了,和现在的情形相差已多,且不道。元人著作寥寥。至于唐宋明的杂史之类,则现在多有。试将记五代,南宋,明末的事情的,和现今的状况一比较,就当惊心动魄于何其相似之甚,仿佛时间的流驶①,独与我们中国无关。现在的中华民国也还是五代,是宋末,是明季。

以明末例现在,则中国的情形还可以更腐败,更破烂,更凶酷,更残虐,现在还不算达到极点。但明末的腐败破烂也还未达到极点,因为李自成张献忠闹起来了。而张李的凶酷残虐也还未达到极点,因为满洲兵进来了。

难道所谓国民性者,真是这样地难于改变的么?倘如此,将来的命运便大略可想了,也还是一句烂熟的话:古已有之。

伶俐人实在伶俐,所以,决不攻难古人,摇动古例的。古人做过的事,无论什么,今人也都会做出来。而辩护古人,也就是辩护自己。况且我们是神州华胄,敢不"绳其祖武"②么?

幸而谁也不敢十分决定说:国民性是决不会改变的。在这"不可知"中,虽可有破例——即其情形为从来所未有——的灭亡的恐怖,也可以有破例的复生的希望,这或者可作改革者的一点慰藉罢。

但这一点慰藉,也会勾消在许多自诩古文明者流的笔上,淹死在许多诬告新文明者流的嘴上,扑灭在许多假冒新文明者流的言动上,因为相似的老例,也是"古已有之"的。

---

① 流驶:犹"流逝"。
② 绳其祖武:踏着祖先的足迹继续前进,比喻继承祖业。绳,继续。武,足迹。

其实这些人是一类，都是伶俐人，也都明白，中国虽完，自己的精神是不会苦的，——因为都能变出合式的态度来。

倘有不信，请看清朝的汉人所做的颂扬武功的文章去，开口"大兵"，闭口"我军"，你能料得到被这"大兵""我军"所败的就是汉人的么？你将以为汉人带了兵将别的一种什么野蛮腐败民族歼灭了。

然而这一流人是永远胜利的，大约也将永久存在。在中国，惟他们最适于生存，而他们生存着的时候，中国便永远免不掉反复着先前的运命。

"地大物博，人口众多"，用了这许多好材料，难道竟不过老是演一出轮回把戏而已么？

二月十六日。

牺牲谟①
——"鬼画符"失敬失敬章第十三

"阿呀阿呀,失敬失敬!原来我们还是同志。我开初疑心你是一个乞丐,心里想:好好的一个汉子,又不衰老,又非残疾,为什么不去做工,读书的?所以就不免露出'责备贤者'的神色来,请你不要见气,我们的心实在太坦白了,什么也藏不住,哈哈!可是,同志,你也似乎太……。

"哦哦!你什么都牺牲了?可敬可敬!我最佩服的就是什么都牺牲,为同胞,为国家。我向来一心要做的也就是这件事。你不要看得我外观阔绰,我为的是要到各处去宣传。社会还太势利,如果像你似的只剩一条破裤,谁肯来相信你呢?所以我只得打扮起来,宁可人们说闲话,我自己总是问心无愧。正如'禹入裸国亦裸而游'一样,要改良社会,不得不然,别人那里会懂得我们的苦心孤诣。但是,朋友,你怎么竟奄奄一息到这地步了?

"哦哦!已经九天没有吃饭?!这真是清高得很哪!我只好五体投地。看你虽然怕要支持不下去,但是——你在历史上一定成名,可贺之至哪!现在什么'欧化''美化'的邪说横行,人们的眼睛只看见物质,所缺的就是你老兄似的模范人物。你瞧,最

---

① 本篇最初发表于一九二五年三月十六日《语丝》周刊第十八期。谟,谋划的意思。

高学府的教员们，也居然一面教书，一面要起钱来，他们只知道物质，中了物质的毒了。难得你老兄以身作则，给他们一个好榜样看，这于世道人心，一定大有裨益的。你想，现在不是还嚷着什么教育普及么？教育普及起来，要有多少教员；如果都像他们似的定要吃饭，在这四郊多垒时候，那里来这许多饭？像你这样清高，真是浊世中独一无二的中流砥柱：可敬可敬！你读过书没有？如果读过书，我正要创办一个大学，就请你当教务长去。其实你只要读过'四书'就好，加以这样品格，已经很够做'莘莘学子'的表率了。

"不行？没有力气？可惜可惜！足见一面为社会做牺牲，一面也该自己讲讲卫生。你于卫生可惜太不讲究了。你不要以为我的胖头胖脸是因为享用好，我其实是专靠卫生，尤其得益的是精神修养，'君子忧道不忧贫'呀！但是，我的同志，你什么都牺牲完了，究竟也大可佩服，可惜你还剩一条裤，将来在历史上也许要留下一点白璧微瑕……。

"哦哦，是的。我知道，你不说也明白：你自然连这裤子也不要，你何至于这样地不彻底；那自然，你不过还没有牺牲的机会罢了。敌人向来最赞成一切牺牲，也最乐于'成人之美'，况且我们是同志，我当然应该给你想一个完全办法，因为一个人最紧要的是'晚节'，一不小心，可就前功尽弃了！

"机会凑得真好：舍间一个小丫头，正缺一条裤……。朋友，你不要这么看我，我是最反对人身买卖的，这是最不人道的事。但是，那女人是在大旱灾时候留下的，那时我不要，她的父母就会把她卖到妓院里去。你想，这何等可怜。我留下她，正为的讲人道。况且那也不算什么人身买卖，不过我给了她父母几文，她的父母就把自己的女儿留在我家里就是了。我当初原想将她当作自己的女儿看，不，简直当作姊妹，同胞看；可恨我的贱内是旧式，说不通。你要知道旧式的女人顽固起来，真是无法可想的，我现在正在另外想点法子……。

"但是，那娃儿已经多天没有裤子了，她是灾民的女儿。我料你一定肯帮助的。我们都是'贫民之友'呵。况且你做完了这一件事情之后，就是全始全终；我保你将来铜像巍巍，高入云表，呵，一切贫民都鞠躬致敬……。

"对了，我知道你一定肯，你不说我也明白。但你此刻且不要脱下来。我不能拿了走，我这副打扮，如果手上拿一条破裤子，别人见了就要诧异，于我们的牺牲主义的宣传会有妨碍的。现在的社会还太胡涂，——你想，教员还要吃饭，——那里能懂得我们这纯洁的精神呢，一定要误解的。一经误解，社会恐怕要更加自私自利起来，你的工作也就'非徒无益而又害之'了，朋友。

"你还能勉强走几步罢？不能？这可叫人有点为难了，——那么，你该还能爬？好极了！那么，你就爬过去。你趁你还能爬的时候赶紧爬去，万不要'功亏一篑'。但你须用趾尖爬，膝髁不要太用力；裤子擦着沙石，就要更破烂，不但可怜的灾民的女儿受不着实惠，并且连你的精神都白拚了。先行脱下了也不妥当，一则太不雅观，二则恐怕巡警要干涉，还是穿着爬的好。我的朋友，我们不是外人，肯给你上当的么？舍间离这里也并不远，你向东，转北，向南，看路北有两株大槐树的红漆门就是。你一爬到，就脱下来，对号房说：这是老爷叫我送来的，交给太太收下。你一见号房，应该赶快说，否则也许将你当作一个讨饭的，会打你。唉唉，近来讨饭的太多了,他们不去做工,不去读书,单知道要饭。所以我的号房就借痛打这方法,给他们一个教训,使他们知道做乞丐是要给人痛打的,还不如去做工读书好……。

"你就去么?好好!但千万不要忘记:交代清楚了就爬开,不要停在我的屋界内。你已经九天没有吃东西了,万一出了什么事故,免不了要给我许多麻烦,我就要减少许多宝贵的光阴,不能为社会服务。我想,我们不是外人,你也决不愿意给自己的同志许多麻烦的,我这话也不过姑且说说。

"你就去罢!好,就去!本来我也可以叫一辆人力车送你去,但我知道用人代牛马来拉人,你一定不赞成的,这事多么不人道!我去了。你就动身罢。你不要这么萎靡不振,爬呀!朋友!我的同志,你快爬呀,向东呀!……"

战士和苍蝇

Schopenhauer[①]说过这样的话：要估定人的伟大，则精神上的大和体格上的大，那法则完全相反。后者距离愈远即愈小，前者却见得愈大。

正因为近则愈小，而且愈看见缺点和创伤，所以他就和我们一样，不是神道，不是妖怪，不是异兽。他仍然是人，不过如此。但也惟其如此，所以他是伟大的人。

战士战死了的时候，苍蝇们所首先发现的是他的缺点和伤痕，嘬着，营营地叫着，以为得意，以为比死了的战士更英雄。但是战士已经战死了，不再来挥去他们。于是乎苍蝇们即更其营营地叫，自以为倒是不朽的声音，因为它们的完全，远在战士之上。

的确的，谁也没有发见过苍蝇们的缺点和创伤。

然而，有缺点的战士终竟是战士，完美的苍蝇也终竟不过是苍蝇。

去罢，苍蝇们！虽然生着翅子，还能营营，总不会超过战士的。你们这些虫豸们！

三月二十一日。

[①] Schopenhauer：叔本华（1788—1860），德国哲学家，开创了非理性主义哲学的先河。

夏三虫

　　夏天近了，将有三虫：蚤，蚊，蝇。

　　假如有谁提出一个问题，问我三者之中，最爱什么，而且非爱一个不可，又不准像"青年必读书"那样的缴白卷的。我便只得回答道：跳蚤。

　　跳蚤的来吮血，虽然可恶，而一声不响地就是一口，何等直截爽快。蚊子便不然了，一针叮进皮肤，自然还可以算得有点彻底的，但当未叮之前，要哼哼地发一篇大议论，却使人觉得讨厌。如果所哼的是在说明人血应该给它充饥的理由，那可更其讨厌了，幸而我不懂。

　　野雀野鹿，一落在人手中，总时时刻刻想要逃走。其实，在山林间，上有鹰鹯①，下有虎狼，何尝比在人手里安全。为什么当初不逃到人类中来，现在却要逃到鹰鹯虎狼间去？或者，鹰鹯虎狼之于它们，正如跳蚤之于我们罢。肚子饿了，抓着就是一口，决不谈道理，弄玄虚。被吃者也无须在被吃之前，先承认自己之理应被吃，心悦诚服，誓死不二。人类，可是也颇擅长于哼哼的了，害中取小，它们的避之惟恐不速，正是绝顶聪明。

　　苍蝇嗡嗡地闹了大半天，停下来也不过舐一点油汗，倘有伤痕或疮疖，自然更占一些便宜；无论怎么好的，美的，干净的东

---

① 鹰鹯：一种猛禽。鹯，读作 zhān。

西,又总喜欢一律拉上一点蝇矢。但因为只舐一点油汗,只添一点腌臜,在麻木的人们还没有切肤之痛,所以也就将它放过了。中国人还不很知道它能够传播病菌,捕蝇运动大概不见得兴盛。它们的运命是长久的;还要更繁殖。

但它在好的,美的,干净的东西上拉了蝇矢之后,似乎还不至于欣欣然反过来嘲笑这东西的不洁;总要算还有一点道德的。

古今君子,每以禽兽斥人,殊不知便是昆虫,值得师法的地方也多着哪。

四月四日。

忽然想到（五至六）

五

我生得太早一点，连康有为们"公车上书"的时候，已经颇有些年纪了。政变之后，有族中的所谓长辈也者教诲我，说：康有为是想篡位，所以他的名字叫有为；有者，"富有天下"，为者，"贵为天子"也。非图谋不轨而何？我想：诚然。可恶得很！

长辈的训诲于我是这样的有力，所以我也很遵从读书人家的家教。屏息低头，毫不敢轻举妄动。两眼下视黄泉，看天就是傲慢；满脸装出死相，说笑就是放肆。我自然以为极应该的，但有时心里也发生一点反抗。心的反抗，那时还不算什么犯罪，似乎诛心之律，倒不及现在之严。

但这心的反抗，也还是大人们引坏的，因为他们自己就常常随便大说大笑，而单是禁止孩子。黔首①们看见秦始皇那么阔气，捣乱的项羽道："彼可取而代也！"没出息的刘邦却说："大丈夫不当如是耶？"我是没出息的一流，因为羡慕他们的随意说笑，就很希望赶忙变成大人，——虽然此外也还有别种的原因。

大丈夫不当如是耶，在我，无非只想不再装死而已，欲望也

---

① 黔首：秦朝对民众的称呼。

并不甚奢。

现在，可喜我已经大了，这大概是谁也不能否认的罢，无论用了怎样古怪的"逻辑"。

我于是就抛了死相，放心说笑起来，而不意立刻又碰了正经人的钉子：说是使他们"失望"了。我自然是知道的，先前是老人们的世界，现在是少年们的世界了；但竟不料治世的人们虽异，而其禁止说笑也则同。那么，我的死相也还得装下去，装下去，"死而后已"，岂不痛哉！

我于是又恨我生得太迟一点。何不早二十年，赶上那大人还准说笑的时候？真是"我生不辰"，正当可诅咒的时候，活在可诅咒的地方了。

约翰弥耳[①]说：专制使人们变成冷嘲。我们却天下太平，连冷嘲也没有。我想：暴君的专制使人们变成冷嘲，愚民的专制使人们变成死相。大家渐渐死下去，而自己反以为卫道有效，这才渐近于正经的活人。

世上如果还有真要活下去的人们，就先该敢说，敢笑，敢哭，敢怒，敢骂，敢打，在这可诅咒的地方击退了可诅咒的时代！

四月十四日。

[①] 约翰弥耳：通译为约翰·穆勒。英国著名哲学家、心理学家、经济学家。著有《论自由》《逻辑体系》等。

六

外国的考古学者们联翩而至了①。

久矣夫,中国的学者们也早已口口声声的叫着"保古!保古!保古!……"

但是不能革新的人种,也不能保古的。

所以,外国的考古学者们便联翩而至了。

长城久成废物,弱水也似乎不过是理想上的东西。老大的国民尽钻在僵硬的传统里,不肯变革,衰朽到毫无精力了,还要自相残杀。于是外面的生力军很容易地进来了,真是"匪今斯今,振古如兹"②。至于他们的历史,那自然都没我们的那么古。

可是我们的古也就难保,因为土地先已危险而不安全。土地给了别人,则"国宝"虽多,我觉得实在也无处陈列。

但保古家还在痛骂革新,力保旧物地干:用玻璃板印些宋版书,每部定价几十几百元;"涅槃!涅槃!涅槃!"佛自汉时已入中国,其古色古香为何如哉!买集些旧书和金石,是钖古爱国之士,略作考证,赶印目录,就升为学者或高人。而外国人所得的古董,却每从高人的高尚的袖底里共清风一同流出。即不然,归安陆氏的皕宋,潍县陈氏的十钟,其子孙尚能世守否?

现在,外国的考古学者们便联翩而至了。

他们活有余力,则以考古,但考古尚可,帮同保古就更可怕了。有些外人,很希望中国永是一个大古董以供他们的赏鉴,这

---

① 此处指英国人斯坦因、法国人伯希等外国考古学家盗运中国文物的事。
② 语出《诗经·周颂·载芟》。意为:不是今天才如此,自古以来就如此。

虽然可恶，却还不奇，因为他们究竟是外人。而中国竟也有自己还不够，并且要率领了少年，赤子，共成一个大古董以供他们的赏鉴者，则真不知是生着怎样的心肝。

中国废止读经了，教会学校不是还请腐儒做先生，教学生读"四书"么？民国废去跪拜了，犹太学校不是偏请遗老做先生，要学生磕头拜寿么？外国人办给中国人看的报纸，不是最反对五四以来的小改革么？而外国总主笔治下的中国小主笔，则倒是崇拜道学，保存国粹的！

但是，无论如何，不革新，是生存也为难的，而况保古。现状就是铁证，比保古家的万言书有力得多。

我们目下的当务之急，是：一要生存，二要温饱，三要发展。苟有阻碍这前途者，无论是古是今，是人是鬼，是《三坟》《五典》，百宋千元①，天球河图②，金人玉佛，祖传丸散，秘制膏丹，全都踏倒他。

保古家大概总读过古书，"林回弃千金之璧，负赤子而趋"，该不能说是禽兽行为罢。那么，弃赤子而抱千金之璧的是什么？

四月十八日。

---

① 百宋千元：泛指中国古代的图书典籍。
② 天球河图：二者皆为祥瑞之物。天球，相传为古雍州所产的一种美玉。河图，相传伏羲时期龙马从黄河中负出的图。

北京通信

蕴儒,培良两兄:

　　昨天收到两份《豫报》,使我非常快活,尤其是见了那《副刊》。因为它那蓬勃的朝气,实在是在我先前的豫想以上。你想:从有着很古的历史的中州,传来了青年的声音,仿佛在豫告这古国将要复活,这是一件如何可喜的事呢?

　　倘使我有这力量,我自然极愿意有所贡献于河南的青年。但不幸我竟力不从心,因为我自己也正站在歧路上,——或者,说得较有希望些:站在十字路口。站在歧路上是几乎难于举足,站在十字路口,是可走的道路很多。我自己,是什么也不怕的,生命是我自己的东西,所以我不妨大步走去,向着我自以为可以走去的路;即使前面是深渊,荆棘,狭谷,火坑,都由我自己负责。然而向青年说话可就难了,如果盲人瞎马,引入危途,我就该得谋杀许多人命的罪孽。

　　所以,我终于还不想劝青年一同走我所走的路;我们的年龄,境遇,都不相同,思想的归宿大概总不能一致的罢。但倘若一定要问我青年应当向怎样的目标,那么,我只可以说出我为别人设计的话,就是:一要生存,二要温饱,三要发展。有敢来阻碍这三事者,无论是谁,我们都反抗他,扑灭他!

　　可是还得附加几句话以免误解,就是:我之所谓生存,并不是苟活；所谓温饱，并不是奢侈；所谓发展，也不是放纵。

中国古来，一向是最注重于生存的，什么"知命者不立乎岩墙之下"①咧，什么"千金之子坐不垂堂"咧，什么"身体发肤受之父母不敢毁伤"咧，竟有父母愿意儿子吸鸦片的，一吸，他就不至于到外面去，有倾家荡产之虞了。可是这一流人家，家业也决不能长保，因为这是苟活。苟活就是活不下去的初步，所以到后来，他就活不下去了。意图生存，而太卑怯，结果就得死亡。以中国古训中教人苟活的格言如此之多，而中国人偏多死亡，外族偏多侵入，结果适得其反，可见我们蔑弃古训，是刻不容缓的了。这实在是无可奈何，因为我们要生活，而且不是苟活的缘故。

中国人虽然想了各种苟活的理想乡，可惜终于没有实现。但我却替他们发见了，你们大概知道的罢，就是北京的第一监狱。这监狱在宣武门外的空地里，不怕邻家的火灾；每日两餐，不虑冻馁；起居有定，不会伤生；构造坚固，不会倒塌；禁卒管着，不会再犯罪；强盗是决不会来抢的。住在里面，何等安全，真真是"千金之子坐不垂堂"了。但阙少的就有一件事：自由。

古训所教的就是这样的生活法，教人不要动。不动，失错当然就较少了，但不活的岩石泥沙，失错不是更少么？我以为人类为向上，即发展起见，应该活动，活动而有若干失错，也不要紧。惟独半死半生的苟活，是全盘失错的。因为他挂了生活的招牌，其实却引人到死路上去！

我想，我们总得将青年从牢狱里引出来，路上的危险，当然

---

① 这里的意思是说：知道自己的命运的人不置身于快要倾塌的墙下（以免被掉落的瓦片砸中）。

是有的，但这是求生的偶然的危险，无从逃避。想逃避，就须度那古人所希求的第一监狱式生活了，可是真在第一监狱里的犯人，都想早些释放，虽然外面并不比狱里安全。

北京暖和起来了；我的院子里种了几株丁香，活了；还有两株榆叶梅，至今还未发芽，不知道他是否活着。

昨天闹了一个小乱子①，许多学生被打伤了；听说还有死的，我不知道确否。其实，只要听他们开会，结果不过是开会而已，因为加了强力的迫压，遂闹出开会以上的事来。俄国的革命，不就是从这样的路径出发的么？

夜深了，就此搁笔，后来再谈罢。

鲁迅。五月八日夜。

---

① 此处指北京学生纪念国耻的集会遭到镇压一事。

导　师

近来很通行说青年；开口青年，闭口也是青年。但青年又何能一概而论？有醒着的，有睡着的，有昏着的，有躺着的，有玩着的，此外还多。但是，自然也有要前进的。

要前进的青年们大抵想寻求一个导师。然而我敢说：他们将永远寻不到。寻不到倒是运气；自知的谢不敏，自许的果真识路么？凡自以为识路者，总过了"而立"之年，灰色可掬了，老态可掬了，圆稳而已，自己却误以为识路。假如真识路，自己就早进向他的目标，何至于还在做导师。说佛法的和尚，卖仙药的道士，将来都与白骨是"一丘之貉"，人们现在却向他听生西的大法，求上升的真传，岂不可笑！

但是我并非敢将这些人一切抹杀；和他们随便谈谈，是可以的。说话的也不过能说话，弄笔的也不过能弄笔；别人如果希望他打拳，则是自己错。他如果能打拳，早已打拳了，但那时，别人大概又要希望他翻筋斗。

有些青年似乎也觉悟了，我记得《京报副刊》征求青年必读书时，曾有一位发过牢骚，终于说：只有自己可靠！我现在还想斗胆转一句，虽然有些杀风景，就是：自己也未必可靠的。

我们都不大有记性。这也无怪，人生苦痛的事太多了，尤其是在中国。记性好的，大概都被厚重的苦痛压死了；只有记性坏的,适者生存,还能欣然活着。但我们究竟还有一点记忆,回想起来,怎样的"今是昨非"呵,怎样的"口是心非"呵,怎样的"今日之我与昨日之我战"呵。我们还没有正在饿得要死时于无人处见别人的饭,正在穷得要死时于无人处见别人的钱,正在性欲旺盛时遇见异性,而且很美的。我想,大话不宜讲得太早,否则,倘有记性,将来想到时会脸红。

或者还是知道自己之不甚可靠者,倒较为可靠罢。

青年又何须寻那挂着金字招牌的导师呢?不如寻朋友,联合起来,同向着似乎可以生存的方向走。你们所多的是生力,遇见深林,可以辟成平地的,遇见旷野,可以栽种树木的,遇见沙漠,可以开掘井泉的。问什么荆棘塞途的老路,寻什么乌烟瘴气的鸟导师!

　　　　　　　　　　　　　　　　五月十一日。

忽然想到（七至九）

七

  大约是送报人忙不过来了，昨天不见报，今天才给补到，但是奇怪，正张上已经剪去了两小块；幸而副刊是完全的。那上面有一篇武者君的《温良》，又使我记起往事，我记得确曾用了这样一个糖衣的毒刺赠送过我的同学们。现在武者君也在大道上发见了两样东西了：凶兽和羊。但我以为这不过发见了一部分，因为大道上的东西还没有这样简单，还得附加一句，是：凶兽样的羊，羊样的凶兽。

  他们是羊，同时也是凶兽；但遇见比他更凶的凶兽时便现羊样，遇见比他更弱的羊时便现凶兽样，因此，武者君误认为两样东西了。

  我还记得第一次五四以后，军警们很客气地只用枪托，乱打那手无寸铁的教员和学生，威武到很像一队铁骑在苗田上驰骋；学生们则惊叫奔避，正如遇见虎狼的羊群。但是，当学生们成了大群，袭击他们的敌人时，不是遇见孩子也要推他摔几个觔斗①么？在学校里，不是还唾骂敌人的儿子，使他非逃回家去不可

---

① 觔斗：跟头。觔，同"筋"。

么？这和古代暴君的灭族的意见，有什么区分！

　　我还记得中国的女人是怎样被压制，有时简直并羊而不如。现在托了洋鬼子学说的福，似乎有些解放了。但她一得到可以逞威的地位如校长之类，不就雇用了"掠袖擦掌"的打手似的男人，来威吓毫无武力的同性的学生们么？不是利用了外面正有别的学潮的时候，和一些狐群狗党趁势来开除她私意所不喜的学生们么？① 而几个在"男尊女卑"的社会生长的男人们，此时却在异性的饭碗化身的面前摇尾，简直并羊而不如。羊，诚然是弱的，但还不至于如此，我敢给我所敬爱的羊们保证！

　　但是，在黄金世界还未到来之前，人们恐怕总不免同时含有这两种性质，只看发现时候的情形怎样，就显出勇敢和卑怯的大区别来。可惜中国人但对于羊显凶兽相，而对于凶兽则显羊相，所以即使显着凶兽相，也还是卑怯的国民。这样下去，一定要完结的。

　　我想，要中国得救，也不必添什么东西进去，只要青年们将这两种性质的古传用法，反过来一用就够了：对手如凶兽时就如凶兽，对手如羊时就如羊！

　　那么，无论什么魔鬼，就都只能回到他自己的地狱里去。

五月十日。

---

① 此处指女师大风潮。

八

五月十二日《京报》的"显微镜"下有这样的一条——

> 某学究见某报上载教育总长"章士钉"五七呈文①，愀然曰："名字怪僻如此，非圣人之徒也，岂能为吾侪②卫古文之道者乎！"

因此想起中国有几个字，不但在白话文中，就是在文言文中也几乎不用。其一是这误印为"钉"的"钊"字，还有一个是"淦"字，大概只在人名里还有留遗。我手头没有《说文解字》，钊字的解释完全不记得了，淦则仿佛是船底漏水的意思。我们现在要叙述船漏水，无论用怎样古奥的文章，大概总不至于说"淦矣"了罢，所以除了印张国淦，孙嘉淦或新淦县的新闻之外，这一粒铅字简直是废物。

至于"钊"，则化而为"钉"还不过一个小笑话；听说竟有人因此受害。曹锟做总统的时代（那时这样写法就要犯罪），要办李大钊先生，国务会议席上一个阁员说："只要看他的名字，就知道不是一个安分的人。什么名字不好取，他偏要叫李大剑？！"于是乎办定了，因为这位"大剑"先生已经用名字自己证实，是"大刀王五"③一流人。

---

① 五七呈文：指章士钊为此事给段祺瑞的呈文。
② 吾侪：我们这些人。侪，读作 chái。
③ 大刀王五：王子斌，清朝末年著名的镖客。

我在N①的学堂做学生的时候，也曾经因这"钊"字碰过几个小钉子，但自然因为我自己不"安分"。一个新的职员到校了，势派非常之大，学者似的，很傲然。可惜他不幸遇见了一个同学叫"沈钊"的，就倒了楣②，因为他叫他"沈钧"，以表白自己的不识字。于是我们一见面就讥笑他，就叫他为"沈钧"，并且由讥笑而至于相骂。两天之内，我和十多个同学就迭连记了两小过两大过，再记一小过，就要开除了。但开除在我们那个学校里并不算什么大事件，大堂上还有军令，可以将学生杀头的。做那里的校长这才威风呢，——但那时的名目却叫作"总办"的，资格又须是候补道。

假使那时也像现在似的专用高压手段，我们大概是早经"正法"，我也不会还有什么"忽然想到"的了。我不知怎的近来很有"怀古"的倾向，例如这回因为一个字，就会露出遗老似的"缅怀古昔"的口吻来。

五月十三日。

九

记得有人说过，回忆多的人们是没出息的了，因为他眷念从前，难望再有勇猛的进取；但也有说回忆是最为可喜的。前一说忘却了谁的话，后一说大概是A. France③罢，——都由他。可是

---

① 此处的"N"指南京。
② 倒了楣：倒楣同"倒霉"。遇事不顺利。
③ A. France：法国作家阿纳托尔·法朗士（1844—1924）。

他们的话也都有些道理,整理起来,研究起来,一定可以消费许多功夫;但这都听凭学者们去干去,我不想来加入这一类高尚事业了,怕的是毫无结果之前,已经"寿终正寝"。(是否真是寿终,真在正寝,自然是没有把握的,但此刻不妨写得好看一点。)我能谢绝研究文艺的酒筵,能远避开除学生的饭局,然而阎罗大王的请帖,大概是终于没法"谨谢"的,无论你怎样摆架子。好,现在是并非眷念过去,而是遥想将来了,可是一样的没出息。管他娘的,写下去——

不动笔是为要保持自己的身份,我近来才知道;可是动笔的九成九是为自己来辩护,则早就知道的了,至少,我自己就这样。所以,现在要写出来的,也不过是为自己的一封信——

FD君:

记得一年或两年之前,蒙你赐书,指摘我在《阿Q正传》中写捉拿一个无聊的阿Q而用机关枪,是太远于事理。我当时没有答复你,一则你信上不写住址,二则阿Q已经捉过,我不能再邀你去看热闹,共同证实了。

但我前几天看报章,便又记起了你。报上有一则新闻,大意是学生要到执政府去请愿,而执政府已于事前得知,东门上添了军队,西门上还摆起两架机关枪,学生不得入,终于无结果而散云。你如果还在北京,何妨远远地——愈远愈好——去望一望呢,倘使真有两架,那么,我就"振振有辞"了。

夫学生的游行和请愿,由来久矣。他们都是"郁郁乎文哉",不但绝无炸弹和手枪,并且连九节钢鞭,三尖两刃刀也没有,更何况丈八蛇矛和青龙偃月刀乎?至多,"怀中一纸书"而已,所以向来就没有闹过乱子的历史。现在可是已经架起机关枪来了,而且有两架!

但阿Q的事件却大得多了,他确曾上城偷过东西,未庄也确已出了抢案。那时又还是民国元年,那些官吏,办事自然比现在更离奇。先生!你想:这是十三年前的事呵。那时的事,我以为即使在《阿Q正传》中再给添上一混成旅①和八尊过山炮,也不至于"言过其实"的罢。

请先生不要用普通的眼光看中国。我的一个朋友从印度回来,说,那地方真古怪,每当自己走过恒河边,就觉得还要防被捉去杀掉而祭天。我在中国也时时起这一类的恐惧。普通认为 romantic 的,在中国是平常事;机关枪不装在土谷祠外,还装到那里去呢?

一九二五年五月十四日,鲁迅上。

---

① 混成旅:旧时军队中的一种编制,由步兵、炮兵、骑兵、工兵等兵种混合编成的独立旅。

"碰壁"之后

我平日常常对我的年青的同学们说：古人所谓"穷愁著书"的话，是不大可靠的。穷到透顶，愁得要死的人，那里还有这许多闲情逸致来著书？我们从来没有见过候补的饿殍在沟壑边吟哦；鞭扑底下的囚徒所发出来的不过是直声的叫喊，决不会用一篇妃红俪白的骈体文来诉痛苦的。所以待到磨墨吮笔，说什么"履穿踵决"时，脚上也许早经是丝袜；高吟"饥来驱我去……"的陶征士，其时或者偏已很有些酒意了。正当苦痛，即说不出苦痛来，佛说极苦地狱中的鬼魂，也反而并无叫唤！

华夏大概并非地狱，然而"境由心造"，我眼前总充塞着重迭的黑云，其中有故鬼，新鬼，游魂，牛首阿旁，畜生，化生，大叫唤，无叫唤，使我不堪闻见。我装作无所闻见模样，以图欺骗自己，总算已从地狱中出离。

打门声一响，我又回到现实世界了。又是学校的事。我为什么要做教员？！想着走着，出去开门，果然，信封上首先就看见通红的一行字：国立北京女子师范大学。

我本就怕这学校，因为一进门就觉得阴惨惨，不知其所以然，但也常常疑心是自己的错觉。后来看到杨荫榆校长《致全体学生公启》里的"须知学校犹家庭，为尊长者断无不爱家属之理，为幼稚者亦当体贴尊长之心"的话，就恍然了，原来我虽然在学校教书，也等于在杨家坐馆，而这阴惨惨的气味，便是从"冷板凳"里出来的。可是我有一种毛病，自己也疑心是自讨苦吃的根苗，就是偶尔要想想。所以恍然之后，即又有疑问发生：这家族人员——校长和学生——的关系是怎样的，母女，还是婆媳呢？

想而又想，结果毫无。幸而这位校长宣言多，竟在她《对于暴烈学生之感言》里获得正确的解答了。曰，"与此曹子勃豀相向"，则其为婆婆无疑也。

现在我可以大胆地用"妇姑勃豀"这句古典了。但婆媳吵架，与西宾又何干呢？因为究竟是学校，所以总还是时常有信来，或是婆婆的，或是媳妇的。我的神经又不强，一闻打门而悔做教员者以此，而且也确有可悔的理由。

这一年她们的家务简直没有完，媳妇儿们不佩服婆婆做校长了，婆婆可是不歇手。这是她的家庭，怎么肯放手呢？无足怪的。而且不但不放，还趁"五七"之际，在什么饭店请人吃饭之后，开除了六个学生自治会的职员，并且发表了那"须知学校犹家庭"的名论。

这回抽出信纸来一看，是媳妇儿们的自治会所发的，略谓：

> 旬余以来，校务停顿，百废待兴，若长此迁延，不特虚掷数百青年光阴，校务前途，亦岌岌不可终日。……

底下是请教员开一个会，出来维持的意思的话，订定的时间是当日下午四点钟。

"去看一看罢。"我想。

这也是我的一种毛病，自己也疑心是自讨苦吃的根苗；明知道无论什么事，在中国是万不可轻易去"看一看"的，然而终于改不掉，所以谓之"病"。但是，究竟也颇熟于世故了，我想后，又立刻决定，四点太早，到了一定没有人，四点半去罢。

四点半进了阴惨惨的校门，又走进教员休息室。出乎意料之外！除一个打盹似的校役以外，已有两位教员坐着了。一位是见过几面的；一位不认识，似乎说是姓汪，或姓王，我不大听明白，——其实也无须。

我也和他们在一处坐下了。

"先生的意思以为这事情怎样呢？"这不识教员在招呼之后，看住了我的眼睛问。

"这可以由各方面说……。你问的是我个人的意见么？我个人的意见，是反对杨先生的办法的……。"

糟了！我的话没有说完，他便将他那灵便小巧的头向旁边一摇，表示不屑听完的态度。但这自然是我的主观；在他，或者也许本有将头摇来摇去的毛病的。

"就是开除学生的罚太严了。否则，就很容易解决……。"我还要继续说下去。

"唵唵。"他不耐烦似的点头。

我就默然，点起火来吸烟卷。

"最好是给这事情冷一冷……。"不知怎的他又开始发表他的"冷一冷"学说了。

"唵唵。瞧着看罢。"这回是我不耐烦似的点头，但终于多说了一句话。

我点头讫，瞥见座前有一张印刷品，一看之后，毛骨便悚然起来。文略谓：

  ……第用学生自治会名义，指挥讲师职员，召集校务维持讨论会，……本校素遵部章，无此学制，亦无此办法，根本上不能成立。……而自闹潮以来……不能不筹正当方法，又有其他校务进行，亦待大会议决，兹定于（月之二十一日）下午七时，由校特请全体主任专任教员评议会会员在太平湖饭店开校务紧急会议，解决种种重要问题。务恳大驾莅临，无任盼祷！

  署名就是我所视为畏途的"国立北京女子师范大学"，但下面还有一个"启"字。我这时才知道我不该来，也无须"莅临"太平湖饭店，因为我不过是一个"兼任教员"。然而校长为什么不制止学生开会，又不预先否认，却要叫我到了学校来看这"启"的呢？我愤然地要质问了，举目四顾，两个教员，一个校役，四面砖墙带着门和窗门，而并没有半个负有答复的责任的生物。"国立北京女子师范学校"虽然能"启"，然而是不能答的。只有默默的阴森的四周的墙壁将人包围，现出险恶的颜色。

  我感到苦痛了，但没有悟出它的原因。

  可是两个学生来请开会了；婆婆终于没有露面。我们就走进会场去，这时连我已经有五个人；后来陆续又到了七八人。于是乎开会。

  "为幼稚者"仿佛不大能够"体贴尊长之心"似的，很诉了许多苦。然而我们有什么权利来干预"家庭"里的事呢？而况太平湖饭店里又要"解决种种重要问题"了！但是我也说明了几句我所以来校的理由,并要求学校当局今天缩头缩脑办法的解答。然而,举目四顾,只有媳妇儿们和西宾,砖墙带着门和窗门,而并没有半个负有答复的责任的生物!

我感到苦痛了,但没有悟出它的原因。

这时我所不识的教员和学生在谈话了;我也不很细听。但在他的话里听到一句"你们做事不要碰壁",在学生的话里听到一句"杨先生就是壁",于我就仿佛见了一道光,立刻知道我的痛苦的原因了。

碰壁,碰壁!我碰了杨家的壁了!

其时看看学生们,就像一群童养媳……。

这一种会议是照例没有结果的,几个自以为大胆的人物对于婆婆稍加微辞之后,即大家走散。我回家坐在自己的窗下的时候,天色已近黄昏,而阴惨惨的颜色却渐渐地退去,回忆到碰壁的学说,居然微笑起来了。

中国各处是壁,然而无形,像"鬼打墙"一般,使你随时能"碰"。能打这墙的,能碰而不感到痛苦的,是胜利者。——但是,此刻太平湖饭店之宴已近阑珊,大家都已经吃到冰其淋①,在那里"冷一冷"了罢……。

我于是仿佛看见雪白的桌布已经沾了许多酱油渍,男男女女围着桌子都吃冰其淋,而许多媳妇儿,就如中国历来的大多数媳妇儿在苦节的婆婆脚下似的,都决定了暗淡的运命。

我吸了两支烟,眼前也光明起来,幻出饭店里电灯的光彩,看见教育家在杯酒间谋害学生,看见杀人者于微笑后屠戮百姓,看见死尸在粪土中舞蹈,看见污秽洒满了风籁琴,我想取作画

---

① 冰其淋:现写作"冰淇淋"。

图,竟不能画成一线。我为什么要做教员,连自己也侮蔑自己起来。但是织芳来访我了。

我们闲谈之间,他也忽而发感慨——

"中国什么都黑暗,谁也不行,但没有事的时候是看不出来的。教员咧,学生咧,烘烘烘,烘烘烘,真像一个学校,一有事故,教员也不见了,学生也慢慢躲开了;结局只剩下几个傻子给大家做牺牲,算是收束。多少天之后,又是这样的学校,躲开的也出来了,不见的也露脸了,'地球是圆的'咧,'苍蝇是传染病的媒介'咧,又是学生咧,教员咧,烘烘烘……。"

从不像我似的常常"碰壁"的青年学生的眼睛看来,中国也就如此之黑暗么?然而他们仅有微弱的呻吟,然而一呻吟就被杀戮了!

一九二五年五月二十一日夜。

我的"籍"和"系"

虽然因为我劝过人少——或者竟不——读中国书,曾蒙一位不相识的青年先生赐信要我搬出中国去,但是我终于没有走。而且我究竟是中国人,读过中国书的,因此也颇知道些处世的妙法。譬如,假使要掉文袋,可以说说"桃红柳绿",这些事是大家早已公认的,谁也不会说你错。如果论史,就赞几句孔明,骂一通秦桧,这些是非也早经论定,学述一回决没有什么差池;况且秦太师的党羽现已半个无存,也可保毫无危险。至于近事呢,勿谈为佳,否则连你的籍贯也许会使你由可"尊敬"而变为"可惜"的。

我记得宋朝是不许南人做宰相的,那是他们的"祖制",只可惜终于不能坚持。至于"某籍"人说不得话,却是我近来的新发见。也还是女师大的风潮,我说了几句话。但我先要声明,我既然说过,颇知道些处世的妙法,为什么又去说话呢?那是,因为,我是见过清末捣乱的人,没有生长在太平盛世,所以纵使颇有些涵养功夫,有时也不免要开口,客气地说,就是大不"安分"的。于是乎我说话了,不料陈西滢先生早已常常听到一种"流言",那大致是"女师大的风潮,有北京教育界占最大势力的某籍某系的人在暗中鼓动"。现在我一说话,恰巧化"暗"为"明",就使这常常听到流言的西滢先生代为"可惜",虽然他存心忠厚,"自然还是不信平素所很尊敬的人会暗中挑剔风潮";无奈"流言"却"更加传布得厉害了",这怎不使人①"怀疑"呢?自然是难怪的。

我确有一个"籍",也是各人各有一个的籍,不足为奇。

但我是什么"系"呢?自己想想,既非"研究系",也非"交通系",真不知怎么一回事。只好再精查,细想;终于也明白了,现在写它出来,庶几乎免得又有"流言",以为我是黑籍的政客。

因为应付某国某君②的嘱托,我正写了一点自己的履历,第一句是"我于一八八一年生在浙江省绍兴府城里一家姓周的家里",这里就说明了我的"籍"。但自从到了"可惜"的地位之后,我便又在末尾添上一句道,"近几年我又兼做北京大学,师范大学,女子师范大学的国文系讲师",这大概就是我的"系"了。我真不料我竟成了这样的一个"系"。

我常常要"挑剔"文字是确的,至于"挑剔风潮"这一种连字面都不通的阴谋,我至今还不知道是怎样的做法。何以一有流言,我就得沉默,否则立刻犯了嫌疑,至于使和我毫不相干的人如西滢先生者也来代为"可惜"呢?那么,如果流言说我正在钻营,我就得自己锁在房里了;如果流言说我想做皇帝,我就得连忙自称奴才了。然而古人却确是这样做过了,还留下些什么"空穴来风,桐乳来巢"的鬼格言。可惜我总不耐烦敬步后尘;不得已,我只好对于无论是谁,先奉还他无端送给我的"尊敬"。

其实,现今的将"尊敬"来布施和拜领的人们,也就都是上

---

① 此处指陈西滢。
② 此处指苏联人王希礼,原名瓦西里耶夫,俄国译本《阿Q正传》的最初译者。

了古人的当。我们的乏的古人想了几千年，得到一个制驭别人的巧法：可压服的将他压服，否则将他抬高。而抬高也就是一种压服的手段，常常微微示意说，你应该这样，倘不，我要将你摔下来了。求人尊敬的可怜虫于是默默地坐着；但偶然也放开喉咙道"有利必有弊呀！""彼亦一是非，此亦一是非呀！""猗欤休哉①呀！"听众遂亦同声赞叹道，"对呀对呀，可敬极了呀！"这样的互相敷衍下去，自己以为有趣。

从此这一个办法便成为八面锋②，杀掉了许多乏人和白痴，但是穿了圣贤的衣冠入殓。可怜他们竟不知道自己将褒贬他的人们的身价估得太大了，反至于连自己的原价也一同失掉。

人类是进化的，现在的人心当然比古人的高洁；但是"尊敬"的流毒，却还不下于流言，尤其是有谁装腔作势，要来将这撤去时，更足使乏人和白痴惶恐。我本来也无可尊敬；也不愿受人尊敬，免得不如人意的时候，又被人摔下来。更明白地说罢：我所憎恶的太多了，应该自己也得到憎恶，这才还有点像活在人间；如果收得的乃是相反的布施，于我倒是一个冷嘲，使我对于自己也要大加侮蔑；如果收得的是吞吞吐吐的不知道算什么，则使我感到将要呕哕③似的恶心。然而无论如何，"流言"总不能吓哑我的嘴……。

六月二日晨。

---

① 猗欤休哉：古汉语中的赞美词。
② 八面锋：意思是锋利无比。
③ 呕哕：呕吐。哕，读作 yuě。

忽然想到（十至十一）

十

无论是谁，只要站在"辩诬"的地位的，无论辩白与否，都已经是屈辱。更何况受了实际的大损害之后，还得来辩诬。

我们的市民被上海租界的英国巡捕击杀了，我们并不还击，却先来赶紧洗刷牺牲者的罪名。说道我们并非"赤化"，因为没有受别国的煽动；说道我们并非"暴徒"，因为都是空手，没有兵器的。我不解为什么中国人如果真使中国赤化，真在中国暴动，就得听英捕来处死刑？记得新希腊人也曾用兵器对付过国内的土耳其人，却并不被称为暴徒；俄国确已赤化多年了，也没有得到别国开枪的惩罚。而独有中国人，则市民被杀之后，还要皇皇①然辩诬，张着含冤的眼睛，向世界搜求公道。

其实，这原由是很容易了然的，就因为我们并非暴徒，并未赤化的缘故。

因此我们就觉得含冤，大叫着伪文明的破产。可是文明是向来如此的，并非到现在才将假面具揭下来。只因为这样的损害，以前是别民族所受，我们不知道，或者是我们原已屡次受过，现

---

① 皇皇：同"惶惶"。

在都已忘却罢了。公道和武力合为一体的文明,世界上本未出现,那萌芽或者只在几个先驱者和几群被迫压民族的脑中。但是,当自己有了力量的时候,却往往离而为二了。

但英国究竟有真的文明人存在。今天,我们已经看见各国无党派智识阶级①劳动者所组织的国际工人后援会,大表同情于中国的《致中国国民宣言》了。列名的人,英国就有培那特萧(Bernard Shaw)②,中国的留心世界文学的人大抵知道他的名字;法国则巴尔布斯(Henri Barbusse)③,中国也曾译过他的作品。他的母亲却是英国人;或者说,因此他也富有实行的质素④,法国作家所常有的享乐的气息,在他的作品中是丝毫也没有的。现在都出而为中国鸣不平了,所以我觉得英国人的品性,我们可学的地方还多着,——但自然除了捕头,商人,和看见学生的游行而在屋顶拍手嘲笑的娘儿们。

我并非说我们应该做"爱敌若友"的人,不过说我们目下委实并没有认谁作敌。近来的文字中,虽然偶有"认清敌人"这些话,那是行文过火的毛病。倘有敌人,我们就早该抽刃而起,要求"以血偿血"了。而现在我们所要求的是什么呢?辩诬之后,不过想得点轻微的补偿;那办法虽说有十几条,总而言之,单是"不相往来",成为"路人"而已。虽是对于本来极密的友人,怕也不过如此罢。

然而将实话说出来,就是:因为公道和实力还没有合为一体,而我们只抓得了公道,所以满眼是友人,即使他加了任意的杀戮。

---

① 智识阶级:现写作"知识阶级"。
② 培那特萧(Bernard Shaw):通译为萧伯纳,英国剧作家、批评家。
③ 巴尔布斯(Henri Barbusse):通译为巴比塞,法国作家。
④ 质素:素质。

如果我们永远只有公道，就得永远着力于辩诬，终身空忙碌。这几天有些纸贴在墙上，仿佛叫人勿看《顺天时报》似的。我从来就不大看这报，但也并非"排外"，实在因为它的好恶，每每和我的很不同。然而也间有很确，为中国人自己不肯说的话。大概两三年前，正值一种爱国运动的时候罢，偶见一篇它的社论，大意说，一国当衰弊之际，总有两种意见不同的人。一是民气论者，侧重国民的气概；一是民力论者，专重国民的实力。前者多则国家终亦渐弱，后者多则将强。我想，这是很不错的；而且我们应该时时记得的。

　　可惜中国历来就独多民气论者，到现在还如此。如果长此不改，"再而衰，三而竭"，将来会连辩诬的精力也没有了。所以在不得已而空手鼓舞民气时，尤必须同时设法增长国民的实力，还要永远这样的干下去。

　　因此，中国青年负担的烦重，就数倍于别国的青年了。因为我们的古人将心力大抵用到玄虚漂渺①平稳圆滑上去了，便将艰难切实的事情留下，都待后人来补做，要一人兼做两三人，四五人，十百人的工作，现在可正到了试练的时候了。对手又是坚强的英人，正是他山的好石，大可以借此来磨练。假定现今觉悟的青年的平均年龄为二十，又假定照中国人易于衰老的计算，至少也还可以共同抗拒，改革，奋斗三十年。不够，就再一代，二代……。这样的数目，从个体看来，仿佛是可怕的，但倘若这一点就怕，便无药可救，只好甘心灭亡。因为在民族的历史上，这不过是一个极短时期，此外实没有更快的捷径。我们更无须迟疑，只是试练自己，自求生存，对谁也不怀恶意的干下去。

----

① 漂渺：应写作飘渺或缥缈。

但足以破灭这运动的持续的危机，在目下就有三样：一是日夜偏注于表面的宣传，鄙弃他事；二是对同类太操切，稍有不合，便呼之为国贼，为洋奴；三是有许多巧人，反利用机会，来猎取自己目前的利益。

六月十一日。

十一

1. 急不择言

"急不择言"的病源，并不在没有想的工夫，而在有工夫的时候没有想。

上海的英国捕头残杀市民之后，我们就大惊愤，大嚷道：伪文明人的真面目显露了！那么，足见以前还以为他们有些真文明。然而中国有枪阶级的焚掠平民，屠杀平民，却向来不很有人抗议。莫非因为动手的是"国货"，所以连残杀也得欢迎；还是我们原是真野蛮，所以自己杀几个自家人就不足为奇呢？

自家相杀和为异族所杀当然有些不同。譬如一个人，自己打自己的嘴巴，心平气和，被别人打了，就非常气忿。但一个人而至于乏到自己打嘴巴，也就很难免为别人所打，如果世界上"打"的事实还没有消除。

我们确有点慌乱了，反基督教的叫喊的尾声还在，而许多人已颇佩服那教士的对于上海事件的公证；并且还有去向罗马教皇诉苦的。一流血，风气就会这样的转变。

2. 一致对外

甲:"喂,乙先生!你怎么趁我忙乱的时候,又将我的东西拿走了?现在拿出来,还我罢!"

乙:"我们要一致对外!这样危急时候,你还只记得自己的东西么?亡国奴!"

3. "同胞同胞!"

我愿意自首我的罪名:这回除硬派的不算外,我也另捐了极少的几个钱,可是本意并不在以此救国,倒是为了看见那些老实的学生们热心奔走得感,不好意思给他们碰钉子。

学生们在演讲的时候常常说,"同胞,同胞!……"但你们可知道你们所有的是怎样的"同胞",这些"同胞"是怎样的心么?

不知道的。即如我的心,在自己说出之前,募捐的人们大概就不知道。

我的近邻有几个小学生,常常用几张小纸片,写些幼稚的宣传文,用他们弱小的腕,来贴在电杆或墙壁上。待到第二天,我每见多被撕掉了。虽然不知道撕的是谁,但未必是英国人或日本人罢。

"同胞,同胞!……"学生们说。

我敢于说,中国人中,仇视那真诚的青年的眼光,有的比英国或日本人还凶险。为"排货"① 复仇的,倒不一定是外国人!

要中国好起来,还得做别样的工作。

---

① 排货:指当时的抵制日本货和英国货。

这回在北京的演讲和募捐之后，学生们和社会上各色人物接触的机会已经很不少了，我希望有若干留心各方面的人，将所见，所受，所感都写出来，无论是好的，坏的，像样的，丢脸的，可耻的，可悲的，全给它发表，给大家看看我们究竟有着怎样的"同胞"。

明白以后，这才可以计画①别样的工作。

而且也无须掩饰。即使所发见的并无所谓同胞，也可以从头创造的；即使所发见的不过完全黑暗，也可以和黑暗战斗的。

而且也无须掩饰了，外国人的知道我们，常比我们自己知道得更清楚。试举一个极近便的例，则中国人自编的《北京指南》，还是日本人做的《北京》精确！

4. 断指和晕倒

又是砍下指头，又是当场晕倒。

断指是极小部分的自杀，晕倒是极暂时中的死亡。我希望这样的教育不普及；从此以后，不再有这样的现象。

5. 文学家有什么用？

因为沪案发生以后，没有一个文学家出来"狂喊"，就有人发了疑问了，曰："文学家究竟有什么用处？"

今敢敬谨答曰：文学家除了诌几句所谓诗文之外，实在毫无用处。

中国现下的所谓文学家又作别论；即使是真的文学大家，然而却不是"诗文大全"，每一个题目一定有一篇文章，每一回案

---

① 计画：同"计划"。

件一定有一通狂喊。他会在万籁无声时大呼,也会在金鼓喧阗中沉默。Leonardo da Vinci① 非常敏感,但为要研究人的临死时的恐怖苦闷的表情,却去看杀头。中国的文学家固然并未狂喊,却还不至于如此冷静。况且有一首《血花缤纷》,不是早经发表了么?虽然还没有得到是否"狂喊"的定评。

文学家也许应该狂喊了。查老例,做事的总不如做文的有名。所以,即使上海和汉口的牺牲者的姓名早已忘得干干净净,诗文却往往更久地存在,或者还要感动别人,启发后人。

这倒是文学家的用处。血的牺牲者倘要讲用处,或者还不如做文学家。

6."到民间去"

但是,好许多青年要回去了。

从近时的言论上看来,旧家庭仿佛是一个可怕的吞噬青年的新生命的妖怪,不过在事实上,却似乎还不失为到底可爱的东西,比无论什么都富于摄引力②。儿时的钓游之地,当然很使人怀念的,何况在和大都会隔绝的城乡中,更可以暂息大半年来努力向上的疲劳呢。

更何况这也可以算是"到民间去"。

但从此也可以知道:我们的"民间"怎样;青年单独到民间时,自己的力量和心情,较之在北京一同大叫这一个标语时又怎样?

将这经历牢牢记住,倘将来从民间来,在北京再遇到一同大叫

---

① Leonardo da Vinci:即莱奥那多·达·芬奇。
② 摄引力:吸引力。

这一个标语的时候,回忆起来,就知道自己是在说真还是撒谎。

那么,就许有若干人要沉默,沉默而苦痛,然而新的生命就会在这苦痛的沉默里萌芽。

7. 魂灵的断头台

近年以来,每个夏季,大抵是有枪阶级的打架季节,也是青年们的魂灵的断头台。

到暑假,毕业的都走散了,升学的还未进来,其余的也大半回到家乡去。各样同盟于是暂别,喊声于是低微,运动于是销沉,刊物于是中辍。好像炎热的巨刃从天而降,将神经中枢突然斩断,使这首都忽而成为尸骸。但独有狐鬼却仍在死尸上往来,从从容容地竖起它占领一切的大纛。

待到秋高气爽时节,青年们又聚集了,但不少是已经新陈代谢。他们在未曾领略过的首善之区的使人健忘的空气中,又开始了新的生活,正如毕业的人们在去年秋天曾经开始过的新的生活一般。

于是一切古董和废物,就都使人觉得永远新鲜;自然也就觉不出周围是进步还是退步,自然也就分不出遇见的是鬼还是人。不幸而又有事变起来,也只得还在这样的世上,这样的人间,仍旧"同胞同胞"的叫喊。

8. 还是一无所有

中国的精神文明,早被枪炮打败了,经过了许多经验,已经要证明所有的还是一无所有。讳言这"一无所有",自然可以聊以自慰;倘更铺排得好听一点,还可以寒天烘火炉一样,使人舒服得要打盹儿。但那报应是永远无药可医,一切牺牲全都白费,因为在大家打着盹儿的时候,狐鬼反将牺牲吃尽,更加肥胖了。

　　大概,人必须从此有记性,观四向而听八方,将先前一切自欺欺人的希望之谈全都扫除,将无论是谁的自欺欺人的假面全都撕掉,将无论是谁的自欺欺人的手段全都排斥,总而言之,就是将华夏传统的所有小巧的玩艺儿全都放掉,倒去屈尊学学枪击我们的洋鬼子,这才可望有新的希望的萌芽。

　　　　　　　　　　　　　　　　六月十八日。

十四年的"读经"

　　自从章士钊主张读经以来，论坛上又很出现了一些论议，如谓经不必尊，读经乃是开倒车之类。我以为这都是多事的，因为民国十四年的"读经"，也如民国前四年，四年，或将来的二十四年一样，主张者的意思，大抵并不如反对者所想像的那么一回事。

　　尊孔，崇儒，专经，复古，由来已经很久了。皇帝和大臣们，向来总要取其一端，或者"以孝治天下"，或者"以忠诏天下"，而且又"以贞节励天下"。但是，二十四史不现在么？其中有多少孝子，忠臣，节妇和烈女？自然，或者是多到历史上装不下去了；那么，去翻专夸本地人物的府县志书去。我可以说，可惜男的孝子和忠臣也不多的，只有节烈的妇女的名册却大抵有一大卷以至几卷。孔子之徒的经，真不知读到那里去了；倒是不识字的妇女们能实践。还有，欧战时候的参战，我们不是常常自负的么？但可曾用《论语》感化过德国兵，用《易经》咒翻了潜水艇呢？儒者们引为劳绩的，倒是那大抵目不识丁的华工！

　　所以要中国好，或者倒不如不识字罢，一识字，就有近乎读经的病根了。"瞰亡往拜""出疆载质"的最巧玩艺儿，经上都有，我读熟过的。只有几个胡涂透顶的笨牛，真会诚心诚意地来主张读经。而且这样的脚色①，也不消和他们讨论。他们虽说什

---

　　① 脚色：同"角色"。

么经,什么古,实在不过是空嚷嚷。问他们经可是要读到像颜回,子思,孟轲,朱熹,秦桧(他是状元),王守仁,徐世昌,曹锟;古可是要复到像清(即所谓"本朝"),元,金,唐,汉,禹汤文武周公,无怀氏,葛天氏①?他们其实都没有定见。他们也知不清颜回以至曹锟为人怎样,"本朝"以至葛天氏情形如何;不过像苍蝇们失掉了垃圾堆,自不免嗡嗡地叫。况且既然是诚心诚意主张读经的笨牛,则决无钻营,取巧,献媚的手段可知,一定不会阔气;他的主张,自然也决不会发生什么效力的。

至于现在的能以他的主张,引起若干议论的,则大概是阔人。阔人决不是笨牛,否则,他早已伏处牖下,老死田间了。现在岂不是正值"人心不古"的时候么?则其所以得阔之道,居然可知。他们的主张,其实并非那些笨牛一般的真主张,是所谓别有用意;反对者们以为他真相信读经可以救国②,真是"谬以千里"了!

我总相信现在的阔人都是聪明人;反过来说,就是倘使老实,必不能阔是也。至于所挂的招牌是佛学,是孔道,那倒没有什么关系。总而言之,是读经已经读过了,很悟到一点玩意儿,这种玩意儿,是孔二先生的先生老聃的大著作里就有的,此后的书本子里还随时可得。所以他们都比不识字的节妇,烈女,华工聪明;甚而至于比真要读经的笨牛还聪明。何也?曰:"学而优则仕"故也。倘若"学"而不"优",则以笨牛没世,其读经的主张,也不为世间所知。

孔子岂不是"圣之时者也"么,而况"之徒"呢?现在是主

---

① 无怀氏,葛天氏:皆为传说中我国上古时代的帝王。
② 读经可以救国:此为章士钊等人的论调。

张"读经"的时候了。武则天做皇帝,谁敢说"男尊女卑"?多数主义虽然现称过激派,如果在列宁治下,则共产之合于葛天氏,一定可以考据出来的。但幸而现在英国和日本的力量还不弱,所以,主张亲俄者,是被卢布换去了良心。

我看不见读经之徒的良心怎样,但我觉得他们大抵是聪明人,而这聪明,就是从读经和古文得来的。我们这曾经文明过而后来奉迎过蒙古人满洲人大驾了的国度里,古书实在太多,倘不是笨牛,读一点就可以知道,怎样敷衍,偷生,献媚,弄权,自私,然而能够假借大义,窃取美名。再进一步,并可以悟出中国人是健忘的,无论怎样言行不符,名实不副,前后矛盾,撒诳造谣,蝇营狗苟,都不要紧,经过若干时候,自然被忘得干干净净;只要留下一点卫道模样的文字,将来仍不失为"正人君子"。况且即使将来没有"正人君子"之称,于目下的实利又何损哉?

这一类的主张读经者,是明知道读经不足以救国的,也不希望人们都读成他自己那样的;但是,要些把戏,将人们作笨牛看则有之,"读经"不过是这一回耍把戏偶尔用到的工具。抗议的诸公倘若不明乎此,还要正经老实地来评道理,谈利害,那我可不再客气,也要将你们归入诚心诚意主张读经的笨牛类里去了。

以这样文不对题的话来解释"俨乎其然"的主张,我自己也知道有不恭之嫌,然而我又自信我的话,因为我也是从"读经"得来的。我几乎读过十三经。

衰老的国度大概就免不了这类现象。这正如人体一样,年事老了,废料愈积愈多,组织间又沉积下矿质,使组织变硬,易就于灭亡。一面,则原是养卫人体的游走细胞(Wanderzelle)渐次变性,只顾自己,只要组织间有小洞,它便钻,蚕食各组织,使组织耗损,易就于灭亡。俄国有名的医学者梅契尼珂夫(Elias Metschnikov)特地给他别立了一个名目:大嚼细胞(Fresserzelle)。据说,必须扑灭了这些,人体才免于老衰;要扑灭这些,则须每日服用一种酸性剂。他自己就实行着。

古国的灭亡,就因为大部分的组织被太多的古习惯教养得硬化了,不再能够转移,来适应新环境。若干分子又被太多的坏经验教养得聪明了,于是变性,知道在硬化的社会里,不妨妄行。单是妄行的是可与论议的,故意妄行的却无须再与谈理。惟一的疗救,是在另开药方:酸性剂,或者简直是强酸剂。

不提防临末又提到了一个俄国人,怕又有人要疑心我收到卢布了罢。我现在郑重声明:我没有收过一张纸卢布。因为俄国还未赤化之前,他已经死掉了,是生了别的急病,和他那正在实验的药的有效与否这问题无干。

十一月十八日。

我观北大

因为北大学生会的紧急征发,我于是总得对于本校的二十七周年纪念来说几句话。

据一位教授①的名论,则"教一两点钟的讲师"是不配与闻校事的,而我正是教一点钟的讲师。但这些名论,只好请恕我置之不理;——如其不恕,那么,也就算了,人那里顾得这些事。

我向来也不专以北大教员自居,因为另外还与几个学校有关系。然而不知怎的,——也许是含有神妙的用意的罢,今年忽而颇有些人指我为北大派。我虽然不知道北大可真有特别的派,但也就以此自居了。北大派么?就是北大派!怎么样呢?

但是,有些流言家幸勿误会我的意思,以为谣我怎样,我便怎样的。我的办法也并不一律。譬如前次的游行,报上谣我被打落了两个门牙,我可决不肯具呈警厅,吁请补派军警,来将我的门牙从新打落。我之照着谣言做去,是以专检自己所愿意者为限的。

我觉得北大也并不坏。如果真有所谓派,那么,被派进这派里去,也还是也就算了。理由在下面:

既然是二十七周年,则本校的萌芽,自然是发于前清的,但我并民国初年的情形也不知道。惟据近七八年的事实看来,第

---

① 此处指高仁山,时任北京大学教授。

一，北大是常为新的，改进的运动的先锋，要使中国向着好的，往上的道路走。虽然很中了许多暗箭，背了许多谣言；教授和学生也都逐年地有些改换了，而那向上的精神还是始终一贯，不见得弛懈。自然，偶尔也免不了有些很想勒转马头的，可是这也无伤大体，"万众一心"，原不过是书本子上的冠冕话。

第二，北大是常与黑暗势力抗战的，即使只有自己。自从章士钊提了"整顿学风"的招牌来"作之师"，并且分送金款以来，北大却还是给他一个依照彭允彝的待遇。现在章士钊虽然还伏在暗地里做总长，本相却已显露了；而北大的校格也就愈明白。那时固然也曾显出一角灰色，但其无伤大体，也和第一条所说相同。

我不是公论家，有上帝一般决算功过的能力。仅据我所感得的说，则北大究竟还是活的，而且还在生长的。凡活的而且在生长者，总有着希望的前途。

今天所想到的就是这一点。但如果北大到二十八周年而仍不为章士钊者流所谋害，又要出纪念刊，我却要预先声明：不来多话了。一则，命题作文，实在苦不过；二则，说起来大约还是这些话。

十二月十三日。

这个与那个

一 读经与读史

一个阔人①说要读经,嗡的一阵一群狭人也说要读经。岂但"读"而已矣哉,据说还可以"救国"哩。"学而时习之,不亦说乎?"那也许是确凿的罢,然而甲午战败了,——为什么独独要说"甲午"呢,是因为其时还在开学校,废读经以前。

我以为伏案还未功深的朋友,现在正不必埋头来啃线装书。倘其咿唔日久,对于旧书有些上瘾了,那么,倒不如去读史,尤其是宋朝明朝史,而且尤须是野史;或者看杂说。

现在中西的学者们,几乎一听到"钦定四库全书"这名目就魂不附体,膝弯总要软下来似的。其实呢,书的原式是改变了,错字是加添了,甚至于连文章都删改了,最便当的是《琳琅秘室丛书》中的两种《茅亭客话》,一是宋本,一是四库本,一比较就知道。"官修"而加以"钦定"的正史也一样,不但本纪咧,列传咧,要摆"史架子";里面也不敢说什么。据说,字里行间是也含着什么褒贬的,但谁有这么多的心眼儿来猜闷壶卢。至今还道"将平生事迹宣付国史馆立传",还是算了罢。

---

① 一个阔人:此处指章士钊。

野史和杂说自然也免不了有讹传,挟恩怨,但看往事却可以较分明,因为它究竟不像正史那样地装腔作势。看宋事,《三朝北盟汇编》已经变成古董,太贵了,新排印的《宋人说部丛书》却还便宜。明事呢,《野获编》①原也好,但也化为古董了,每部数十元;易于入手的是《明季南北略》,《明季稗史汇编》,以及新近集印的《痛史》。

史书本来是过去的陈账簿,和急进的猛士不相干。但先前说过,倘若还不能忘情于咿唔,倒也可以翻翻,知道我们现在的情形,和那时的何其神似,而现在的昏妄举动,胡涂思想,那时也早已有过,并且都闹糟了。

试到中央公园去,大概总可以遇见祖母带着她孙女儿在玩的。这位祖母的模样,就预示着那娃儿的将来。所以倘有谁要预知令夫人后日的丰姿,也只要看丈母。不同是当然要有些不同的,但总归相去不远。我们查账的用处就在此。

但我并不说古来如此,现在遂无可为,劝人们对于"过去"生敬畏心,以为它已经铸定了我们的运命。Le Bon 先生说,死人之力比生人大,诚然也有一理的,然而人类究竟进化着。又据章士钊总长说,则美国的什么地方已在禁讲进化论了,这实在是吓死我也,然而禁只管禁,进却总要进的。

总之:读史,就愈可以觉悟中国改革之不可缓了。虽是国民性,要改革也得改革,否则,杂史杂说上所写的就是前车。一改革,就无须怕孙女儿总要像点祖母那些事,譬如祖母的脚是三角形,步履维艰的,小姑娘的却是天足,能飞跑;丈母老太太出过

---

① 《野获编》:全称《万历野获编》,明代沈德符所撰。记录的是明代万历以前的朝廷典章制度和官场逸事等。

天花，脸上有些缺点的，令夫人却种的是牛痘，所以细皮白肉：这也就大差其远了。

十二月八日。

二　捧与挖

中国的人们，遇见带有会使自己不安的朕兆的人物，向来就用两样法：将他压下去，或者将他捧起来。

压下去就用旧习惯和旧道德，或者凭官力，所以孤独的精神的战士，虽然为民众战斗，却往往反为这"所为"而灭亡。到这样，他们这才安心了。压不下时，则于是乎捧，以为抬之使高，餍之使足，便可以于己稍稍无害，得以安心。

伶俐的人们，自然也有谋利而捧的，如捧阔老，捧戏子，捧总长之类；但在一般粗人，——就是未尝"读经"的，则凡有捧的行为的"动机"，大概是不过想免害。即以所奉祀的神道而论，也大抵是凶恶的，火神瘟神不待言，连财神也是蛇呀刺蝟[①]呀似的骇人的畜类；观音菩萨倒还可爱，然而那是从印度输入的，并非我们的"国粹"。要而言之：凡有被捧者，十之九不是好东西。

既然十之九不是好东西，则被捧而后，那结果便自然和捧者的希望适得其反了。不但能使不安，还能使他们很不安，因为人心本来不易餍足。然而人们终于至今没有悟，还以捧为苟安之一道。

记得有一部讲笑话的书，名目忘记了，也许是《笑林广记》

---

① 刺蝟：刺猬。

罢，说，当一个知县的寿辰，因为他是子年生，属鼠的，属员们便集资铸了一个金老鼠去作贺礼。知县收受之后，另寻了机会对大众说道：明年又恰巧是贱内的整寿；她比我小一岁，是属牛的。其实，如果大家先不送金老鼠，他决不敢想金牛。一送开手，可就难于收拾了，无论金牛无力致送，即使送了，怕他的姨太太也会属象。象不在十二生肖之内，似乎不近情理罢，但这是我替他设想的法子罢了，知县当然别有我们所莫测高深的妙法在。

民元革命时候，我在S城，来了一个都督。他虽然也出身绿林大学，未尝"读经"（？），但倒是还算顾大局，听舆论的，可是自绅士以至于庶民，又用了祖传的捧法群起而捧之了。这个拜会，那个恭维，今天送衣料，明天送翅席，捧得他连自己也忘其所以，结果是渐渐变成老官僚一样，动手刮地皮。

最奇怪的是北几省的河道，竟捧得河身比屋顶高得多了。当初自然是防其溃决，所以壅上一点土；殊不料愈壅愈高，一旦溃决，那祸害就更大。于是就"抢堤"咧，"护堤"咧，"严防决堤"咧，花色繁多，大家吃苦。如果当初见河水泛滥，不去增堤，却去挖底，我以为决不至于这样。

有贪图金牛者，不但金老鼠，便是死老鼠也不给。那么，此辈也就连生日都未必做了。单是省却拜寿，已经是一件大快事。

中国人的自讨苦吃的根苗在于捧，"自求多福"之道却在于挖。其实，劳力之量是差不多的，但从惰性太多的人们看来，却以为还是捧省力。

十二月十日。

三　最先与最后

　　《韩非子》说赛马的妙法，在于"不为最先，不耻最后"。这虽是从我们这样外行的人看起来，也觉得很有理。因为假若一开首便拼命奔驰，则马力易竭。但那第一句是只适用于赛马的，不幸中国人却奉为人的处世金鍼①了。

　　中国人不但"不为戎首"②，"不为祸始"，甚至于"不为福先"。所以凡事都不容易有改革；前驱和闯将，大抵是谁也怕得做。然而人性岂真能如道家所说的那样恬淡；欲得的却多。既然不敢径取，就只好用阴谋和手段。以此，人们也就日见其卑怯了，既是"不为最先"，自然也不敢"不耻最后"，所以虽是一大堆群众，略见危机，便"纷纷作鸟兽散"了。如果偶有几个不肯退转，因而受害的，公论家便异口同声，称之曰傻子。对于"锲而不舍"的人们也一样。

　　我有时也偶尔去看看学校的运动会。这种竞争，本来不像两敌国的开战，挟有仇隙的，然而也会因了竞争而骂，或者竟打起来。但这些事又作别论。竞走的时候，大抵是最快的三四个人一到决胜点，其余的便松懈了，有几个还至于失了跑完豫定的圈数的勇气，中途挤入看客的群集中；或者佯为跌倒，使红十字队用担架将他抬走。假若偶有虽然落后，却尽跑，尽跑的人，大家就嗤笑他。大概是因为他太不聪明，"不耻最后"的缘故罢。

　　所以中国一向就少有失败的英雄，少有韧性的反抗，少有敢

---

① 金鍼：秘法，诀窍。鍼，读作 zhēn。
② 不为戎首：语出《礼记·檀弓》。戎首，指发动战争的主谋。

单身鏖战的武人,少有敢抚哭叛徒的吊客;见胜兆则纷纷聚集,见败兆则纷纷逃亡。战具比我们精利的欧美人,战具未必比我们精利的匈奴蒙古满洲人,都如入无人之境。"土崩瓦解"这四个字,真是形容得有自知之明。

多有"不耻最后"的人的民族,无论什么事,怕总不会一下子就"土崩瓦解"的,我每看运动会时,常常这样想:优胜者固然可敬,但那虽然落后而仍非跑至终点不止的竞技者,和见了这样竞技者而肃然不笑的看客,乃正是中国将来的脊梁。

四　流产与断种

近来对于青年的创作,忽然降下一个"流产"的恶谥,哄然应和的就有一大群。我现在相信,发明这话的是没有什么恶意的,不过偶尔说一说;应和的也是情有可原的,因为世事本来大概就这样。

我独不解中国人何以于旧状况那么心平气和,于较新的机运就这么疾首蹙额;于已成之局那么委曲求全,于初兴之事就这么求全责备?

智识高超而眼光远大的先生们开导我们:生下来的倘不是圣贤,豪杰,天才,就不要生;写出来的倘不是不朽之作,就不要写;改革的事倘不是一下子就变成极乐世界,或者,至少能给我(!)有更多的好处,就万万不要动!……

那么,他是保守派么?据说:并不然的。他正是革命家。惟独他有公平,正当,稳健,圆满,平和,毫无流弊的改革法;现下正在研究室里研究着哩,——只是还没有研究好。

什么时候研究好呢？答曰：没有准儿。

孩子初学步的第一步，在成人看来，的确是幼稚，危险，不成样子，或者简直是可笑的。但无论怎样的愚妇人，却总以恳切的希望的心，看他跨出这第一步去，决不会因为他的走法幼稚，怕要阻碍阔人的路线而"逼死"他；也决不至于将他禁在床上，使他躺着研究到能够飞跑时再下地。因为她知道：假如这么办，即使长到一百岁也还是不会走路的。

古来就这样，所谓读书人，对于后起者却反而专用彰明较著的或改头换面的禁锢。近来自然客气些，有谁出来，大抵会遇见学士文人们挡驾：且住，请坐。接着是谈道理了：调查，研究，推敲，修养，……结果是老死在原地方。否则，便得到"捣乱"的称号。我也曾有如现在的青年一样，向已死和未死的导师们问过应走的路。他们都说：不可向东，或西，或南，或北。但不说应该向东，或西，或南，或北。我终于发现他们心底里的蕴蓄了：不过是一个"不走"而已。

坐着而等待平安，等待前进，倘能，那自然是很好的，但可虑的是老死而所等待的却终于不至；不生育，不流产而等待一个英伟的宁馨儿，那自然也很可喜的，但可虑的是终于什么也没有。

倘以为与其所得的不是出类拔萃的婴儿，不如断种，那就无话可说。但如果我们永远要听见人类的足音，则我以为流产究竟比不生产还有望，因为这已经明明白白地证明着能够生产的了。

十二月二十日。

南腔北调集

我们不再受骗了

帝国主义是一定要进攻苏联的。苏联愈弄得好,它们愈急于要进攻,因为它们愈要趋于灭亡。

我们被帝国主义及其侍从们真是骗得长久了。十月革命之后,它们总是说苏联怎么穷下去,怎么凶恶,怎么破坏文化。但现在的事实怎样?小麦和煤油的输出,不是使世界吃惊了么?正面之敌的实业党①的首领,不是也只判了十年的监禁么?列宁格勒,墨斯科②的图书馆和博物馆,不是都没有被炸掉么?文学家如绥拉菲摩维支,法捷耶夫,革拉特珂夫,绥甫林娜,唆罗诃夫等,不是西欧东亚,无不赞美他们的作品么?关于艺术的事我不大知道,但据乌曼斯基(K. Umansky)说,一九一九年中,在墨斯科的展览会就有二十次,列宁格勒两次(《Neue Kunst in Russland》),则现在的旺盛,更是可想而知了。

然而谣言家是极无耻而且巧妙的,一到事实证明了他的话是撒谎时,他就躲下,另外又来一批。

新近我看见一本小册子,是说美国的财政有复兴的希望的,序上说,苏联的购领物品,必须排成长串,现在也无异于从前,仿佛他很为排成长串的人们抱不平,发慈悲一样。

---

① 实业党:苏联在 1930 年破获的反革命集团。
② 墨斯科:俄罗斯联邦首都、莫斯科州首府。现译作莫斯科。

这一事，我是相信的，因为苏联内是正在建设的途中，外是受着帝国主义的压迫，许多物品，当然不能充足。但我们也听到别国的失业者，排着长串向饥寒进行；中国的人民，在内战，在外侮，在水灾，在榨取的大罗网之下，排着长串而进向死亡去。

然而帝国主义及其奴才们，还来对我们说苏联怎么不好，好像它倒愿意苏联一下子就变成天堂，人们个个享福。现在竟这样子，它失望了，不舒服了。——这真是恶鬼的眼泪。

一睁开眼，就露出恶鬼的本相来的，——它要去惩办了。

它一面去惩办，一面来诳骗。正义，人道，公理之类的话，又要满天飞舞了。但我们记得，欧洲大战时候，飞舞过一回的，骗得我们的许多苦工，到前线去替它们死①，接着是在北京的中央公园里竖了一块无耻的，愚不可及的"公理战胜"的牌坊（但后来又改掉了）。现在怎样？"公理"在那里？这事还不过十六年，我们记得的。

帝国主义和我们，除了它的奴才之外，那一样利害不和我们正相反？我们的痈疽，是它们的宝贝，那么，它们的敌人，当然是我们的朋友了。它们自身正在崩溃下去，无法支持，为挽救自己的末运，便憎恶苏联的向上。谣诼，诅咒，怨恨，无所不至，没有效，终于只得准备动手去打了，一定要灭掉它才睡得着。但我们干什么呢？我们还会再被骗么？

"苏联是无产阶级专政的，智识阶级就要饿死。"——一位有名的记者曾经这样警告我。是的，这倒恐怕要使我也有些睡不着了。但无产阶级专政，不是为了将来的无阶级社会么？只要你不

---

① 在第一次世界大战中，北洋政府曾宣布对德作战。随后，英法两国先后招募数十万华工去法国前线，伤亡甚多。

去谋害它，自然成功就早，阶级的消灭也就早，那时就谁也不会"饿死"了。不消说，排长串是一时难免的，但到底会快起来。

帝国主义的奴才们要去打，自己（！）跟着它的主人去打去就是。我们人民和它们是利害完全相反的。我们反对进攻苏联。我们倒要打倒进攻苏联的恶鬼，无论它说着怎样甜腻的话头，装着怎样公正的面孔。

这才也是我们自己的生路！

一九三二年五月六日。

论"第三种人"

这三年来,关于文艺上的论争是沉寂的,除了在指挥刀的保护之下,挂着"左翼"的招牌,在马克斯①主义里发见了文艺自由论,列宁主义里找到了杀尽共匪说的论客②的"理论"之外,几乎没有人能够开口,然而,倘是"为文艺而文艺"的文艺,却还是"自由"的,因为他决没有收了卢布的嫌疑。但在"第三种人",就是"死抱住文学不放的人",又不免有一种苦痛的豫感:左翼文坛要说他是"资产阶级的走狗"。

代表了这一种"第三种人"来鸣不平的,是《现代》杂志第三和第六期上的苏汶先生的文章(我在这里先应该声明:我为便利起见,暂且用了"代表","第三种人"这些字眼,虽然明知道苏汶先生的"作家之群",是也如拒绝"或者","多少","影响"这一类不十分决定的字眼一样,不要固定的名称的,因为名称一固定,也就不自由了)。他以为左翼的批评家,动不动就说作家是"资产阶级的走狗",甚至于将中立者认为非中立,而一非中立,便有认为"资产阶级的走狗"的可能,号称"左翼作家"者既然"左而不作","第三种人"又要作而不敢,于是文坛上便没有东西了。然而文艺据说至少有一部分是超出于阶级斗

---

① 马克斯:现译作马克思。
② 指胡秋原和某些托洛茨基主义分子。胡秋原曾冒充"马克思主义"者,托洛茨基派曾诬蔑中国工农红军为"土匪"。

争之外的,为将来的,就是"第三种人"所抱住的真的,永久的文艺。——但可惜,被左翼理论家弄得不敢作了,因为作家在未作之前,就有了被骂的豫感。

我相信这种豫感是会有的,而以"第三种人"自命的作家,也愈加容易有。我也相信作者所说,现在很有懂得理论,而感情难变的作家。然而感情不变,则懂得理论的度数,就不免和感情已变或略变者有些不同,而看法也就因此两样。苏汶先生的看法,由我看来,是并不正确的。

自然,自从有了左翼文坛以来,理论家曾经犯过错误,作家之中,也不但如苏汶先生所说,有"左而不作"的,并且还有由左而右,甚至于化为民族主义文学的小卒,书坊的老板,敌党的探子的,然而这些讨厌左翼文坛了的文学家所遗下的左翼文坛,却依然存在,不但存在,还在发展,克服自己的坏处,向文艺这神圣之地进军。苏汶先生问过:克服了三年,还没有克服好么?回答是:是的,还要克服下去,三十年也说不定。然而一面克服着,一面进军着,不会做待到克服完成,然后行进那样的傻事的。但是,苏汶先生说过"笑话":左翼作家在从资本家取得稿费;现在我来说一句真话,是左翼作家还在受封建的资本主义的社会的法律的压迫,禁锢,杀戮。所以左翼刊物,全被摧残,现在非常寥寥,即偶有发表,批评作品的也绝少,而偶有批评作品的,也并未动不动便指作家为"资产阶级的走狗",而且不要"同路人"。左翼作家并不是从天上掉下来的神兵,或国外杀进来的仇敌,他不但要那同走几步的"同路人",还要招致那站在路旁看看的看客也一同前进。

但现在要问:左翼文坛现在因为受着压迫,不能发表很多的批评,倘一旦有了发表的可能,不至于动不动就指"第三种人"

为"资产阶级的走狗"么？我想，倘若左翼批评家没有宣誓不说，又只从坏处着想，那是有这可能的，也可以想得比这还要坏。不过我以为这种豫感，实在和想到地球也许有破裂之一日，而先行自杀一样，大可以不必的。

然而苏汶先生的"第三种人"，却据说是为了这未来的恐怖而"搁笔"了。未曾身历，仅仅因为心造的幻影而搁笔，"死抱住文学不放"的作者的拥抱力，又何其弱呢？两个爱人，有因为豫防将来的社会上的斥责而不敢拥抱的么？

其实，这"第三种人"的"搁笔"，原因并不在左翼批评的严酷。真实原因的所在，是在做不成这样的"第三种人"，做不成这样的人，也就没有了第三种笔，搁与不搁，还谈不到。

生在有阶级的社会里而要做超阶级的作家，生在战斗的时代而要离开战斗而独立，生在现在而要做给与将来的作品，这样的人，实在也是一个心造的幻影，在现实世界上是没有的。要做这样的人，恰如用自己的手拔着头发，要离开地球一样。他离不开，焦躁着，然而并非因为有人摇了摇头，使他不敢拔了的缘故。

所以虽是"第三种人"，却还是一定超不出阶级的，苏汶先生就先在豫料阶级的批评了，作品里又岂能摆脱阶级的利害；也一定离不开战斗的，苏汶先生就先以"第三种人"之名提出抗争了，虽然"抗争"之名又为作者所不愿受；而且也跳不过现在的，他在创作超阶级的，为将来的作品之前，先就留心于左翼的批判了。

这确是一种苦境。但这苦境，是因为幻影不能成为实有而来的。即使没有左翼文坛作梗，也不会有这"第三种人"，何况作品。但苏汶先生却又心造了一个横暴的左翼文坛的幻影，将"第三种人"的幻影不能出现，以至将来的文艺不能发生的罪孽，都推给它了。

左翼作家诚然是不高超的,连环图画,唱本,然而也不到苏汶先生所断定那样的没出息。左翼也要托尔斯泰,弗罗培尔①。但不要"努力去创造一些属于将来(因为他们现在是不要的)的东西"的托尔斯泰和弗罗培尔。他们两个,都是为现在而写的,将来是现在的将来,于现在有意义,才于将来会有意义。尤其是托尔斯泰,他写些小故事给农民看,也不自命为"第三种人",当时资产阶级的多少攻击,终于不能使他"搁笔"。左翼虽然诚如苏汶先生所说,不至于蠢到不知道"连环图画是产生不出托尔斯泰,产生不出弗罗培尔来",但却以为可以产出密开朗该罗②,达文希③那样伟大的画手。而且我相信,从唱本说书里是可以产生托尔斯泰,弗罗培尔的。现在提起密开朗该罗们的画来,谁也没有非议了,但实际上,那不是宗教的宣传画,《旧约》④的连环图画么?而且是为了那时的"现在"的。

总括起来说,苏汶先生是主张"第三种人"与其欺骗,与其做冒牌货,倒还不如努力去创作,这是极不错的。

"定要有自信的勇气,才会有工作的勇气!"这尤其是对的。

然而苏汶先生又说,许多大大小小的"第三种人"们,却又因为豫感了不祥之兆——左翼理论家的批评而"搁笔"了!

"怎么办呢"?

一九三二年十月十日。

---

① 弗罗培尔:法国著名作家。生于 1821 年,卒于 1880 年。代表作有《包法利夫人》《圣安东尼的诱惑》等。通常译为福楼拜。

② 密开朗该罗:米开朗琪罗。

③ 达文希:达·芬奇。

④《旧约》:即《旧约全书》,《圣经》的前一部分。

谈金圣叹

讲起清朝的文字狱来,也有人拉上金圣叹①,其实是很不合适的。他的"哭庙",用近事来比例,和前年《新月》上的引据三民主义以自辩,并无不同,但不特捞不到教授而且至于杀头,则是因为他早被官绅们认为坏货了的缘故。就事论事,倒是冤枉的。

清中叶以后的他的名声,也有些冤枉。他抬起小说传奇来,和《左传》《杜诗》并列,实不过拾了袁宏道辈的唾余;而且经他一批,原作的诚实之处,往往化为笑谈,布局行文,也都被硬拖到八股的作法上。这余荫,就使有一批人,堕入了对于《红楼梦》之类,总在寻求伏线,挑剔破绽的泥塘。

自称得到古本,乱改《西厢》②字句的案子且不说罢,单是截去《水浒传》的后小半,梦想有一个"嵇叔夜"来杀尽宋江们,也就昏庸得可以。虽说因为痛恨流寇的缘故,但他是究竟近于官绅的,他到底想不到小百姓的对于流寇,只痛恨着一半:不在于"寇",而在于"流"。

百姓固然怕流寇,也很怕"流官"。记得民元革命以后,我在故乡,不知怎的县知事常常掉换了。每一掉换,农民们便愁苦

---

① 金圣叹:明末清初文人,生于1608年,卒于1661年。曾评点《西厢记》《水浒传》等。

②《西厢》:即《崔莺莺待月西厢记》,杂剧,元代王实甫作。

着相告道："怎么好呢？又换了一只空肚鸭来了！"他们虽然至今不知道"欲壑难填"的古训，却很明白"成则为王，败则为贼"的成语，贼者，流着之王，王者，不流之贼也，要说得简单一点，那就是"坐寇"。中国百姓一向自称"蚁民"，现在为便于譬喻起见，姑升为牛罢，铁骑一过，茹毛饮血，蹄骨狼藉，倘可避免，他们自然是总想避免的，但如果肯放任他们自啮野草，苟延残喘，挤出乳来将这些"坐寇"喂得饱饱的，后来能够比较的不复狼吞虎咽，则他们就以为如天之福。所区别的只在"流"与"坐"，却并不在"寇"与"王"。试翻明末的野史，就知道北京民心的不安，在李自成入京的时候，是不及他出京之际的厉害的。

宋江据有山寨，虽打家劫舍，而劫富济贫，金圣叹却道应该在童贯高俅辈的爪牙之前，一个个俯首受缚，他们想不懂。所以《水浒传》纵然成了断尾巴蜻蜓，乡下人却还要看《武松独手擒方腊》这些戏。

不过这还是先前的事，现在似乎又有了新的经验了。听说四川有一只民谣，大略是"贼来如梳，兵来如篦，官来如剃"的意思。汽车飞艇①，价值既远过于大轿马车，租界和外国银行，也是海通以来新添的物事，不但剃尽毛发，就是刮尽筋肉，也永远填不满的。正无怪小百姓将"坐寇"之可怕，放在"流寇"之上了。

事实既然教给了这些，仅存的路，就当然使他们想到了自己的力量。

一九三三年五月三十一日。

---

① 飞艇：指飞机。

谚　语

　　粗略的一想，谚语固然好像一时代一国民的意思的结晶，但其实，却不过是一部分的人们的意思。现在就以"各人自扫门前雪，莫管他家瓦上霜"来做例子罢，这乃是被压迫者们的格言，教人要奉公，纳税，输捐，安分，不可怠慢，不可不平，尤其是不要管闲事；而压迫者是不算在内的。

　　专制者的反面就是奴才，有权时无所不为，失势时即奴性十足。孙皓是特等的暴君，但降晋之后，简直像一个帮闲；宋徽宗在位时，不可一世，而被掳后偏会含垢忍辱。做主子时以一切别人为奴才，则有了主子，一定以奴才自命：这是天经地义，无可动摇的。

　　所以被压制时，信奉着"各人自扫门前雪，莫管他家瓦上霜"的格言的人物，一旦得势，足以凌人的时候，他的行为就截然不同，变为"各人不扫门前雪，却管他家瓦上霜"了。

　　二十年来，我们常常看见：武将原是练兵打仗的，且不问他这兵是用以安内或攘外，总之他的"门前雪"是治军，然而他偏来干涉教育，主持道德；教育家原是办学的，无论他成绩如何，总之他的"门前雪"是学务，然而他偏去膜拜"活佛"，绍介国医。小百姓随军充伕[①]，童子军沿门募款。头儿胡行于上，蚁民

　　[①] 伕：同"夫"。一般指出苦力的人。

乱碰于下,结果是各人的门前都不成样,各家的瓦上也一团糟。

女人露出了臂膊和小腿,好像竟打动了贤人们的心,我记得曾有许多人絮絮叨叨,主张禁止过,后来也确有明文禁止了①。不料到得今年,却又"衣服蔽体已足,何必前拖后曳,消耗布匹,……顾念时艰,后患何堪设想"起来,四川的营山县长于是就令公安局派队——剪掉行人的长衣的下截。长衣原是累赘的东西,但以为不穿长衣,或剪去下截,即于"时艰"有补,却是一种特别的经济学。《汉书》上有一句云,"口含天宪",此之谓也。

某一种人,一定只有这某一种人的思想和眼光,不能越出他本阶级之外。说起来,好像又在提倡什么犯讳的阶级了,然而事实是如此的。谣谚并非全国民的意思,就为了这缘故。古之秀才,自以为无所不晓,于是有"秀才不出门,而知天下事"这自负的漫天大谎,小百姓信以为真,也就渐渐的成了谚语,流行开来。其实是"秀才虽出门,不知天下事"的。秀才只有秀才头脑和秀才眼睛,对于天下事,那里看得分明,想得清楚。清末,因为想"维新",常派些"人才"出洋去考察,我们现在看看他们的笔记罢,他们最以为奇的是什么馆里的蜡人能够和活人对面下棋。南海圣人康有为,佼佼者也,他周游十一国,一直到得巴尔干,这才悟出外国之所以常有"弑君"之故来了,曰:因为宫墙太矮的缘故。

一九三三年六月十三日。

---

① 1933 年 5 月,广西民政厅曾公布法令,凡女子服装袖不过肘、裙不过膝者,均在取缔之列。

上海的少女

在上海生活，穿时髦衣服的比土气的便宜。如果一身旧衣服，公共电车的车掌会不照你的话停车，公园看守会格外认真的检查入门券，大宅子或大客寓的门丁会不许你走正门。所以，有些人宁可居斗室，喂臭虫，一条洋服裤子却每晚必须压在枕头下，使两面裤腿上的折痕天天有棱角。

然而更便宜的是时髦的女人。这在商店里最看得出：挑选不完，决断不下，店员也还是很能忍耐的。不过时间太长，就须有一种必要的条件，是带着一点风骚，能受几句调笑。否则，也会终于引出普通的白眼来。

惯在上海生活了的女性，早已分明地自觉着这种自己所具的光荣，同时也明白着这种光荣中所含的危险。所以凡有时髦女子所表现的神气，是在招摇，也在固守，在罗致，也在抵御，像一切异性的亲人，也像一切异性的敌人，她在喜欢，也正在恼怒。这神气也传染了未成年的少女，我们有时会看见她们在店铺里购买东西，侧着头，佯嗔薄怒，如临大敌。自然，店员们是能像对于成年的女性一样，加以调笑的，而她也早明白着这调笑的意义。总之：她们大抵早熟了。

然而我们在日报上，确也常常看见诱拐女孩，甚而至于凌辱少女的新闻。

不但是《西游记》里的魔王，吃人的时候必须童男和童女而已，在人类中的富户豪家，也一向以童女为侍奉，纵欲，鸣高，寻仙，采补的材料，恰如食品的餍足了普通的肥甘，就想乳猪芽茶一样。现在这现象并且已经见于商人和工人里面了，但这乃是人们的生活不能顺遂的结果，应该以饥民的掘食草根树皮为比例，和富户豪家的纵恣的变态是不可同日而语的。

但是，要而言之，中国是连少女也进了险境了。

这险境，更使她们早熟起来，精神已是成人，肢体却还是孩子。俄国的作家梭罗古勃①曾经写过这一种类型的少女，说是还是小孩子，而眼睛却已经长大了。然而我们中国的作家是另有一种称赞的写法的：所谓"娇小玲珑"者就是。

一九三三年八月十二日。

---

① 梭罗古勃：俄罗斯白银时代最具艺术成就的现代派作家之一，代表作有《卑鄙的魔鬼》《火环》等。现译为索洛古勃。

上海的儿童

上海越界筑路的北四川路一带，因为打仗，去年冷落了大半年，今年依然热闹了，店铺从法租界搬回，电影院早经开始，公园左近也常见携手同行的爱侣，这是去年夏天所没有的。

倘若走进住家的弄堂里去，就看见便溺器，吃食担，苍蝇成群的在飞，孩子成队的在闹，有剧烈的捣乱，有发达的骂詈，真是一个乱哄哄的小世界。但一到大路上，映进眼帘来的却只是轩昂活泼地玩着走着的外国孩子，中国的儿童几乎看不见了。但也并非没有，只因为衣裤郎当，精神萎靡，被别人压得像影子一样，不能醒目了。

中国中流的家庭，教孩子大抵只有两种法。其一，是任其跋扈，一点也不管，骂人固可，打人亦无不可，在门内或门前是暴主，是霸王，但到外面，便如失了网的蜘蛛一般，立刻毫无能力。其二，是终日给以冷遇或呵斥，甚而至于打扑，使他畏葸退缩，仿佛一个奴才，一个傀儡，然而父母却美其名曰"听话"，自以为是教育的成功，待到放他到外面来，则如暂出樊笼的小禽，他决不会飞鸣，也不会跳跃。

现在总算中国也有印给儿童看的画本了，其中的主角自然是儿童，然而画中人物，大抵倘不是带着横暴冥顽的气味，甚而至于流氓模样的，过度的恶作剧的顽童，就是钩头耸背，低眉顺眼,一副死板板的脸相的所谓"好孩子"。这虽然由于画家本领的欠缺,但也是取儿童为范本的,而从此又以作供给儿童仿效的范本。我们试一看别国的儿童画罢,英国沉着,德国粗豪,俄国雄厚,法国漂亮,日本聪明,都没有一点中国似的衰惫的气象。观民风是不但可以由诗文,也可以由图画,而且可以由不为人们所重的儿童画的。

顽劣,钝滞,都足以使人没落,灭亡。童年的情形,便是将来的命运。我们的新人物,讲恋爱,讲小家庭,讲自立,讲享乐了,但很少有人为儿女提出家庭教育的问题,学校教育的问题,社会改革的问题。先前的人,只知道"为儿孙作马牛",固然是错误的,但只顾现在,不想将来,"任儿孙作马牛",却不能不说是一个更大的错误。

一九三三年八月十二日。

捣鬼心传①

中国人又很有些喜欢奇形怪状，鬼鬼祟祟的脾气，爱看古树发光比大麦开花的多，其实大麦开花他向来也没有看见过。于是怪胎畸形，就成为报章的好资料，替代了生物学的常识的位置了。最近在广告上所见的，有像所谓两头蛇似的两头四手的胎儿，还有从小肚上生出一只脚来的三脚汉子。固然，人有怪胎，也有畸形，然而造化的本领是有限的，他无论怎么怪，怎么畸，总有一个限制：孪儿可以连背，连腹，连臀，连胁，或竟骈头，却不会将头生在屁股上；形可以骈拇，枝指，缺肢，多乳，却不会两脚之外添出一只脚来，好像"买两送一"的买卖。天实在不及人之能捣鬼。

但是，人的捣鬼，虽胜于天，而实际上本领也有限。因为捣鬼精义，在切忌发挥，亦即必须含蓄。盖一加发挥，能使所捣之鬼分明，同时也生限制，故不如含蓄之深远，而影响却又因而模胡了。"有一利必有一弊"，我之所谓"有限"者以此。

清朝人的笔记里，常说罗两峰②的《鬼趣图》，真写得鬼气拂拂；后来那图由文明书局印出来了，却不过一个奇瘦，一个矮

---

① 心传：佛教禅宗用语，指不立文字，不依经卷，只凭师徒心心相印来传法授受。

② 罗两峰：清代画家罗聘号两峰，"扬州八怪"之一。

胖,一个臃肿的模样,并不见得怎样的出奇,还不如只看笔记有趣。小说上的描摹鬼相,虽然竭力,也都不足以惊人,我觉得最可怕的还是晋人所记的脸无五官,浑沦如鸡蛋的山中厉鬼①。因为五官不过是五官,纵使苦心经营,要它凶恶,总也逃不出五官的范围,现在使它浑沦得莫名其妙,读者也就怕得莫名其妙了。然而其"弊"也,是印象的模胡。不过较之写些"青面獠牙","口鼻流血"的笨伯,自然聪明得远。

中华民国人的宣布罪状大抵是十条,然而结果大抵是无效。古来尽多坏人,十条不过如此,想引人的注意以至活动是决不会的。骆宾王作《讨武曌檄》,那"入宫见嫉,蛾眉不肯让人,掩袖工谗,狐媚偏能惑主"这几句,恐怕是很费点心机的了,但相传武后看到这里,不过微微一笑。是的,如此而已,又怎么样呢?声罪致讨的明文,那力量往往远不如交头接耳的密语,因为一是分明,一是莫测的。我想假使当时骆宾王站在大众之前,只是攒眉摇头,连称"坏极坏极",却不说出其所谓坏的实例,恐怕那效力会在文章之上的罢。"狂飙文豪"高长虹攻击我时,说道劣迹多端,倘一发表,便即身败名裂,而终于并不发表,是深得捣鬼正脉的;但也竟无大效者,则与广泛俱来的"模胡"之弊为之也。

明白了这两例,便知道治国平天下之法,在告诉大家以有法,而不可明白切实的说出何法来。因为一说出,即有言,一有言,便可与行相对照,所以不如示之以不测。不测的威棱使人萎伤,不测的妙法使人希望——饥荒时生病,打仗时做诗,虽若与

---

① 这里所说的山中厉鬼,见南朝宋人郭季产的《集异记》。浑沦,疑为囫囵。

治国平天下不相干，但在莫明其妙中，却能令人疑为跟着自有治国平天下的妙法在——然而其"弊"也，却还是照例的也能在模胡中疑心到所谓妙法，其实不过是毫无方法而已。

捣鬼有术，也有效，然而有限，所以以此成大事者，古来无有。

一九三三年十一月二十二日。